U0527919

《全蜀江河诗钞》丛书

谢祥林　主编

中华多民族文化凝聚与全球传播省部共建协同创新中心成都大学文明互鉴"一带一路"研究分中心、天府文化研究院2022年度规划项目：天府涉水古诗整理与研究（WMHJTF2022B05）

四川省教育厅2022–2024年职业教育人才培养和教育教学改革研究项目："红蓝金育人、魂水技融通"的"三全育人"模式研究与实践（GZJG2022–804）

全蜀江河诗钞

·岷江卷·

谢祥林 ⦿ 编著

巴蜀书社

图书在版编目(CIP)数据

全蜀江河诗钞．岷江卷/谢祥林编著．—成都：
巴蜀书社,2024.6
ISBN 978－7－5531－2131－4

Ⅰ.①全…　Ⅱ.①谢…　Ⅲ.①诗集－中国－古代
Ⅳ.①I222

中国国家版本馆 CIP 数据核字(2023)第 241917 号

全蜀江河诗钞(岷江卷)
QUANSHU JIANGHE SHICHAO(MINJIANGJUAN)

谢祥林　编著

策划编辑	张照华
责任编辑	张照华　张红义
责任印制	谷雨婷　田东洋
封面设计	木之雨
出　　版	巴蜀书社
	(成都市锦江区三色路 238 号新华之星 A 座 36 楼
	邮编区号 610023)
	总编室电话：(028)86361843
网　　址	http://www.bsbook.com
	发行科电话：(028)86361856
经　　销	新华书店
照　　排	成都木之雨文化传播有限公司
印　　刷	四川宏丰印务有限公司(028)85726655　13689082673
成品尺寸	170mm×240mm
印　　张	26.25
字　　数	550 千
版　　次	2024 年 6 月第 1 版
印　　次	2024 年 6 月第 1 次印刷
书　　号	ISBN 978－7－5531－2131－4
定　　价	160.00 元

本书若出现印装品质问题,请与印刷厂联系

岷江诗歌地图

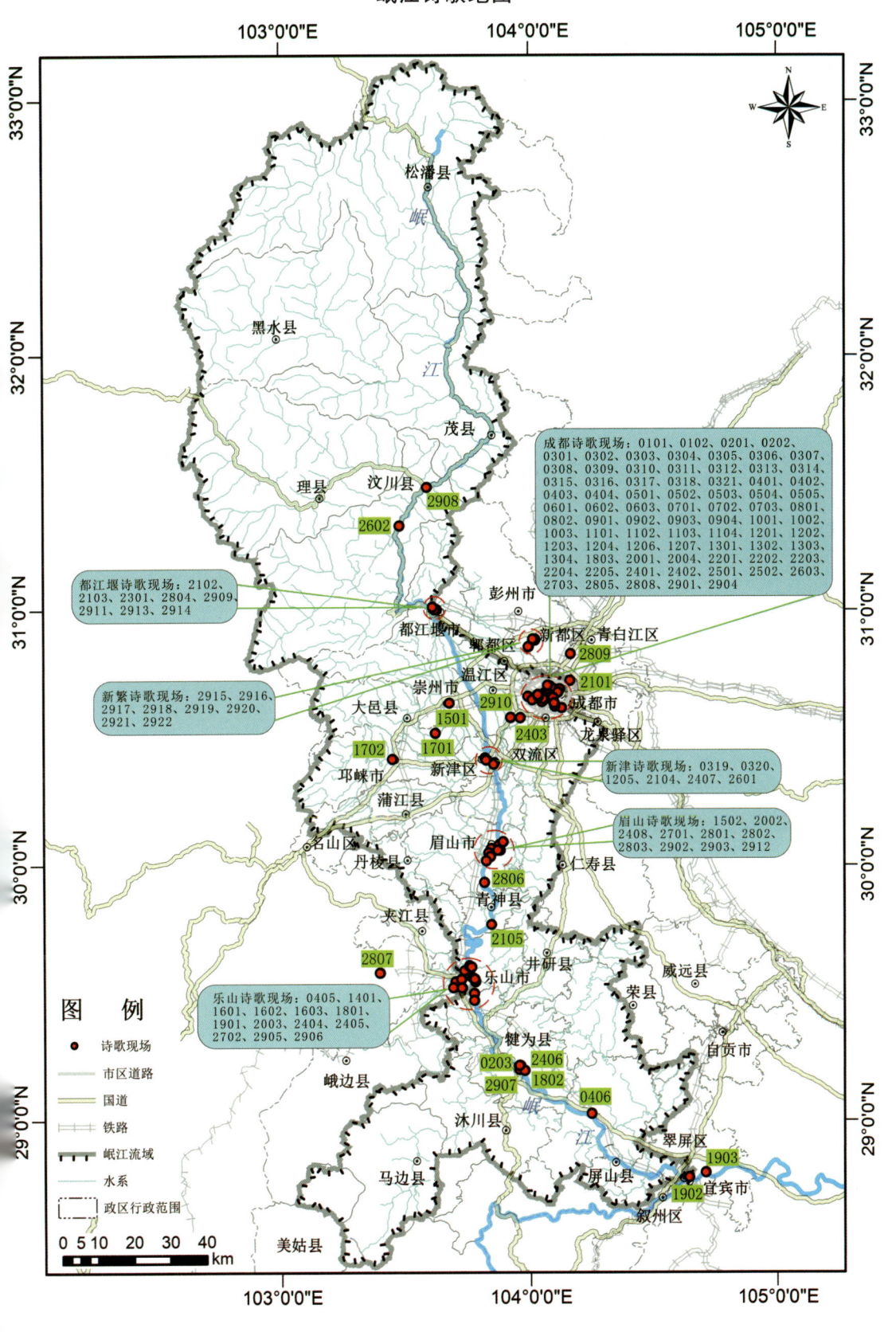

《全蜀江河诗钞》丛书编委会

主　任：陆　健　刘建明

副主任：于建华　王　宾　王　卓　李红卫　张智涌
　　　　谢　婧　李明忠

委　员：（按姓氏笔画排序）
　　　　王圣戎　王璐慧　刘　悦　闫宗平　李星瑶
　　　　吴映清　肖　敏　宋文举　何宗亮　张元军
　　　　张章华　张　妤　陈金明　陈鸿俊　曾守春
　　　　谢祥林　潘　妮

丛书主编：谢祥林

丛书副主编：刘　悦

《全蜀江河诗钞（岷江卷）》编写人员：谢祥林（编著）

封面题字：刘建明

前　言

现在，摆在你面前的这本书，名为《全蜀江河诗钞（岷江卷）》。言下之意，这是一整套有关四川江河的古典诗歌丛书，肯定不止有岷江卷。

从书名看，这套丛书是讲四川江河与中国古典诗歌关系的读本。读者可以借此观察古典诗歌现场的种种魅力，可以借此观察诗人留在四川各大江河流域的情感与故事。四川，旧称蜀。古人有谓"自古诗人例到蜀"。这甚至成了文学史的一种共识。言外之意至少有两条：一是古往今来，大凡有名的诗人，他们没有来蜀地走一走，必有遗憾之处。中国诗人李白、杜甫、李商隐、薛涛、苏东坡、黄庭坚、范成大、杨慎、王士禛、张问陶等，他们的很多作品都与蜀地文化有关联。二是"蜀江水碧蜀山青"。到蜀诗人，他们中大多数人的作品，受此山光水色的映照，受此文化的熏陶和淬炼，其光华似较前后之作大有不同。我们正是冲着想了解蕴含在这当中的种种神奇和特殊的魅力，来做相关研究与探讨的。

最初，我们仅仅是想翻阅各种古籍，尽可能把与四川各大江河有关的诗歌找出来，再将它们放置到所在江河的那个时空点上去，方便自己进行蜀水文化研究、教学和传播。这个工作，开始完全是由一个人凭着兴趣与爱好在做，当然也乐在其中。独乐乐不如众乐乐，这件事情传开之后，逐渐引起了一部分同事的关注。这个工作也就顺理成章成为集体项目，没有硬性指标的约束，有这样的意识伴随我们日常的阅读学习即可。人多力量大，这是不争的事实。大概经历两年多时间，一群人集腋成裘，真就搜集整理出了上千首诗作。在搜集整理的过程中，我们翻看了若干典籍，翻看了若干诗人的全集与选本。在关注清诗时，《国朝全蜀诗钞》进入我们的视野，给大伙儿留下了极为深刻的印象。成此壮举的先贤，名为孙桐生，他是以一己之力，花费数

全蜀江河诗钞（岷江卷）

十年时间完成此书的。可以这样讲，如果没有他，清代四川诗歌文化的美绝对会大打折扣。我们深有感慨：中国古典诗歌，数以千年来生生不息，从来就不缺少创作者，也不缺少佳作的诞生，而是缺少孙桐生这样执着的诗歌文化的保存与传播者。见贤思齐，自然的，我们做这项工作也就找到了榜样。

一千多首有关四川的涉水古典诗作，是日积月累搜集到一起的。在搜集整理的过程中，我们梳理文学史，寻找各种文献，翻看诗人作品，研究诗人的心路历程；我们对照地图，研究诗人入蜀出蜀线路，还原诗歌现场；把具体的作品读懂了，才根据学术所得作出判断，把某篇诗作恰当地放进它所在的江河流域。这个时候，新的问题就诞生了。能否把这些东西进行合成，交付印刷？当然，这是没有问题的。我们自己很清楚，就这种资料的搜集与整理，它的学术价值和意义已经不菲。但是，说句实话，这样的诗歌汇集对广大读者而言，没有具体的作品解读，浮光掠影地一扫而过，收获到底是有限的。于是，我们又诞生了进一步作注本的念头，既能促进自己的研究不断走向深入，又能方便读者获得更多，何乐而不为！

现在的这本《全蜀江河诗钞（岷江卷）》，就是最新出炉的注本，它是一种探路，也可以说是一种示范。整个注本分两部分：第一部分为"岷江诗选注析"。为方便读者直观了解诗歌现场，能够在阅读中获得更多，还就所选诗作标注"诗歌现场"，并专门绘制了一张"岷江诗歌地图"。第二部分附录，呈现三篇本书作者谢祥林的水文化论文，用以向读者交底，本书的涉水诗作注析是建立在一定的学术储备基础之上的。

本书的"岷江诗选注析"，一共涉及诗家29人，作品165首。在体例上，包含了诗人小传、诗作原文、题解与注析四个部分。诗人小传，在介绍诗人生平时，侧重就诗人的蜀地游历、生活、交游等进行了考证；诗作原文，从诗题到诗文，在比照各种版本的基础之上，遵循解读合情合理的原则，确定有争议的字词，而不再单独作"笺校"。题解，主要用于指出各诗作产生的背景（即诗歌现场的还原）、表达的大体意思等；注析，一般情况以两句为单位，如果是长诗即以一层为单位，先对重点字词进行解释，再简要分析全句或该层次的意义。

在进行诗作注析的过程中，有一个基本的原则是：知人论诗。遵循这一原则说来简单，其实做起来很不容易，工作量极大，当然收获也极大。这里举本书注析杜甫与顾复初的诗作为例谈谈收获。两位诗人，同在一个流域生活，你生活在唐代，我生活在晚清。他们是无法相见的，但是后来者对前者有无尽的思念和倾慕，也有些许不服与自负。顾复初对杜甫的不服，尽在一副著名的对联中。上联云："异代不同时，问如此江山龙蜷虎卧几诗客。"下联云："先生亦流寓，有长留天地月白风清一草堂。"这副对联有顾复初对自我才艺的自负在其中，但是用典全是出自杜诗。这副对联把两个人的身世做了连接，在仔细观察和研究中，不难发现他们竟然有共同的家国之痛：杜甫经历安史之乱流寓四川；顾复初家破人亡在太平天国的兵火之乱中，孤身带着老母，从江南移居四川，并终老埋骨成都。了解到这些身世信息，再来解读诗人诗作，感受就很不一样。比如顾复初《题新繁费此度先生先世遗垅图为雪堂禅师邓星梧上舍作》有云："湔江流水鸣溅溅，中有哭声如杜鹃。两卷荒书读不得，那堪重到费家阡。"短短四句话，信息量极大，包括了三段痛史在其中：一是古蜀望帝丛帝的改朝换代，二是明末清初的鼎革，三是顾氏本人经历的太平天国之乱。杜鹃哭声，是望帝魂魄发出的，也是《荒书》作者、新繁人费密的，也是顾复初本人的。数千年来，历史的变迁如湔江之滚滚流水，从未断绝，但是家国之痛的哭声也在其中。

再回头过来看杜诗。尽管顾复初后生可畏，但是伟大的诗人自有其非凡之处，有些东西是后人望尘莫及的，甚至是后人至今没有读懂的。这次，我们一共搜集到杜甫在川的涉水诗100多首，主要分布在岷江、涪江、嘉陵江和沱江流域。岷江流域，毫无疑问是杜甫在川最大的诗歌现场。所以，在注析时，本书作者自然将杜诗列为了最大的突破口，用力最多，亦用力最深。结果，真就有了新的发现。这里只大略说一个梗概：杜甫的蜀地涉水古诗，其实绝大部分都是在说事情。他史无前例地在成都构建了一套"水上王国"寓言体系，以比照大唐的政治体系说事。从水系上看，他以"溪流"作比长安内廷，以"江河"作比政治外围（即整个国家）。从水生动物看，其诗中的鸂鶒、鸥鸟、白鹭、寒鱼、江鹳等，全都是在以物喻人，以服务于他的说事。杜诗的"为事而作"承袭的正是《诗经》《离骚》的说事传统。当然，形势所迫，他到成都属流放戴罪之身，为寻求自保，他不得不这样做。这次

全蜀江河诗钞（岷江卷）

推出的选本，一共选杜甫在岷江流域创作的涉水诗作 25 首，篇篇都将诗作所指的事情讲了出来。另外，还在附录给出了一篇论文《杜甫〈茅屋为秋风所破歌〉新解》。《茅屋为秋风所破歌》，这首脍炙人口的名作也是岷江涉水诗，本书作者根据自己的研究发现，将它单列出来作了个案全解，发前人所未发。至于学术观点妥否，欢迎批评。

《全蜀江河诗钞（岷江卷）》由本书作者独立完成，但对整套丛书的规划是建有专门的编委会的，上千首的蜀地涉水诗作搜集与整理就是在编委会的大力支持和鼓励下完成的，这是需要在此特别作出申明的。本书作者是这件事情的发起人，在编委会指导下担任丛书的主编。我们为此建立起一个松散型学术团队，核心成员几乎全是四川水利职业技术学院的教师，只有一位同志属于兄弟单位的水利史与水文化研究爱好者。当初进行诗作搜集与整理时，具体的分工如下：岷江诗篇主要由谢祥林、宋文举负责，沱江与渠江诗篇主要由肖敏负责，嘉陵江与大渡河诗篇主要由曾守春负责，涪江与青衣江诗篇主要由王璐慧负责。具体的推进过程，必然是跨流域的，但统稿与校对是按照这一分工实施的。除此之外，这项工作在推进中，参与过基础工作的教师还有刘悦、李星瑶等。

《全蜀江河诗钞》的前期资料搜集与整理以及"岷江卷"的注析工作，一直以来深受四川省水利厅相关领导的关注与关心，认为这件事情做好了，不仅可以丰富蜀水文化内容的供给，还可以促进中华诗学传统在蜀水文化建设领域得到传承与弘扬。后期工作，旨在推出沱江卷、涪江卷、嘉陵江卷、渠江卷等，任重道远，敬请读者诸公予以勉励，多提意见，继续垂注。

谢祥林

2023 年 8 月 7 日写于成都

目 录

王勃
　重别薛华 ……………………………………………… 003
　送杜少府之任蜀州 …………………………………… 005

李白
　上皇西巡南京歌（选二） …………………………… 009
　登锦城散花楼 ………………………………………… 011
　峨眉山月歌 …………………………………………… 013

杜甫
　卜居 …………………………………………………… 017
　石犀行 ………………………………………………… 019
　北邻 …………………………………………………… 022
　南邻 …………………………………………………… 024
　江村 …………………………………………………… 026
　春夜喜雨 ……………………………………………… 028
　客至 …………………………………………………… 030
　绝句漫兴九首（选三） ……………………………… 032
　江涨·江涨柴门外 …………………………………… 034
　江涨·江发蛮夷涨 …………………………………… 036
　草堂即事 ……………………………………………… 038
　王十七侍御抡许携酒至草堂奉寄此诗 ……………… 040
　春水生二绝 …………………………………………… 042
　春水 …………………………………………………… 044

遣意二首 ······ 046
溪涨 ······ 049
登楼 ······ 053
进艇 ······ 055
题新津北桥楼 ······ 057
游修觉寺 ······ 059
江上值水如海势聊短述 ······ 061

岑参

江上春叹 ······ 065
石犀 ······ 066
张仪楼 ······ 067
龙女祠 ······ 069
郡斋平望江山 ······ 071
东归发犍为至泥溪舟中作 ······ 073

薛涛

乡思 ······ 079
江边 ······ 080
和郭员外《题万里桥》 ······ 081
池上双凫 ······ 082
送友人 ······ 083

雍陶

经杜甫旧宅 ······ 087
蜀中战后感事 ······ 089
送蜀客 ······ 092

李商隐

送崔珏往西川 ······ 095
杜工部蜀中离席 ······ 097
武侯庙古柏 ······ 099

高骈
　　锦城写望 ……………………………………………… 105
　　残春遣兴 ……………………………………………… 106

郑谷
　　蜀中三首（选一） …………………………………… 111
　　蜀中赏海棠 …………………………………………… 113
　　蜀中寓止夏日自贻 …………………………………… 114
　　锦浦 …………………………………………………… 116

花蕊夫人
　　宫词·写景三首 ……………………………………… 121
　　宫词·钓鱼三首 ……………………………………… 123
　　宫词·女儿四首 ……………………………………… 125

张咏
　　寄傅逸人 ……………………………………………… 129
　　雨夜 …………………………………………………… 130
　　新移蓼花 ……………………………………………… 131
　　朝日莲 ………………………………………………… 133

宋祁
　　江渎亭 ………………………………………………… 137
　　夏日江渎亭小饮 ……………………………………… 139
　　春日出浣花溪 ………………………………………… 141
　　览蜀宫故城作 ………………………………………… 143
　　题蜀州修觉寺 ………………………………………… 145
　　扬雄墨池 ……………………………………………… 147
　　过摩诃池二首 ………………………………………… 149

田况
　　二十一日游海云山 …………………………………… 153

伏日会江渎池 ·················· 155
　　四月十九日泛浣花溪 ············ 158
　　开西园 ························ 160

石介
　　嘉州寄左绵王虞部 ·············· 165

赵抃
　　蜀倅杨瑜邀游罨画池 ············ 169
　　按狱眉山舟行 ·················· 171

苏洵
　　游嘉州龙岩 ···················· 175
　　初发嘉州 ······················ 177
　　游陵云寺 ······················ 178

文同
　　安仁道中早行 ·················· 183
　　邛州东园晚兴 ·················· 184

苏轼
　　初发嘉州 ······················ 189
　　犍为王氏书楼 ·················· 191
　　送戴蒙赴成都玉局观将老焉 ······ 193

黄庭坚
　　题王居士所藏王友画桃杏花二首（选一） ·· 199
　　次韵黄斌老《晚游池亭》二首（选一） ···· 201
　　次韵李任道《晚饮锁江亭》 ············ 203

陆游
　　成都书事二首 ·················· 207
　　眉州作 ························ 210
　　十二月十一日视筑堤 ············ 212

过笮桥道中龙祠小留 ················ 214

范成大
　　上巳日万岁池坐上呈提刑程咏之 ············ 217
　　离堆行 ······················ 219
　　戏题索桥 ····················· 222
　　新津道中 ····················· 224
　　慈姥岩与送客酌别 ················· 226

袁说友
　　连宵得雨应祷 ··················· 231
　　游江渎庙用故侯吴龙图韵 ·············· 234
　　祷祈喜以甲子日得晴 ················ 236
　　咏晴 ······················· 238
　　喜晴即用前韵 ··················· 240

杨慎
　　春三月四日，仰山余尹招游疏江亭观新修都江堰 ···· 245

王士禛
　　金方伯邀泛浣花溪 ················· 249
　　武侯祠别郑次公水部 ················ 250
　　金花桥道中作 ··················· 252
　　三登高望楼作 ··················· 254
　　晓渡平羌江步上凌云绝顶 ·············· 256
　　犍为道中 ····················· 258
　　新津县渡江 ···················· 260
　　雨发眉州 ····················· 261

董新策
　　薛涛井 ······················ 265
　　杜公祠（二首） ·················· 266

刘沅

　　新津渡江 …… 271

　　禹穴 …… 272

　　薛涛井 …… 276

张澍

　　舟过眉州蟆颐滩 …… 279

　　晚泊嘉定府 …… 281

　　贺登举等人暨余泛舟武侯祠（选二） …… 282

何绍基

　　眉州试院喜雨大醉，次日即别去 …… 287

　　至眉州宿三苏祠（选一） …… 289

　　蟇颐观 …… 291

　　龙安试毕，由灌县旋成都杂诗（选一） …… 292

　　苦雨喜晴，柬黄寿臣制军作 …… 294

　　久不作小字，舟中试为之 …… 297

　　双飞桥 …… 299

　　去蜀入秦纪事书怀，却寄蜀中士民（选二） …… 301

顾复初

　　薛涛井 …… 305

　　早发新津至眉州 …… 307

　　谒三苏祠次东洲旧韵 …… 309

　　浣花草堂同眉君作 …… 311

　　嘉定·群山绿绕舟 …… 313

　　嘉定·复向嘉州载酒游 …… 314

　　犍为途次 …… 315

　　汶川 …… 317

　　灌口 …… 318

　　双流道中 …… 320

离堆谒伏龙观 …… 321

泛玻璃江 …… 325

伏龙观作 …… 326

归至灌口（三首） …… 327

清白江楼 …… 329

东湖观荷和黄子寿彭年兼简晓崧（选三首） …… 331

龙藏寺纳凉赠雪堂和尚同子寿作（选一） …… 333

龙藏寺感旧有述赠雪堂禅师（选一） …… 334

题新繁费此度先生先世遗垅图（四首） …… 335

新繁道中 …… 338

清明至龙藏寺 …… 340

又一绝 …… 342

附录

《茅屋为秋风所破歌》新解 …… 345

论白居易与水利建设 …… 363

白居易治水动因及机缘论考 …… 379

后记 …… 397

王勃

王勃（650—676），字子安，绛州龙门（今山西河津）人。年六岁，善文辞；年十四，应幽素科及第，授朝散郎。出身儒学世家，与杨炯、卢照邻、骆宾王并称为"初唐四杰"。669年因戏为《檄英王鸡文》触怒唐高宗，从此不得重用，五月南下入蜀，开始漫游生活。第一站在梓州。670年上半年到达成都，冬天到彭州九陇县。671年六月梓潼漫游，然后经绵竹、德阳再次到成都，筹集旅资后回长安。王勃擅长七律和七绝，骈文也极出色，其代表作为《滕王阁序》，有名句"落霞与孤鹜齐飞，秋水共长天一色"传诵后世。

重别薛华

明月沉珠浦，秋风濯锦川。[1]
楼台临绝岸，洲渚亘长天。[2]
飘泊成千里，栖遑共百年。[3]
穷途唯有泪，远望独潸然。[4]

题解

有题作"重别薛升华"。薛曜，字升华，与王勃家为世交。该诗写于咸亨元年（671）秋。此年六月，王勃漫游梓潼，在绵竹见到薛升华，分别时有诗作《别薛华》。二人很快在成都相会，故有重别之作。两首诗的心境多相似之处，多漂泊、穷途之感。

诗歌现场

成都锦江边。（地图编号0101）

注析

[1] 珠浦：指水下有珠宝的江河水域。后借指星光满天的银河。沉珠浦还特指珠江，清顾祖禹《读史方舆纪要·广州》"西江"自注云："中有海珠石，是曰珠江。一名沉珠浦。相传昔贾胡挟珠经此，珠忽跃入江中。"《全唐文新编·大唐故长乐公主墓志铭》云："皎若夜月之照琼林，烂若晨霞之映珠浦。"锦川：即锦江，濯锦江。左思《蜀都赋》云："贝锦斐成，濯色江波。"刘逵注："谯周《益州志》云：成都织锦既成，濯于江水，其文分明，胜于初成，他水濯之不如江水也。"首联写得别致大气，明月挂中天，星光闪烁，我们相聚在锦江河畔，水天相接，清风徐来，好不快哉。这里不仅写得广阔、恢弘，更重要的是在唐人笔下，竟能把小小锦江与天上银河完美地实现连接。

[2] 绝岸：陡峭的江岸。杜甫《白沙渡》诗云："畏途随长江，渡口下绝岸。"洲渚：指水中小块陆地。杜甫《暮春》诗云："暮春鸳鹭立洲渚，挟子翻飞还一丛。"颔联续写景致：水天相接，天地通明。楼台高耸，如悬陡岸；小洲横亘，如在长天。

[3] 飘泊：比喻生活不固定，居无定所，东奔西走。《魏书·袁式传》云："虽羁旅飘泊，而清贫守度，不失士节。"栖遑：忙碌不安，奔忙不定。庾信《和裴仪同秋日》诗云："栖遑终不定，方欲涕沾袍。"颈联转入感慨自己人生的不如意，从长安到蜀地，东奔西走，至今前途未卜，天地通明更增茫然之感，难道就这样忙碌不安，蹉跎过一生么？

[4] 穷途：路已走到尽头，比喻处境艰危。《世说新语·栖逸》刘孝标注引《魏氏春秋》云："阮籍常率意独驾，不由径路。车迹所穷，辄恸哭而反。"潸然：流泪的样子。杜甫《送梓州李使君之任》诗："君行射洪县，为我一潸然。"尾联写自己好比阮籍走在穷途末路上，只能痛哭而返。另外这里也包含有陈子昂"念天地之悠悠，独怆然而涕下"的意思在其中。送别诗，慷慨悲歌，莫过于此。

送杜少府之任蜀州

城阙辅三秦,风烟望五津。[1]
与君离别意,同是宦游人。[2]
海内存知己,天涯若比邻。[3]
无为在歧路,儿女共沾巾。[4]

题解

一般解读都认为王勃此诗写于长安。有杜姓朋友要到蜀州做官,王勃为其送行而作赠别诗。少府,官名,唐代称县令为明府,县尉为县令之佐,称为少府。蜀州,唐时州名,治所在今四川省崇州市境。学界亦有新解,说此诗是王勃在成都所写。事实上,这首诗就应该放在成都才能讲通其诗意,若放在长安,作者莫名地在讲"五津"。这不奇怪么?如果是"为赋新词强说愁",那就搞得很做作,这显然不是王勃的风格。由此推断,此诗应写于咸亨元年(671)秋。二人在成都相聚,随即又分手,一个要回长安(三秦所拥抱的京城),一个要到蜀州(五津渡岷江即为蜀州)。

诗歌现场

成都城。(地图编号0102)

注析

[1] 城阙:城市,这里特指京城长安。三秦:秦朝灭亡后,项羽将秦朝的三位降将章邯、司马欣、董翳分别封于秦国故地为王,建立雍、塞、翟三国,史称"三秦"。后泛指潼关以西的关中地区。五津:《华阳国志》云:"其大江自湔堰下至犍为有五津:始曰白华津,二曰万里津,三曰江首津,四曰涉头津,五曰江南津。"首联写王勃与杜少府在成都相见,杜少府要告辞前

往蜀州上任。而王勃呢，也正是此年秋离蜀踏上回京之路的。所以，这联是在说：好兄弟，我呢就要回长安了；你呢马上就要去蜀州上任了，蜀州距成都不远，风烟都望得见，坐船横过岷江，就是蜀州的地盘。

[2] 宦游：为仕途而奔波、漂泊。颔联是在说，我已经到四川来漫游很久了，你才过来上任。我们匆匆相聚，今又分手，这是无可奈何的，我们都得为仕途而奔波。

[3] 颔联强调友人重在知心，重在情谊深厚，这一别虽然天涯相隔，亦好像比邻而居一般。曹植《赠白马王彪》有云："丈夫志四海，万里犹比邻。"

[4] 歧路：指从大路上分出来的小路；岔路。曹植《美女篇》云："美女妖且闲，采桑歧路间。"沾巾：沾湿手巾，形容落泪之多。张衡《四愁诗》云："我所思兮在雁门，欲往从之雪纷纷，侧身北望涕沾巾。"尾联是在对朋友进行叮嘱和劝慰，感觉杜少府离别时是很伤心的。所以王勃就说：兄弟啊，你要振作点。咱们后会有期。这次在成都分手，我们不能把自己搞得哭哭啼啼的，有如那小儿女一般。

李白

　　李白（701—762），四川江油（即旧时绵州彰明县之青莲乡）人，字太白，号青莲居士。少有逸才，志气宏放。"十岁通诗书"，"十五好剑术"，"作赋凌相如"。十八隐居戴天山读书。二十岁开始出游，先游成都、峨眉等地。开元十二年（724），李白二十四岁，他认为："大丈夫必有四方之志，乃仗剑去国，辞亲远游。"临行有《别匡山》诗云："莫怪无心恋清景，已将书剑许明时。"从此踏上漫游之路，由水路出蜀。

上皇西巡南京歌（选二）

濯锦清江万里流，云帆龙舸下扬州。[1]
北地虽夸上林苑，南京还有散花楼。[2]

水绿天青不起尘，风光和暖胜三秦。[3]
万国烟花随玉辇，西来添作锦江春。[4]

题解

天宝十五载（756）六月，安禄山兵破潼关，唐玄宗西幸，到成都避战乱，是谓西巡。次年十月肃宗还长安，遣使到四川迎接上皇玄宗；十二月玄宗回到长安，戊午，以蜀都（成都）为南京，凤翔为西京，西京（长安）为中京。这组诗共十首，也应写于至德二年（757）十二月戊午之后（成都为南京），表达了诗人对成都的赞美。当时，李白还在浔阳狱中，正在想法营救自己。为上皇西巡写赞歌，一是有政治站位的表态诉求，二是也希望引起更多人注意。

诗歌现场

成都锦江边。（两首作品的地理位置一致，地图编号统一为：0201）

注析

[1] 濯锦：即锦江。《太平寰宇记》云："濯锦江，即蜀江水。至此濯锦，锦彩鲜润于他水，故曰'濯锦江'。"《九域志》亦云："笮桥江水，亦名濯锦江。俗云：'以此水濯锦鲜明。'"

[2] 上林苑：秦汉时皇家园囿，司马相如撰有《上林赋》。此处借指唐代曲江园林。散花楼：据文献推测应在今百花潭公园附近。《舆地纪胜》云：

"散花楼,隋开皇时建,乃天女散花处也。"

　　[3] 三秦:秦朝灭亡后,项羽将秦朝的三位降将章邯、司马欣、董翳分别封于秦国故地为王,建立雍、塞、翟三国,史称"三秦"。后泛指潼关以西的关中地区。

　　[4] 玉辇:古代帝王乘坐的车辆。潘岳《藉田赋》有云:"天子乃御玉辇,荫华盖。"

登锦城散花楼

日照锦城头,朝光散花楼。

金窗夹绣户,珠箔悬银钩。

飞梯绿云中,极目散我忧。[1]

暮雨向三峡,春江绕双流。

今来一登望,如上九天游。[2]

题解

该诗为李白于开元八年（720）春游成都时所作。当时李白二十岁,在成都拜谒益州大都督府长史苏颋。苏颋来川之前任宰相,政事文章兼优,人品能力皆佳。他评价李白"此子天才英丽,下笔不休,虽风力未成,且见专车之骨,若广之以学,可以相如比肩也"。大贤的嘉赏,让李白喜出望外,兴奋不已。这首诗就带有李白当时蓬勃昂扬的情志。锦城,亦称锦官城,代指成都。《太平寰宇记》云："锦城,《华阳国志》云：成都夷里桥南岸道西有城,故锦官也,命曰锦里。"白敏中修,卢求纂《成都记》云："府城亦呼为锦官城,以江山明丽,错杂如锦也。"

诗歌现场

今日成都百花潭公园附近。（地图编号0202）

注析

[1] 散花楼：研究指出应在今日百花潭公园附近。王象之《舆地纪胜》云："散花楼,隋开皇时建,乃天女散花处也。"金窗、绣户：装饰美丽的门窗。珠箔：即珠帘。飞梯：即登散花楼的楼梯。前六句写红日照耀成都城,朝阳洒满散花楼。雕花门和窗子金光闪闪,珠帘悬挂在银钩之上。登楼的梯

子掩映在绿树白云之中，上了高楼极目远眺，我的种种忧愁顿时为之消散。

[2] 双流：指郫江和检江。当时成都是"二江并流"，而非现在的"二江抱城"。左思《蜀都赋》云："带二江之双流。"成都"二江抱城"自唐代高骈筑罗城，改府河之后才得以形成。九天：也作"九重天""九霄"，意思是天的最高处。《楚辞·离骚》云："指九天以为正兮，夫唯灵修之故也。"最后四句诗表达的意思是，眼前是春江绕双流的清新秀丽，远眺则似乎能够看到朝云暮雨的三峡，甚至更为广阔的天地。登上这散花楼，仿佛遨游在九天之上，无比惬意。李白当时的心态年轻、美好、积极、阳光。

峨眉山月歌

峨眉山月半轮秋，影入平羌江水流。[1]
夜发清溪向三峡，思君不见下渝州。[2]

题 解

此诗为作者开元十二年（724）秋由水路出川时所作。峨眉山，在四川峨眉山市西南，有山峰相对如娥眉。此诗之妙，句句含地名，有峨眉山、平羌江、清溪、三峡、渝州。赵翼《瓯北诗话》对此称赞云："四句中用五地名，毫不见堆垛之迹，此则浩气喷薄，如神龙行空，不可捉摸，非后人所能模仿也。"

诗歌现场

单取地点"清溪"，将诗歌现场定在今日犍为。（地图编号0203）

注 析

[1] 平羌：即岷江，清代王士禛《蜀道驿程记》云："岷江自灌口、成都下新津、武阳，经（乐山）城北平羌峡，至凌云山前，三江合流，浩淼无际。"

[2] 清溪：清溪驿，在今日犍为县境内。君：一说指友人，一说指月。李锳《诗法易简录》云："在峨眉山下，犹见半轮月色，照入江中。自清溪入三峡，山势愈高，江水愈狭，两岸皆峭壁层峦，插天万仞，仰眺碧落，仅余一线，并此半轮之月亦不可见，此所以不能不思也。'君'字，指月也。"

杜甫

杜甫（712—770），字子美，出生于河南巩县，原籍湖北襄阳。安史之乱后，逃难出长安，麻鞋见天子，被肃宗拜为左拾遗。因谏言太直，触犯龙颜，被贬官华州。史书及历代杜诗注家多言，杜甫被贬后辞官，辗转漂泊蜀中。当代学者张起先生著《唐诗解密》《唐诗夜航》，精审考出，杜甫华州去官"非辞官，乃是罢官流放"，并提出陇蜀后的杜甫精神上是"唐代孔子""唐代屈子"。他入蜀后许多传世诗歌皆有寄寓，非泛泛之作也。依此而论，杜甫乾元元年先贬华州，次年再罢华州，流放陇蜀，于是年底到成都，代宗永泰元年（765）五月离去。除了中间有一年多时间（762年7月到764年3月）因成都徐知道反而暂寓梓阆外，皆住浣花溪。他在蜀中的经历大致如下：草堂幽居点卯—梓阆流寓漂泊—军幕有功获官—东下欲返长安。

卜 居

浣花流水水西头，主人为卜林塘幽。[1]
已知出郭少尘事，更有澄江销客愁。[2]
无数蜻蜓齐上下，一双鸂鶒对沉浮。[3]
东行万里堪乘兴，须向山阴上小舟。[4]

题 解

该诗写于上元元年（760）春夏之际。此时草堂初成。杜甫别有深意借屈原名篇《卜居》为题，表达自己和屈原一样自始至终忠君爱国，但没想到还是被无情地罢官，直至流放到成都。此时此刻和屈原一样"心烦虑乱，不知所从"。他在学屈原反复追问自己，天高皇帝远，还需要忠心耿耿么？还需要嫉恶如仇么？还需要正言不讳么？还需要廉洁正直么？还需要志向远大"昂昂若千里之驹"么？全诗对此明确做出回答，他不会放弃的。可对照屈原《卜居》看。

诗歌现场

成都杜甫草堂。（地图编号0301）

注 析

[1] 主人：指安排指定杜公住成都城外浣花溪的时任西川节度使裴冕，杜公在这里将其虚拟为占卜者，对应屈原《卜居》中的太卜郑詹尹。两句诗表面在说草堂处在浣花溪西头，这里有河流，有树林，有水塘，环境清幽。实际上在感叹自己被流放的地方，极为幽僻，山高皇帝远，"竭知尽忠而蔽障于谗"，这如何是好。

[2] 澄江：即指浣花溪，其水清澈。谢朓《晚登三山还望京邑》云：

"余霞散成绮,澄江静如练。"两句诗表面上在说,草堂所在远离尘嚣与是非,适合隐居,还有澄江如练,可销万般客旅愁。实际在追问自己,既然已远离政治中心,即诗中所言"出郭"。还有必要坚持对时事的关心么?还有必要坚持对国家、对朝廷、对君王安危的挂怀么?等等。后一句的追问,我到底是该永葆赤子情怀,还是索性将过往的一切都付之"澄江",随之东流呢?

[3] 蜻蜓:在《诗经·硕人》中称为"蟓",用以比喻美人额头,原句云:"蟓首蛾眉,巧笑倩兮,美目盼兮。"鸂鶒:好并游,似鸳鸯,色多紫,今人已将此物遗忘,与鸳鸯混淆不分。谢惠连《鸂鶒赋》云:"览水禽之万类,信莫丽乎鸂鶒。服昭晰之鲜姿,糅玄黄之美色。命俦侣以翱游,憩川湄而偃息。超神王以自得,不意虞人之在侧。罗网幕而云布,摧羽翮于翩翩;乖沉浮之谐豫,宛羁畜于樊笼。"《本草纲目》云:"此鸟专食短狐,乃溪中敕逐害物者。其游于溪也,左雄右雌,群伍不乱,似有式度者。"唐代盛行此物的饲养,皇帝亦喜欢,《唐书·倪若水传》有云:"玄宗遣中人捕鹁鹊、鸂鶒南方。"又《唐书·地理志》载"河南道蔡州汝南郡土,贡双距鸂鶒。"隋代杜台卿《淮赋》云:"鸂鶒寻邪而逐害。"沉浮:出没水中,语出《诗经·菁菁者莪》:"泛泛扬舟,载沉载浮。"两句诗表面上在说草堂所见之景物,实则以"蜻蜓"讲君王肃宗身边小人无数,对应屈原《卜居》中"谗人高张"。以"寻邪逐害"的"鸂鶒"自比,但是现在被放逐千里之外,沦落为屈原《卜居》中的"水中之凫"。发出的追问也是屈原《卜居》中现存的一问:"宁昂昂若千里之驹乎,将泛泛若水中之凫,与波上下,偷以全吾躯乎?"

[4] 乘兴、山阴:同用一典,《世说新语·任诞》有云:"王子猷居山阴,夜大雪,眠觉,开室命酌酒,四望皎然。因起彷徨,咏左思《招隐》诗。忽忆戴安道。时戴在剡,即便夜乘小舟就之。经宿方至,造门不前而返,人问其故,王曰:'吾本乘兴而行,兴尽而返,何必见戴。'"两句诗表面上说他将从此归隐,像王子猷一样自由自在生活。实际却在明确表态,自己将永葆赤子情怀,归隐事在万里之外的一条小舟上,不须求,又何必求。

石犀行

君不见秦时蜀太守，刻石立作五犀牛。
自古虽有厌胜法，天生江水向东流。[1]
蜀人矜夸一千载，泛溢不近张仪楼。
今年灌口损户口，此事或恐为神羞。[2]
终藉堤防出众力，高拥木石当清秋。
先王作法皆正道，诡怪何得参人谋。[3]
嗟尔五犀不经济，缺讹只与长川逝。
但见元气常调和，自免洪涛恣凋瘵。[4]
安得壮士提天纲，再平水土犀奔茫。[5]

题解

该诗当写于上元二年（761）秋。《资治通鉴》卷二二二载："九月，甲申，天成地平节，上于三殿置道场，以宫人为佛菩萨，北门武士为金刚神王，召大臣膜拜围绕。"此诗的讽喻所在即肃宗生日（九月三日）天成地平节。《孔子家语·五帝德》载："（舜）睿明智通，为天下帝，命二十二臣，率尧旧职，恭己而已。天平地成，巡狩四海，五载一始。"全诗旨在提醒唐肃宗应学舜帝，消除偏见，使用玄宗旧臣（而不是搞政斗，一味清洗），敬肃己身，无为而治，即可真正达到天平地成。天平地成，本谓禹治水成功，地正其势，天循其时。《左传·僖公二十四年》云："《夏书》曰'地平天成'，称也。"杜公春秋笔法，由大禹治水想到李冰治水，以治水之道对应治国之道；以厌胜法对应宫中的"道场"鬼把戏。从最后两句的"提天纲""平水土"也可看出其讽喻之事为"天成地平节"。前贤仇兆鳌已看出端倪，惜未深究其事。

全蜀江河诗钞（岷江卷）

诗歌现场

今日成都博物馆恰有一头石犀。实物存在，意义非常。诗歌现场就设在天府广场。（地图编号0302）

注析

[1] 刻石立作五犀牛：《华阳国志》云："（李冰）外作石犀五头，以厌水精，穿石犀溪于江南，命曰犀牛里。"厌胜法，古代方士的巫术活动，用符咒施于某种法物，以此达到制服某种力量的目的。古人作石犀镇水，即为其中一种。前四句表达的意思是，蜀太守李冰修筑都江堰，未能免俗，采用了厌胜法作五犀以镇水，事实上是多余的，改变不了什么。同样的道理，为皇上肃宗祝寿举办"天成地平节"无可厚非，但是这种在宫内设道场，让群臣膜拜假佛菩萨、金刚神王，借以祈祷天下太平的活动，就多余了，没有任何意义。

[2] 一千载：指李冰治水到肃宗上元二年已过千年。张仪楼：李吉甫《元和郡县志》载："（成都）州城秦惠王二十七年张仪所筑。初，仪筑城，屡颓不立，忽有大龟周行旋走，巫言依龟行处筑之，遂得坚。立城西南楼，百有余尺，名张仪楼。临山瞰江，蜀中近望之佳处也。"这里代指成都城。灌口：即今日都江堰市。这里四句诗表达的意思是，李冰修建都江堰的确很成功，蜀人颇为此自豪，夸耀千百年来洪水泛滥从来没有淹没过成都。但是，今年的洪水让灌口受灾，这恐怕会让镇水之神为之羞愧吧。同样的道理，大唐王朝过去的繁华荣景，我们记忆犹新，现在却风雨飘摇，一切荣景岂是佛菩萨、金刚神能佑护的？

[3] 这里四句诗表达的意思是：治水成功最终还得依靠众人出力搞好堤防，用木石高筑堤坝抵挡秋潦之水。先王大禹单纯的治水之法才是正道，荒诞诡异的厌胜法岂能成为我们的治水方略。同样的道理，治国如治水，今日大唐王朝要像大禹治水一样求得天平地成，重要的是要依靠众人之力，而不是膜拜假佛菩萨、金刚神王。

[4]经济：即经纶济世、经国济民之义。《晋书·殷浩传》有云："足下沉识淹长，思综通练，起而明之，足以经济。"缺讹：指李冰所刻的石犀减少和变动的情况。郦道元《水经注》对此有交代："后转犀牛二头在府中，一头在市市桥，一头沉之于渊也。"元气：指构成天地万物的原始物质。《春秋繁露·重政》云："元者为万物之本。"王充《论衡》云："万物之生，全禀元气。"恣：肆意放纵。凋瘵：指困穷之民或衰败之象。西晋木华《海赋》云："天纲浡潏，为凋为瘵。"这里四句作出感叹，采用五犀镇水厌胜法，肯定不能济世利民，这种石刻之物或减少或变动，最终只会消失在漫漫的岁月长河里。只要天地间万物之元气调和，洪水波涛肆意泛滥进而造成民生困穷的情况才会避免。同样的道理，设道场祈祷假佛菩萨、假护法金刚佑护大唐王朝肯定不行，只有天下保持长时期的祥和，元气满满，民生之忧民生之困才会自然消除。

　　[5]天纲：古人以江、河为天之纲纪。最后两句仍然聚焦在西晋木华《海赋》一文上，用典说事。《海赋》开篇述说帝舜还在做唐尧臣子的时代，天下洪水泛滥，万里无边无岸，百姓忧之。舜命禹平水土，禹乃开通沟渎，最后达成"江河既导，万穴俱流"，"涓流泱瀼，莫不来注"。并由此归结到天成地平的典故上来，说舜帝之德，"命二十二臣，率尧旧职，恭己而已。天平地成，巡狩四海，五载一始"（《孔子家语·五帝德》）。杜公"致君尧舜上，再使风俗淳"的思想是一以贯之的，包括流放成都期间。既然舜帝用人，有二十二人皆尧帝旧臣，肃宗为什么就要忌惮、排除、清洗玄宗之旧臣呢？写到这里，很清楚杜公还在提此年四月发生的段子璋叛乱。杜公发出的声音是强烈的，渴望有大禹一样的壮士再世，力挽狂澜，重整朝纲，消除安史之乱以来出现的一如洪水滔天的乱象，让各种乱力怪神从此消失得了无踪影。

北 邻

明府岂辞满，藏身方告劳。[1]

青钱买野竹，白帻岸江皋。[2]

爱酒晋山简，能诗何水曹。[3]

时来访老疾，步屧到蓬蒿。[4]

题解

该诗写于上元元年（760）。杜甫安居浣花溪后，与左邻右舍开始交游，其北邻（草堂北边的邻居），系一退职县令，为人爽快，不拘小节，爱酒能诗。宋代黄鹤注称："盖王明府欤？"

诗歌现场

成都杜甫草堂。（地图编号0303）

注析

[1] 明府：即"明府君"略称。唐时多用以称县令，称县尉为少府。辞满：旧指官吏任期届满，自求解退。谢灵运诗云："辞满岂多秩，谢病不待年。"告劳：指诉说劳苦。《诗经·十月之交》云："黾勉从事，不敢告劳。"杜甫这里有称赞该县令的意思，在位时兢兢业业，任劳任怨，隐退后才诉说为官之辛劳。

[2] 青钱：古代钱币，由铜、铅、锡合铸而成，其色发青。刘克庄《玉楼春》有云："青钱换酒日无何，红烛呼庐宵不寐。"白帻岸江皋：化用"岸帻"典故。《后汉书》云："光武岸帻，以见马援。"岸帻，即推起头巾，露出前额，如水之露岸。两句诗写这位县令隐退后，也择居浣花溪，家住草堂之北，其衣着简率不拘，性情洒脱。

[3]晋山简：用典"山公醉"故事，《晋书·山简传》云："简优游卒岁，惟酒是耽。"何水曹：即何逊，梁朝人，八岁能诗，为当时名流所称许，《梁书·何逊传》云："天监（梁武帝年号）中，起家，奉朝请，迁中卫建安王水曹，行参军，兼记室。王爱文学之士，日与游宴。"两句诗表达的意思概而言之，即称赞邻居爱酒能诗。

　　[4]老疾：老弱贫病之人，杜甫自指。步屟：步行。屟，即履也。蓬蒿：用典东汉名士张仲蔚居所蓬蒿没人的事，来作比自己的草堂，《高士传》云："张仲蔚者，平陵人也。……隐身不仕，明天官博物，善属文，好诗赋。常居穷素，所处蓬蒿没人。"

南 邻

锦里先生乌角巾,园收芋栗不全贫。[1]
惯看宾客儿童喜,得食阶除鸟雀驯。[2]
秋水才深四五尺,野航恰受两三人。[3]
白沙翠竹江村暮,相对柴门月色新。

题解

该诗写于上元元年（760）秋。杜甫安居浣花溪后，与左邻右舍开始交游，其南邻已确认为朱山人，家住锦江南岸（旧称流江），与草堂南北相对。家境一般，但家庭和谐，全家能安贫乐道。杜甫常去作客，此诗写秋天去的那一次，终日淹留，戴月而归。全诗实由两幅图构成，上半部分为江村访隐图，后半部分为江村送别图。其后，杜甫还曾见邀至其家水亭饮酒，有《过南邻朱山人水亭》诗。

诗歌现场

成都杜甫草堂。（地图编号0304）

注析

[1] 锦里：成都地名。《初学记》引《益州记》云："锦城在益州南，笮桥东（西之误），流江南岸，昔蜀时故锦宫（官之误）也。其处号锦里，城堙犹在。"乌角巾：古代隐士常戴的一种有棱角的头巾，宋代苏东坡多流放，常有这种装束，所以又称"东坡巾"。东坡诗云："父老争看乌角巾。"芋栗：即朱家园子里栽种的芋头、板栗。陆游《次韵范参政〈书怀〉十首》云："芋栗多储煮复煨。"

[2] 宾客：即杜甫本人。阶除：台阶，晋陆机《赠尚书郎顾彦先》诗云：

"潢潦浸阶除。"前句言自己常到朱家作客,朱家小儿见惯不怯生,对人笑脸相迎,其家和乐融融;后句言鸟雀啄食庭院台阶,人来不惊飞,可见朱家之宁静与祥和。清代黄生《唐诗摘抄》云:"盖富翁好客不难,贫士好客为难,贫士家人不厌客为尤难。非平日喜客之诚,浃入家人心髓,何以有此?"

[3] 野航:指乡村摆渡过河的小船。《方言·舟楫杂释》云:"舟自关而西谓之船,自关而东或谓之航。"

江 村

清江一曲抱村流，长夏江村事事幽。[1]
自去自来梁上燕，相亲相近水中鸥。[2]
老妻画纸为棋局，稚子敲针作钓钩。[3]
但有故人供禄米，微躯此外更何求？[4]

题 解

该诗写于上元元年（760）夏天，其时杜甫草堂已落成。全诗貌似专讲草堂家居生活，当然也该讲讲，漂泊辗转，千里放逐，一家老少跟随杜公受苦太多。但是，杜公岂是满足过小日子的人。他的世受国恩、他的纯儒思想、他的胸怀大志（"致君尧舜上，再使风俗淳"）岂能因因言获罪而就此终止？由此可以断定，此诗非泛泛之作。全诗调子先扬后抑，最后发出有力的追问：老杜你还能做到初心不改么？

诗歌现场

成都杜甫草堂。（地图编号0305）

注 析

［1］清江：即浣花溪。抱村流，用拟人手法。两句诗写夏日草堂清江环绕，环境幽静。

［2］梁：一作"堂"。鸥：水鸟名，《列子·黄帝》云："海上之人有好鸥鸟者，每旦之海上，从鸥鸟游，鸥鸟之至者百往而不止。其父曰，'吾闻鸥鸟皆从汝游，汝取来，吾玩之。'明日之海上，鸥鸟舞而不下也。"南朝江淹诗云："物我俱忘怀，可以狎鸥鸟。"前四句诗表达的意思是，草堂环境真好，这里的燕雀与鸥鸟，自由自在活着，相亲相近乐在其中。

〔3〕稚子：即杜甫的两个儿子宗文（时年十岁）与宗武（时年七岁）。紧接前四句的调子，由物到人，写老妻稚子的安宁与闲适，并传达出别样的亲情温暖。《金圣叹选批杜诗》有云："言老妻弈棋，稚子钓鱼，丈人无事，徜徉其间，真大快活。"

〔4〕但有故人供禄米：一作"多病所须唯药物"。禄米，即官员的俸给。微躯：微贱的身躯，谦词。唐代牟融诗云："自笑微躯长碌碌，几时来此学无还？"从诗意上讲，这里的调子在发生改变，由扬转抑，由述转问：如此醉人的生活，最大的顾虑不过是一家人的生活保障而已，只要不缺吃穿，难道就万事大吉了吗？老杜啊，老杜，你的初心都到哪里去了？你的鸿鹄之志，难道就是与燕鸥同群么？

春夜喜雨

好雨知时节，当春乃发生。[1]

随风潜入夜，润物细无声。[2]

野径云俱黑，江船火独明。[3]

晓看红湿处，花重锦官城。[4]

题解

该诗写于上元二年（761）春。结合杜甫当时的交游和点卯地方官的规矩，此诗当写成都少尹徐知道春日前往草堂看望杜甫。徐少尹对他的流放很同情，对他的才华很赏识，对他经济上有资助。杜甫上年冬即有《徐九少尹见过》诗云："交新徒有喜，礼厚愧无才。"另外，诗中还有约定"何当看花蕊，欲发照江梅"。上元二年春，徐少尹如约再次来到草堂，晚上冒雨舟行回城，杜甫即景写出此名篇。《徐九少尹见过》与本诗可谓姊妹篇。宝应元年七月，徐知道因大宦官李辅国失势，自己没了依靠而叛乱，杜甫对此深恶痛绝，有长诗作出谴责，由此可见杜甫爱憎分明，在大是大非面前不徇私情的一面。

雨：本用典说朋友间一诺千金，这里代指友情、朋友。典出"魏文侯期猎"（《玉函山房辑佚书·魏文侯书》）："文侯与虞人期猎。是日，饮酒乐，天雨。文侯将出，左右曰：'今日饮酒乐，天又雨，公将焉之？'文侯曰：'吾与虞人期猎，虽乐，岂可不一会期哉？'乃往。"杜甫流放成都前，已经用过此典，杜诗《述怀》序云："秋，杜子卧病长安旅次，多雨生鱼，青苔及榻，常时车马之客，旧，雨来，今，雨不来。"成语"旧雨新知"由此诞生。

诗歌现场

成都杜甫草堂。（地图编号0306）

注析

[1] 知：知晓，明白，拟人手法。两句诗表达的意思是，成都的雨真是好，最是春天需要滋润，它来的真是时候。意在言外：称赞徐少尹如约而至，再到草堂。"好雨"即好朋友之谓，指徐少尹。

[2] 潜：悄悄地。两句诗写雨在春夜里随风悄然而至，润物亦悄无声息。春雨绵绵而不觉，一切在梦地里发生，这是成都春雨的形态与特点。意在言外：说徐少尹的同情、关照与资助，润及内心，润及家人，让人如沐春风，让人心生欢喜。

[3] 野径：这里指草堂通往江边的乡间小路。唐代皎然《寻陆鸿渐不遇》有云："移家虽带郭，野径入桑麻。"这两句写夜雨中的浣花溪小路与云一样黑漆漆的，唯有江上船只星星点点闪着亮光。意在言外：写自己送徐少尹冒雨登舟回城，以景寓情，喜说这友情给自己暗无天日的流放生活带来了光明与温暖。

[4] 红湿处：缀满水珠的花朵。锦官城：成都别名。蜀锦闻名天下，蜀汉王朝设置锦官管理蜀锦生产，并筑城保护。《初学记》引《益州记》云："锦城在益州南，笮桥东（西之误），流江南岸，昔蜀时故锦宫（官之误）也。其处号锦里，城墉犹在。"两句诗表达的意思是，一夜春雨后，天晓放晴，浣花溪乃至整个成都城，到处是缀满水珠的花朵，娇艳欲滴。意在言外：暗自称赞少尹的重情义，说锦官城在少尹的治理下，明天一定更加美好。

客　至

舍南舍北皆春水，但见群鸥日日来。[1]

花径不曾缘客扫，蓬门今始为君开。[2]

盘飧市远无兼味，樽酒家贫只旧醅。[3]

肯与邻翁相对饮，隔篱呼取尽余杯。[4]

题解

该诗写于上元二年（761）春。作者题下有自注云："喜崔明府相过。"崔盖杜甫舅氏。全诗流露出诗人对恬淡无志的草堂退隐生活心有不甘，崔明府来访，正好助其破了这份寂寥，痛快把酒重论初心。其待客越是热情，越见其不甘淡薄、志向坚定。

诗歌现场

成都杜甫草堂。（地图编号0307）

注析

[1] 但见：只能看见。鸥：水鸟名，注释见杜诗《江村》："相亲相近水中鸥。"两句诗状写的是，自己流放到成都，天高皇帝远的，已经是第二个春天了，这种被抛弃的幽居日子实在孤寂，交游几乎断绝，只能日日"与鸥为伴"。清代黄生《唐诗摘钞》云："经时无客过，日日有鸥来。语中虽见寂寞，意内愈形高旷。"

[2] 花径：指花间小路。缘：因为。两句诗是客人初到时的歉意话：明府崔君，你的到访，对我来讲极重要，早晓得你要来，至少应该提前洒扫庭院，把屋子收拾整齐才好。好客之心溢于言表。

[3] 盘飧：盘中的肴馔。飧，熟食。兼味，几种美味。两句诗是饭桌上

的歉意话：讲家居偏远菜肴欠丰盛，家贫待客只有浊酒一杯。意外之意，流放生活，远离了政治中心，思想守旧，卑无高论。

［4］肯：乐意。呼取：呼唤，招呼。两句诗是写主客双方把酒甚欢的情景：主人好客，客人也不拘小节，于是饮酒乐甚。恰邻居老翁也在饭局中，知老杜家有客人。隔篱打了招呼，崔明府也豪爽，举起酒杯一饮而尽，向邻居老翁问好。这个细节的入诗，是神来之笔，别开境界，一称赞了崔明府的豪爽不拘和亲民，二有言外之意表明我老杜这两年本色不改、初心依旧，如若不信，可质之草堂邻翁也。

绝句漫兴九首（选三）

其三

熟知茅斋绝低小，江上燕子故来频。

衔泥点污琴书内，更接飞虫打着人。[1]

其五

肠断春江欲尽头，杖藜徐步立芳洲。

颠狂柳絮随风去，轻薄桃花逐水流。[2]

其七

糁径杨花铺白毡，点溪荷叶叠青钱。

笋根雉子无人见，沙上凫雏傍母眠。[3]

题解

该组诗写于上元二年（761）春夏之间。各版本题下有注："《冷斋诗话》：'漫兴'当作'漫与'，言即景率意之作也。苏轼、黄庭坚、杨廷秀袭用之，俱押入语韵，姜尧章《蟋蟀》词与段复之词亦然。元以前未有读作'兴'字者，迨杨廉夫始作《漫兴》七言，妄云学杜，其徒吴复从而傅会之，于是世人尽改杜集之与为'兴'矣。"《杜臆》云："'客愁'二字，乃九首之纲领。愁不可耐，故借目前景物以发之。"这里选择三首可见水生态、水环境的作品。杜诗寄寓深，看似率意而为，实际多有讽喻在其中。这组诗写在他被流放到成都的第二个春天，他不知未来何去何从，时光流逝，人在渐老，他希望早日有转机，回到京城竭力效忠君王，报效国家，但一切皆渺茫，恼春情绪由此而来。

诗歌现场

成都杜甫草堂。（组诗，都写草堂之景，故地图编号也统一为：0308）

注析

[1] 全诗写春天的燕子，明明熟知草堂低小局促，却偏偏频繁往来，飞进飞出。它们衔泥筑巢，掉下的点点湿泥，弄脏了我的琴和打开的书卷；还有，它们捕捉飞虫，衔来喂养雏燕，经常要掉些下来，稍不注意即落在人头上。从字面看，确实有恼人不爽之义在其中，正如金圣叹云："先生满肚恼春遂并恼燕子。看其'熟知'字、'故'字、'频'字，皆恼极，几于欲杀欲割，语可笑也。"事实上是并非真恼外物也，否则燕子安能筑巢。不过借此说自己的被流放之"愁"而已。

[2] 从字面看，全诗重点写浣花溪晚春景象：柳絮随风飘荡，流水落花春又去。更深的寄寓是：浩荡的春天是有尽头的，但是我满腔的忧愁，恰如这一江流水在奔流，想看到尽头，却又不能。癫狂与轻薄，带有诗人的埋怨，埋怨时光流逝的无情，埋怨这个世界无人能懂我被流放的冤屈。

[3] 糁径：指落满杨花的小路。糁，散粒。韩愈《送无本师归范阳》云："始见洛阳春，桃枝缀红糁。"青钱：刚出水的荷叶。范成大《白莲堂》云："古木参天护碧池，青钱弱叶战涟漪。"相比前两绝，这首诗好像没什么更深的寄寓，无非写草堂由春入夏之实景。但要深究下去，"沙上凫雏傍母眠"就分明在用典屈原《卜居》的一问——"宁昂昂若千里之驹乎，将泛泛若水中之凫，与波上下，偷以全吾躯乎"。表达的意思是，这看不到尽头的流放日子，我该何去何从：是继续保持坚贞的品质，永葆家国情怀呢？还是就随波逐流放弃高远的理想，从此淡入江湖，像野鸡野鸭一样生儿育儿了此残生？从诗人的教养与高洁的灵魂看，他注定放弃不了，他不会轻易落入平庸。

江涨·江涨柴门外

江涨柴门外，儿童报急流。[1]

下床高数尺，倚杖没中洲。[2]

细动迎风燕，轻摇逐浪鸥。[3]

渔人萦小楫，容易拨船头。[4]

题解

该诗应写于上元二年（761）四月，而不是760年夏日。讲述的历史事件是"术士长塞镇将朱融与左武卫将军窦如玢等谋奉嗣岐王珍作乱，金吾将军邢济告之。夏四月乙卯朔，废珍为庶人，溱州安置，其党皆伏诛"（《资治通鉴·唐纪三十八》）"融尝言珍似上皇（玄宗），因有阴谋，往语金吾将军"（《新唐书·三宗诸子》）。这一犯上之乱估计发生在三月底，幸被告发，否则又会天下大乱。"嗣岐王珍谋反，诏羽穷劾，乃悉召支党，环以榜具，囚惶怖，一昔狱成，珍赐死，左卫将军窦如玢等九人皆斩，太子洗马赵非熊等六七人毙杖下。"（《新唐书·酷吏列传》）

诗歌现场

成都杜甫草堂。（地图编号：0309）

注析

[1] 江涨：杜公流放成都之前，即以江涨的情景喻写过安史之乱的爆发，潼关被破，题为《三川观水涨二十韵》。这里沿袭该做法，写嗣岐王珍谋作乱。柴门：对应《茅屋为秋风所破歌》之"茅屋"，用典尧帝"茅茨不剪"。这里喻写长安城之皇宫。另外，金吾将军职责是"掌宫中及京城昼夜巡警之法，以执御非违"，说明金吾将军是护卫皇帝的亲随，金吾将军邢济是策反对

象,这也表明嗣岐王所谋的这场叛乱真是与皇宫近在咫尺。"儿童"在这里即指告发叛乱阴谋的金吾将军邢济。

[2]两句诗表面上是在写诗人急忙下床出门去看涨水情景。实则在讲引发这场叛乱的原因,肃宗玄宗集团的政斗一直在持续。"下床"句:用东汉大贤郭林宗下床向仇览拜师的典故(《后汉书·仇览传》),写房琯、张镐等有类于仇览一样的玄宗旧臣,于上年被肃宗清洗,贬官不用。"倚杖"句:用典《晋书》"其倚杖虚旷,依阿无心者皆名重海内",是在说此时此刻朝中全部被小人霸占,李辅国等人为所欲为,甚至于将玄宗兵胁迁居西内。

[3]迎风燕:用典屈原《离骚》中的"鸷鸟之不群兮,自前世而固然"。鸷鸟不群燕雀而已。逐浪鸥,寓随波逐流之义。表象上写微波荡漾的江面上有迎风飞翔的燕子,有随波飘荡的鸥鸟。实则在写整个大唐帝国依旧激流涌动,所见的无非是胸无大志的燕鸥之类的人物。

[4]拨:有多种版本写为"拔。"应为拨,即拨转、掉转之义。最后两句诗,表象上是在写江涨后,岸边所系的渔家小船,轻易就能拨转船头。实际是在用典说事,所用之典故为屈原《渔父》篇,表达的意思是,渔父之洒脱,我却不能。道理很简单:他一船一桨一人而已,想掉头就掉头,无所顾忌,也很容易;我则世受国恩,忠君报国,焉能半途而废!当然,诗中也包含有对时局的灰心、纠结与失望情绪,这是难免的。

江涨·江发蛮夷涨

江发蛮夷涨，山添雨雪流。[1]

大声吹地转，高浪蹴天浮。[2]

鱼鳖为人得，蛟龙不自谋。[3]

轻帆好去便，吾道付沧洲？[4]

题解

该诗应写于上元二年（761）五月。此年三月底四月初，嗣岐王珍谋反失败，消息约在四月底传到成都。估计杜公刚写完《江涨·江涨柴门外》诗，东川节度兵马使、梓州刺史段子璋叛乱就发生了。史料显示叛乱发生时为四月壬午（二十八日），这场叛乱到秋天尚未结束（杜甫 762 年有诗《去秋行》）。段子璋为玄宗旧臣，《资治通鉴·唐纪三十八》有云："子璋骁勇，从上皇在蜀有功，东川节度使李奂奏替之，之璋举兵，袭奂于绵州。"这场叛乱表明肃宗对玄宗势力的清洗一直未了，段子璋出于自保，铤而走险。

诗歌现场

成都杜甫草堂。（地图编号：0310）

注析

[1] 两句诗表面上写江涨之由，说岷江发源于蛮夷之地，江涨是因山中降雨、冰雪融化造成的。事实上是在用"山添雨雪流"说段子璋又给风雨飘摇的大唐帝国带来一场新灾难。这是雪上加霜的事情，是在承继嗣岐王珍之乱说事。这里的"蛮夷"非指同年二月的奴剌党项入侵，外族入侵在杜诗建构的写作体系里不会用"江涨"来说事。这里的"蛮夷"是相对长安来说的巴蜀之地，段子璋作乱梓州，陷绵州，破遂州，战火恰在巴蜀地盘上。不明

白这一点,很容易被四川的山川结构所误导,想当然以为是在泛泛而讲岷江的水涨情景。此外,西晋木华《海赋》有云:"乖蛮隔夷,回互万里。"杜公用此典,也在痛诉叛乱带来的分离。

[2] 这两句表面上写江涨之势。地转、天浮:出自西晋木华《海赋》"又似地轴,拔挺而争回","㴒㴒潋滟,浮天无岸"。两句诗的大意是说,洪水巨大的浪涛声,听起来好似大地都在转动一般;连天的波浪翻卷,茫无边际,就像天也在漂浮滚动。就实际情况看,杜公是在喻写段子璋的叛乱,如大洪水一般来势汹汹。当然,也有结果在其中:"地转"有喻大乱之帝国倾倒之势不可逆转;"天浮"还拐弯抹角用典《六韬·军用》之"以天浮张飞江,济大海,谓之天潢"。引出"天潢"一词,用以指皇族后裔,庾信《为杞公让宗师骠骑表》即云:"凭天潢之派水,附若木之分枝。"这里应是在说遂州刺史任上的大唐皇室虢王李巨在叛乱中被杀害。

[3] 表面上这一联才写到江涨所驱。洪水发,鱼鳖靠岸,为人所得成为必然;水势极大,蛟龙被搅得身不由己离开窟穴。刘向《晋文公逐麋》云:"鱼鳖之居也,厌深而之浅,故得。"实际情况是,上联已经在写叛乱带来的恶果很大,动摇帝国之基,伤害皇室子弟。这一联继续写叛乱不仅殃及无辜百姓,在战争中,引发叛乱的东川节度使李奂也败走成都。以"蛟龙"喻指节度使,不单出现在这首诗中,还有写后来的西川节度使严武之死,"风送蛟龙雨,天长骠骑营"。

[4] 最后一联表面上写江涨所感,自己意欲轻帆逐远过隐逸的生活。沧洲:指远离尘俗的山水胜处。仇兆鳌注云:"神仙境也。"杜诗《奉先刘少府新画山水障歌》云:"闻君扫却赤县图,乘兴遣画沧洲趣。"事实上杜公是在就叛乱发出诘问,大唐处在风雨飘摇之中多年,玄宗、肃宗父子的争斗,让乱局雪上加霜,战火已蔓延至蜀中,作为一个被流放的戴罪之臣,我该何去何从?轻帆逐远吗?还有必要坚守初心么?杜公守护的"道"是"致君尧舜上",而现实中的乱局太令人失望。当然,从这个诘问看得出来,杜公的本心还有执着、坚守的成分在,这才是他伟大的地方。

草堂即事

荒村建子月，独树老夫家。[1]

雾里江船渡，风前径竹斜。[2]

寒鱼依密藻，宿鹭聚圆沙。[3]

蜀酒禁愁得，无钱何处赊。[4]

题解

该诗写于上元二年（761）十一月。清代黄生《杜诗说》对此诗的解读值得注意，"题曰《即事》，诗中竟无一事，味其意，不过借一诗纪'建子月'三字耳"。据《新唐书》记载，肃宗上元二年九月，诏去上元号，称元年，以十一月为岁首，名为建子月。壬午朔，上受朝贺，如正旦仪。黄生又云："全诗觉得字字冰冷……极写其寥落之概，含蓄深永，抱慨无穷。"杜甫因夹在玄宗、肃宗之间，被肃宗放逐，又时时心系朝廷，内心世界非常复杂。此时此刻，长安有盛典，热闹非凡，而他却偏处成都郊外，冰冷独处，"抱慨无穷"确是真实的心理写照。但冰冷之中，依旧有寄寓在其中。题为"草堂即事"已经非常巧妙地使用了"茅茨不翦"典故，告诉读者正文所写是有关朝廷的事情。这是除《茅屋为秋风所破歌》以外，再次在题中用典"茅茨不翦"的作品，一般情况很容易被忽略。

诗歌现场

成都杜甫草堂。（地图编号：0311）

注析

[1] 建子月：按题解所云，代指长安的大典。首句诗直接将成都荒村与长安大典连接起来，形成鲜明对比；再将满朝文武的朝贺与荒郊踽踽独行的

诗人形成对比。表面无事，实则大事一桩。

［2］两句诗承继首联，以景语说情语，状写内心的荒凉感。一个献过三大礼赋（《朝献太清宫赋》《朝享太庙赋》《有事于南郊赋》）得宠玄宗，后来又麻鞋见天子感动过肃宗的近臣，如今恰逢朝廷大典，却被流放成都荒郊野外，无缘参与，这样的人生境遇，落差之大，其内心的苦痛又有几人能懂得呢？

［3］两句诗表面继续写景，实则在表示诗人对长安朝中"建子月"大典的献祭与祝福。寒鱼、密藻：用典周天子祭祀祖庙献鱼的乐歌《诗经·周颂·潜》。诗云："猗与漆沮，潜有多鱼……以享以祀，以介景福。"《诗序》云："冬荐鱼，春献有鲔也。"郑《毛诗传笺》云："冬，鱼性定；春，鲔新来。荐之者，谓其于宗庙。"孔颖达《毛诗正义》云："冬则众鱼皆所荐，春惟献鲔而已。冬月既寒，鱼不行而肥，故荐之。"杜公祝福朝中"建子月"大典，时在十一月，正是冬季，所献恰为"寒鱼"。另外，还用典周天子宴饮天下所唱的歌《诗经·小雅·鱼藻》。诗云："鱼在在藻，有颁其首。王在在镐，岂乐饮酒。"鹭聚圆沙：另有版本为"雁聚圆沙"。这里以"鹭"讲才合诗人本意，因为杜公此处是在用典《诗经·周颂·振鹭》——"振鹭于飞，于彼西雍"，讲宋微子朝周助祭之事（也是大典），以鹭之纯白与优雅比微子，美其仁德，亦以此喻自己，并用《振鹭》原义箴规肃宗和勉励自己，永葆此美德。《史记·宋世家》云："微子曰：'父子有骨肉，而臣主以义属。故父有过，子三谏不听，则随而号之；人臣三谏不听，则其义可以去矣。'于是太师、少师乃劝微子去，遂行。周武王伐纣克殷，微子乃持其祭器造于军门，肉袒面缚，左牵羊，右把茅，膝行而前以告。于是武王乃释微子，复其位如故。"由此看来，杜甫多次因谏触怒肃宗，终被流放，但他对肃宗一直是忠心耿耿的，对于君臣关系的和解是抱有幻想的。他甚至幻想可以像微子一样在京城举行大典时肉袒请罪，君臣重归于好。

［4］幻想终究是要破灭的。杜公感慨自己的忠心耿耿不为人所知，也不知道何年何月才能结束这样的被冷遇的流放生活，凄冷悲凉的愁怀油然而生。也就只能借酒浇愁了。

全蜀江河诗钞（岷江卷）

王十七侍御抡许携酒至草堂奉寄此诗

老夫卧稳朝慵起，白屋寒多暖始开。[1]

江鹳巧当幽径浴，邻鸡还过短墙来。[2]

绣衣屡许携家酝，皂盖能忘折野梅？[3]

戏假霜威促山简，须成一醉习池回。[4]

题解

该诗写于上元二年（761）冬。全诗题为"王十七侍御抡许携酒至草堂奉寄此诗便请邀高三十五使君同到"。王抡时任彭州刺史，为高适之后任；高适移官蜀州。此年四月，段子璋叛乱，高适带兵随西川节度使崔光远平叛。叛乱平定后，崔光远部下将士花惊定等"肆其剽劫"，大掠东蜀，乱杀无辜。崔光远被罢官，忧患成疾，十月卒。高适代之，以摄尹事至成都。杜甫自然高兴，当即写诗邀请王抡拎上好酒一壶来草堂欢聚，并代请高适一同前来。其后，王抡果携酒至草堂，高适亦同时前来。杜甫为此另作诗一首《王竟携酒高亦同过》。

诗歌现场

成都杜甫草堂。（地图编号：0312）

注析

[1] 白屋：即用白茅或不加油漆的木材盖顶的茅屋，是贫苦人家的住所，这里指草堂。用典《汉书·萧望之传》"今士见者皆先露索挟持，恐非周公相成王躬吐握之礼，致白屋之意"。《汉书·吾丘寿王传》也云："三公有司，或由穷巷，起白屋，裂地而封。"

[2] "江鹳"句：用典周公东征战争结束吟唱的《诗经·豳风·东山》，

诗云:"我来自东,零雨其濛。鹳鸣于垤,妇叹于室。洒扫穹窒,我征聿至。"《毛传》云:"鹳好水,长鸣而喜也。"郑玄《毛诗传笺》:"鹳,水鸟也。将阴雨则鸣。"联系当时的史实,杜公写此诗时天气将雨是真,但主要表达的是自己也像亲人一样,在欢喜等候立下军功的朋友高适前来草堂一聚。邻鸡过墙,同样是在用典,该典出自《诗经·风雨》,其诗云:"风雨凄凄,鸡鸣喈喈。既见君子,云胡不夷?……风雨如晦,鸡鸣不已。既见君子,云胡不喜?"杜公在这里的寄托,不单表示对友人的思念,还讲了自己被贬官被流放所经历的风风雨雨,现在最懂自己的朋友高适等就要来了,还有什么不高兴的呢?两句连起来,还可以阐释为另一层意思,形容在风雨飘摇、局面混乱的时代里,王抡与高适在杜公心中皆堪称有道君子,能坚持操守,现在马上就要见到二人,内心里为此感到喜悦。

[3]绣衣:汉代侍御史"绣衣直指"省称。《汉书》云:"'武帝'遣直指使者暴胜之等,衣绣衣、杖斧,分部逐捕'群盗'。"《汉书·百官公卿表》云:"侍御史有绣衣直指,出讨奸滑,武帝所置。"这里用以代指彭州刺史王抡。皂盖:汉郡太守秩二千石,其所乘车车盖皆黑色,是为"皂盖"。后用以称刺史或郡太守。《后汉书·舆服志》云:"中二千石、二千石皆皂盖,朱两幡。"这里用以代指蜀州刺史高适。折野梅:用典南朝宋陆凯与范晔"驿路递梅花"的故事。陆凯当时在江南,因思念老友,曾通过驿路传递一枝梅花给长安的范晔,传为佳话。

[4]霜威:寒霜般的威严,比喻人的气度严肃而威重,《晋书·索綝传》云:"孤恐霜威一震,玉石俱摧。"这里用以美称王侍御(王抡)。山简、习池:分别是杜公祖籍襄阳的人和物。山简,晋征南将军,曾镇襄阳;习池,汉侍中习郁所凿池塘,在今襄阳岘山南。山简镇襄阳时,常到习池赏游,每宴饮,必大醉。《世说新语·任诞》刘孝标注引《襄阳记》:"汉侍中习郁于岘山南,依范蠡养鱼法,作鱼池,池边有高堤,种竹及长楸,芙蓉菱芡覆水,是游燕名处也。山简每临池,未尝不大醉而还,曰'此是我高阳池也。'"

春水生二绝

其一

二月六夜春水生，门前小滩浑欲平。

鸬鹚鹳鹈莫漫喜，吾与汝曹俱眼明。[1]

其二

一夜水高二尺强，数日不可更禁当。

南市津头有船卖，无钱即买系篱旁。[2]

题解

两首诗应写于宝应元年（762）春。上年十月，崔光远卒，严武代之入蜀。杜甫758年六月被贬，然后被流放，自此掐算一直到严武这次入蜀，共计经历大赦六次之多，均与杜公无缘。第七次大赦发生在宝应元年二月，应是严武入蜀后的帮忙，让杜公提前知道了大赦有望的消息，故而欣喜作此诗。史书记载：宝应元年二月（建卯）、三月（建辰）、四月（建巳）各有一次大赦。建子月作《草堂即事》时，杜公都还深陷苦恼中，全诗字字冰冷；建卯月之六日夜，他写此诗时的心情却截然不同，若非关乎他人生的大赦之事，他能如此欢欣么？首绝居然把"二月六夜"作出强调，如此现象在杜公草堂诗中极为少见，这也说明此事关系重大。

诗歌现场

成都杜甫草堂。（地图编号统一为：0313）

注析

[1]䴔䴖鸂𪆟：皆水鸟名。䴔䴖，又名鱼鹰。屈原《九思》之《悼乱》有云："哀我兮寡独，靡有兮齐伦。意欲兮沉吟，迫日兮黄昏……鸿鸼兮振翅，归雁兮于征。"鸂𪆟，好并游，似鸳鸯，色多紫，今人已将此物遗忘，与鸳鸯混淆不分。《本草纲目》云："此鸟专食短狐，乃溪中敕逐害物者。其游于溪也，左雄右雌，群伍不乱，似有式度者。"唐代盛行此物的饲养，皇帝亦喜欢，《唐书·倪若水传》有云："玄宗遣中人捕䴔䴖、鸂𪆟南方。"又《唐书·地理志》载"河南道蔡州汝南郡土，贡双距鸂𪆟。"隋代杜台卿《淮赋》云："鸂𪆟寻邪而逐害。"杜甫草堂诗，不仅学屈子以䴔䴖喻自己，还自创以鸂𪆟喻自己，这是要引起重视的。第一首诗写春水生，草堂门前的小河滩，整体都快淹没了。䴔䴖与鸂𪆟，在水里，扑棱棱地追逐撒欢。这是杜公在写自己获大赦的欢欣，感谢皇恩浩荡，春水生，原谅了远逐西南的罪臣。

[2]第二首诗接着写昨晚泛涨的春水，一夜之间高了两尺有余，诗人在借水之涨势，状写肃宗大赦天下的皇恩浩荡。最后两句是说，成都城南锦江码头有船卖，可惜没有钱，否则自己会立即买来系在竹篱旁。表达了杜公的心急，他渴望大赦天下的诏书快快到蜀，他渴望早日乘船水路出蜀回到长安，报效朝廷。

春 水

三月桃花浪，江流复旧痕。[1]

朝来没沙尾，碧色动柴门。[2]

接缕垂芳饵，连筒灌小园。[3]

已添无数鸟，争浴故相喧。[4]

题解

该诗写于762年春三月。全诗所写皆草堂三月水景，不易察觉其深层所寄。细细研读，其实是在写三月上巳节。估计此时诗人二月获大赦的消息已落地，并传到成都。但是，并没有官复原职。所以一切只能等待，只能静观其变。标题题为"春水"，表明此诗与此年二月六日所写"春水生二绝"是一脉相承的，皆写被赦之事。另外，也用典江淹《别赋》所云"春草碧色，春水渌波"，以男女之情表对肃宗的思念。

诗歌现场

成都杜甫草堂。（地图编号：0314）

注析

[1] 桃花浪：一说桃花水。徐坚（659—729）所编的《初学记》卷三引《韩诗章句》云："'溱与洧，方涣涣兮。'谓三月桃花水下时。郑国之俗，三月上巳，此水招魂续魂，祓除不祥之故也。"《后汉书·礼仪上》："是月上巳，官民皆洁于东流水上，曰洗濯祓除，去宿垢疢，为大洁。"两句诗的意思是，又到三月上巳节了，桃花水来，河道旧痕（水利学上称为"消落区"）重新被淹没。流放幽居的日子，让我失魂落魄很久了，现在被大赦，确实需要借桃花水为自己招魂续魂。

[2]沙尾：水中洲岛之沙滩边缘。东晋曹毗云："飞鹭下乎沙尾。"柴门，与"江涨柴门外"的用法一致，喻写长安城之皇宫。"朝来没沙尾"化用江淹《别赋》"同琼佩之晨照"，表对君臣关系美好时光的思念。"碧色动柴门"化用江淹《别赋》"春草碧色，春水渌波"，写自己对京城的思念如春草无边，碧色动人。

[3]芳饵：香饵，用于引鱼上钩的食物。用典晋傅咸《赠何劭王济》"临川靡芳饵，何为守空坻"，表自己像傅咸一样羡慕那些高升或官复原职的同仁，但是此时此刻，自己除了等待，又能如何呢？只好如傅咸一样"乐道以忘饥"。并祝福"王度日清夷"。灌小园：典出"於陵灌园"。表自己会坚守节操，不沦入平庸。於陵子：即陈仲子，战国齐人，以兄食禄万钟为不义，适楚，居于於陵，故号於陵子。楚王欲以为相，不就，与妻逃去，为人灌园。其事迹散见于《孟子》《荀子》。另外，连筒之"筒"写的是当时蜀中常见的灌溉提水工具，即筒车。

[4]争浴：本写鸟儿与人一样利用桃花水洗濯祓除，仪式感满满，喧声水面。喻指本次大赦，皇恩浩荡，涉及的人很多，引起的议论也多。

遣意二首

其一

啭枝黄鸟近，泛渚白鸥轻。[1]

一径野花落，孤村春水生。[2]

衰年催酿黍，细雨更移橙。[3]

渐喜交游绝，幽居不用名。[4]

其二

檐影微微落，津流脉脉斜。[5]

野船明细火，宿雁聚圆沙。[6]

云掩初弦月，香传小树花。[7]

邻人有美酒，稚子夜能赊。[8]

题解

该诗应写于上元二年（762）三月初，与《春水生二绝》是一系列的作品。"初弦月"表时间，史料记载大赦在二月"辛亥朔"，即二月初一；诏书到成都正好三月初。这里以"遣意"为题，即表明两首诗同样非泛泛写景之作。杜公流放五年，终于被大赦，他想表达的东西实在太多太多。这两首诗的写作，应在大赦诏书收到之时，此前写《春水生二绝》是在"二月六夜"。当时诏书肯定没到四川，只因为严武的关系，提前知道了消息而已。现在尘埃落定，杜公在回顾这些年的心路历程，表达诸多酸楚之情和万千感慨。

诗歌现场

成都杜甫草堂。（地图编号统一为：0315）

注析

[1] 黄鸟：即黄雀，用典《诗经·秦风·黄鸟》寓意，讲说君臣关系，君王对臣子的惩罚，应"止于棘（危急）""止于桑（悲伤）""止于楚（痛楚）"。渚：水边。晋陆机《豫章行》云："汎洲清川渚，遥望高山阴。"白鸥：张华注《禽经》云："鸥，水鸟，如仓庚而小，随潮而翔，迎浪蔽日……群鸣，喈喈优优，随大小潮来也。"白鸥正可喻指处江湖之远的那些随波逐流的人。两句诗连起来表达的意思是：曾经多么良好、多么谐和的君臣关系，一切美好记忆都还近在眼前。被贬逐长安已有五个年头（758年被贬华州），我已经变成随波逐流之人，闲散如鸥鸟，日子轻飘飘的。

[2] 一径：即满径之义。两句诗表达的意思是：流放生活，时光催人老，正如这满径野花飘落；这些年我内心的孤苦，正如这荒村的春江水，绵绵不绝。

[3] 酿黍：字面义为以黍酿酒。移橙：字面义即移栽橙树。对这两句诗表面之意，解说最好的是清代黄生，其《杜诗说》云："'酿黍''移橙'，皆为借以送老。然饮酒尚恐惟日不足，种树又安能待其长成！"杜甫的寄寓又岂止伤春述怀。黍，用典"黍离之悲"，表这些年来的忧国忧民，表自己对大唐王朝受重创的伤心，不为人理解，"知我者，谓我心忧；不知我者，谓我何求"（《诗经·王风·黍离》）。橙，柑橘类水果，这里用典屈原《橘颂》，以橘自比，表自己一心忠君爱国，"深固难徙""独立不迁"。两句诗所讲之事为：国难当头，黍离之悲催人老；风雨飘摇，流放未改我初心。

[4] 第一首的最后一联包含自悲自笑的情味在其中，怨而不怒——放逐天涯这么久了，一切交游都断绝了，都不需要隐姓埋名，就自然隐居了。

[5] 两句诗状写夕阳照耀下，草堂的檐影投在地上，无声无息；浣花溪春水，静静地流淌着。自己的烦忧慢慢消散，内心也安静下来。两句诗还表达了一切都尘埃落定之意。

[6] 两句诗写天色逐渐暗下来，江边的渔船停泊处，渔人开始生火；远远的沙洲上，一只只止宿的大雁落下来，聚在一块儿。雁聚圆沙：用典《诗

经·大雁》："鸿雁于飞，集于中泽。"表达的意思是，大赦诏书已到，自己的流放生活宣告结束，我决定乘船出蜀，像大雁一样重回北方，回到长安。

[7] 初弦月：即上弦月。两句诗状写的是云散花开的情景，喻义非常直接，感慨大赦尘埃落定，终于等到云散花开的这一天。

[8] 最末两句表达的是，如此喜事，可以为之浮一大白。美酒已无，但邻家有藏；呼儿登门，可连夜赊来。

溪 涨

当时浣花桥,溪水才尺余。
白石明可把,水中有行车。[1]
秋夏忽泛溢,岂惟入吾庐!
蛟龙亦狼狈,况是鳖与鱼。[2]
兹晨已半落,归路跬步疏。
马嘶未敢动,前有深填淤。[3]
青青屋东麻,散乱床上书。
不意远山雨,夜来复何如?[4]
我游都市间,晚憩必村墟。
乃知久行客,终日思其居。[5]

题 解

该诗应写于762年五月间。此时杜公之流放已经被大赦,他应在等待朝廷的召还。但是等来的却是不好的消息,四月甲寅(五日)玄宗崩,肃宗病中发哀。乙丑(十六日)太子监国,张皇后矫诏,欲发动政变。丙寅(十七日)政变平息,张皇后势力败。肃宗在政变中被吓死。己巳(二十日)代宗在灵前即位。全诗以"溪涨"为题,以成都草堂所在的浣花溪水景为喻,讲述政变始末,并在诗中表达了自己对国家与个人前途的感伤,表达了危乱之际自己报效新君、报效大唐帝国的初心与使命不改。

诗歌现场

成都杜甫草堂。(地图编号:0316)

全蜀江河诗钞(岷江卷)

注析

[1] 浣花桥：即当时成都浣花溪上的桥梁。白石：用典《诗经·唐风·扬之水》所写曲沃桓叔欲篡宗国失败之事（见《左传·桓公二年》），隐喻大唐762年四月发生以张皇后为首的欲废除太子的一场政变，该政变也以失败告终。诗经原文中有"扬之水，白石凿凿"，"扬之水，白石皓皓"，"扬之水，白石粼粼"等语，是在说政变发生之前，一切都昭然若揭，明明白白。行车：用典《诗经·小雅·正月》第九章、第十章讲行车安危的诗句"终其永怀，又窘阴雨。其车既载，乃弃尔辅。载输尔载，将伯助予。无弃尔辅，员于尔辐。屡顾尔仆，不输尔载。终逾绝险，曾是不意。"喻写政治运行务必谨慎，远贤人则易出问题；艰危之时大贤称职，方可转危为安。这里的"水中行车"更显得其运行艰难，也就是说政变发生之前整个大唐帝国政局很不乐观。另外，《诗经·小雅·正月》中的"正月"即正阳之月，周历为六月（唐史中为"建巳月"），夏历为四月，点明了本次政变发生的时间在夏日。

[2] 吾庐：表面上在写溪水上涨，进入了杜公所居之草堂。实则另有所托。"庐"包含多种意思，这里至少包含两种意思：一是指居父母丧时所住之小屋。《礼记·丧服大记》云："父母之丧，居倚庐。"《荀子·礼论》："齐衰，苴杖，居庐，食粥，席薪，枕块，所以为至痛饰也。"联系唐史资料，这里是在讲张皇后密谋的政变发生时，玄宗刚驾崩才十余天，整个帝国还处在国丧期间。政变发生，对国丧形成严重冲击。朝廷上下，危机四伏。二是承继杜诗"吾庐独破受冻死亦足"包含的隐喻，吾庐即茅屋，代表儒家道统，典出"尧之王天下也，茅茨不剪"（《韩非子·五蠹》），以谴责发动这场政变的乱臣贼子。蛟龙亦狼狈：喻指在政变中久病的肃宗被吓死，张皇后、越王係、兖王僴被杀。鳖与鱼：喻指在长生殿逼张皇后下殿时，宦官宫人惊骇逃散，此后知内侍省事朱光辉等二十余人被流放黔中。

[3] "兹晨"句：以半落之水势写政变发生突然，平息也快。史料显示，四月乙丑（十六日）张皇后矫诏太子入宫，当晚政变发生，李辅国等勒兵收捕越王係等百余人，张皇后及左右数十人也被幽禁后宫。丁卯（十八日），肃

宗崩,张皇后等被杀。"归路"句:一语双关,一是在感慨如此折腾,大唐帝国真是走上了不归之路,因为归路已经生疏;二是由写京城之政变转入写杜公自己。本来杜公已经于此年二月被大赦,一直在等待肃宗将其召回,重新任职,报效朝廷,现在此事搁置了,渺茫了,回不去了。一朝天子一朝臣,历来如此。"马嘶"句:马嘶,用典《古诗十九首》"胡马依北风,越鸟巢南枝",是在用思乡怀土之意表达自己对政治乱局的关心,渴望回到长安,但是"道路阻且长"。深填淤:即用以喻指重重阻碍。

[4] "青青""散乱"两句表面在说杜公所居草堂东边有麻地,屋子内床上之书籍散乱。实际却不是这样。第一句的"青青"出自"青青子衿"(《诗经·郑风·子衿》),讲自己大赦之后未复官,尚为"青衣"贤者;"屋东麻"出自"东门之池,可以沤麻"(《诗经·陈风·东门之池》),讲自己若能回到长安,可以像贤女子配君子一样沤麻,帮助新君代宗整理朝政。这里两典化合,极为巧妙,貌似写景,实则在表达关心大乱之后的朝政。第二句以书之散乱需要整理之表象,来表明自己回到朝廷后可以充当像"书槅"一样的贤臣角色,其用典也极隐蔽。所用之典故为杜笃《书槅赋》,其词云:"惟书槅而丽容,象君子之淑德。载方矩而履规,加文藻之修饰。能屈伸以和礼,体清净而坐立。承尊者之至意,惟高下而消息。"杜公自比有淑德之君子,中规中矩,富有文采,能屈能伸,人格高洁。赋文中所谓"尊者",即喻指新君代宗也。

"不意""夜来"两句,同样一语双关,一是表象上追问还会不会有雨,还会不会涨水,实际在担心政治乱局的再次恶化和不可收拾;二是在追问新君代宗,皇恩雨露,能否均沾及己,表明自己希望得到代宗垂怜,报效国家。杜公身历乱世,沉痛悲凉,但是他似乎从来就没有对大唐帝国绝望过,这种心境,千古唯此一人而已。

[5] 村墟:用典《尚书》"舜生姚墟"之说,《孝经·援神契》中也有此说。杜公毕生志向"致君尧舜上,再使风俗淳"在此再次得到印证。思其居:用典《诗经·唐风·蟋蟀》所云:"无已大康,职思其居。好乐无荒,良士瞿瞿。"杜公告诫自己要时刻想到自己的初心,不能耽于逸乐云云。最后四句看似闲散碎语,说自己白日游走成都城,晚上必须回到草堂所在的浣花溪村落。

全蜀江河诗钞(岷江卷)

明白所用典故后，才会懂得，杜公原来是在说自己"致君尧舜上，再使风俗淳"的志向，是在表自己身为良士的忠心，是在勉励自己不能因为流放太久就像耽于逸乐一般放弃了初心与使命。

登 楼

花近高楼伤客心，万方多难此登临。[1]

锦江春色来天地，玉垒浮云变古今。[2]

北极朝廷终不改，西山寇盗莫相侵。[3]

可怜后主还祠庙，日暮聊为梁甫吟。[4]

题解

该诗写于广德二年（764）春。其时朝廷再派严武镇蜀，杜公放弃东下出蜀念头，举家从阆中返回成都，准备迎接严武。762年七月杜公送严武回京安葬两帝，成都徐知道反，草堂不可回，只能浪迹东川。三个年头了，如今他重回成都，登斯楼，万般情绪涌上来，于是写下该名篇。当然，就诗歌表达的意思看，重心在痛伤763年十月发生的吐蕃入寇陷长安之大乱，成都西山一带截止写诗时也还在吐蕃的占领中。

诗歌现场

成都。（地图编号：0317）

注析

[1] 万方多难：写当时唐王朝的风雨飘摇。具体而言，当指上年（763）发生的事情居多：正月安史之乱平定；三月安葬玄宗、肃宗；十月吐蕃入寇陷长安，代宗出奔陕州；十一月，郭子仪收复长安；十二月代宗回京，吐蕃卷土重来，成都西山松、维、保三州及云山新筑二城全部沦陷……再加上浙东袁晁之乱，到四月才得以平定。正所谓万方多难，也不知道何时是个尽头。

[2] 锦江：即濯锦江。玉垒：泛指成都西山，左思《蜀都赋》云："廓灵关以为门，包玉垒而为宇。"两句诗的字面意思：写锦江两岸蓬勃的春色铺

全蜀江河诗钞(岷江卷)

天盖地而来，玉垒山上的浮云变幻无穷，就像古往今来世事的变迁。其内在则包含多层意思：一是登高怀远的盼友之情，如春色无边，绵绵不绝，诗句化用《诗经·豳风·七月》中的"春日迟迟，采蘩祁祁。女心伤悲，殆及公子同归"之意，也有《楚辞·招隐士》中的"王孙游兮不归，春草生兮萋萋"的味道；二是在感慨动荡飘摇中的大唐，多灾多难，多变幻，恰如天边浮云，唯有江山不变，人主却换了几茬。

[3]北极：星名。《史记·天官书》云："中宫天极星，其一明者，太一长居也。"太一又叫"太乙"，是五帝时期对北极星的称法。古人常以北极星指代朝廷，即由此而来。西山寇盗：即指吐蕃军队。两句诗表达的意思：中央王朝是有韧性的，轻易颠覆不了的，吐蕃就大可不必折腾了。这是在说763年十月吐蕃入寇陷长安，后被收复，年末又卷土重来占领成都西山之事，杜公认为吐蕃此举是无谓的，相信朝廷会渡过这一劫难。

[4]"可怜"句：讲三国时期蜀后主刘禅宠信宦官黄皓妨贤误国之事。梁甫吟：也是用典。《梁甫吟》本是悼念齐国公孙接、田开疆和古冶子的诗，讲的是齐景公听信晏婴谗言，害死了三位勇士。朱嘉征评价《梁甫吟》云："无罪而杀士，君子伤之，如闻《黄鸟》哀音。"杜公在这里，一是在感念吐蕃之乱后，唐代宗出奔陕州，此时此刻好歹又回到了长安。二是在用典讽喻代宗宠信宦官程元振、鱼朝恩。特别是程元振，763年因其谗言，先后害死山南节度使来瑱、同华节度使李怀让，让天下寒心；这家伙还有更可恶的，吐蕃入寇的事，不及时上奏，导致大祸。《资治通鉴》有云："诸将有大功者，元振皆忌疾欲害之。吐蕃入寇，元振不以时奏，致上狼狈出幸。上发诏征诸道兵，李光弼等皆忌元振居中，莫有至者。"

进　艇

南京久客耕南亩，北望伤神坐北窗。[1]
昼引老妻乘小艇，晴看稚子浴清江。[2]
俱飞蛱蝶元相逐，并蒂芙蓉本自双。[3]
茗饮蔗浆携所有，瓷罂无谢玉为缸。[4]

题解

该诗写于上元二年（761）夏日。此诗开篇一改先前的曲笔写法，直接点明向长安说事。中间四句写夫妻双双泛舟浣花溪，看稚子游泳，看蛱蝶相逐，看并蒂芙蓉冉冉开，皆有寓意，言自己和肃宗之间的君臣关系本该如此。结句表达重归于好的愿望，君臣同舟，是为"进艇"。自己会倾其所有，竭忠效力朝廷。以"茗饮蔗浆""瓷罂"喻个人外在装束与内在修为，虽朴素无华，但一定管用。全诗涉及的人物、环境与760年夏日所写的《江村》同，但却翻出了别样的新味。

诗歌现场

成都杜甫草堂。（地图编号：0318）

注析

［1］南京：指当时的成都，唐玄宗至德二年（757）为避安史之乱幸蜀时所置，760年改置南京于荆州。杜甫这里习惯上沿袭先前的叫法而已。耕南亩：因草堂在成都西南，杜甫流放至此，故谓之耕南亩。北望：表想念长安之意。伤神：即伤感。南朝江淹《别赋》云："造分手而衔涕，感寂寞而伤神。"

［2］稚子：即杜甫的两个儿子宗文（时年十一岁）与宗武（时年八岁）。清江：即浣花溪。

全蜀江河诗钞（岷江卷）

[3] 蛱蝶：即蝴蝶。汉乐府《蛱蝶行》云："蛱蝶之遨游东园，奈何卒逢三月养子燕，接我苜蓿间。"元：犹"原"，本来。并蒂芙蓉：指两朵荷花并排长在同一茎上。屈原《离骚》云："制芰荷以为衣兮，集芙蓉以为裳。"双飞蝴蝶、并蒂芙蓉民间多用以喻写夫妻恩爱，这里学屈子"香草美人"手法喻指和谐的君臣关系。

[4] 名饮：指冲泡好的茶汤。北魏杨衒之《洛阳伽蓝记》云："羊肉何如鱼羹？茗饮何如酪浆？"蔗浆：即甘蔗榨成的浆汁。南朝萧绎《谢东宫赉瓜启》云："味夺蔗浆，甘逾石蜜。"瓷罌：盛茶汤的普通瓷器。罌，原为盛酒器，小口大腹。贯休《樵叟》诗云："担头担个赤瓷罌，斜阳独立濛笼坞。"无谢：不让，不亚于。晋葛洪《抱朴子》云："犹日月无谢于贞明，枉矢见忘于暂出。"

题新津北桥楼

望极春城上，开筵近鸟巢。[1]
白花檐外朵，青柳槛前梢。[2]
池水观为政，厨烟觉远庖。[3]
西川供客眼，唯有此江郊。[4]

题 解

该诗写于上元二年（761）春。杜甫被流放成都，虽无官职，但其人格美、诗文美，受敬重与同情是必然。760 年他初到成都，营建草堂，闲散度日，与隐士过从，偶尔去成都府点卯而已。到年底，估计就有官方差事杂事交给他。所以，他到青城、到彭州，出入与交游开始多起来"贫嗟出入劳"（《赴青城县出成都寄陶王二少尹》）。次年春他到新津，受宴请于北桥楼。座中拈得"郊"字（原题下有此注），得此饮宴题壁诗。

诗歌现场

成都新津区。（地图编号：0319）

注 析

[1] 极：穷尽。王粲《登楼赋》云："平原远而极目兮，蔽荆山之高岑。"开筵：摆筵席。《全敦煌诗》卷一四〇有云："开筵美酒整初含。"

[2] 两句诗写北桥楼上所见的春天景致，花白柳青。这般景致，随处可见，倒也普通，但是语言却相当出奇。通常的表达无非"檐外白花朵，槛前青柳梢"。这里因格律所需，打破常规，整个景致变活了，感觉北桥楼被白花、青柳簇拥着，被春天围在了中心。白花、青柳拟人化了，它们都好像专门来为这场宴聚佐欢助兴的。

［3］前句用"水清"之典，喻新津县令为政清廉。据《后汉书·庞参传》载，庞为太守时，"郡人任棠者，有奇节，隐居教授。参到，先候之。棠不与言，但以薤一大本，水一盂，置户屏前，自抱孙儿伏于户下，主簿白以为倨。参思其微意，良久曰：'棠是欲晓太守也。水者，欲吾清也。拔大本薤者，欲吾击强宗也。抱儿当户，欲吾开门恤孤也'"。后句用"远庖厨"之典，喻县令有仁德、施仁政。《孟子·梁惠王上》云："君子之于禽兽也，见其生，不忍见其死；闻其声，不忍食其肉。是以君子远庖厨也。"

［4］两句诗表达的意思是，此时此刻，全部西川，赏花看景，只此江郊最美，也间接称赞为政此方的县令。

游修觉寺

野寺江天豁，山扉花竹幽。[1]
诗应有神助，吾得及春游。[2]
径石相萦带，川云自去留。[3]
禅枝宿众鸟，漂转暮归愁。[4]

题 解

该诗写于上元二年（761）春，其时杜甫初游新津。修觉寺在新津县南河右岸之修觉山，山下即南河、西河、金马河汇合之处，相传神秀禅师结庐于此。杜甫上元二年春曾先后两次到此一游，皆有诗。后诗《后游》云："寺忆曾游处，桥怜再渡时。江山如有待，花柳自无私。野润烟光薄，沙暄日色迟。客愁全为减，舍此复何之？"

诗歌现场

成都新津区修觉山。（地图编号：0320）

注 析

[1] 两句诗的写景视角皆由寺内而外，感受颇新。江天一色，极为开阔；寺庙为花竹簇拥，至抵山门。这种感受与登新津北桥楼一样，整个人好似处在春天的中心，被万物簇拥着。

[2] 两句诗表达的意思是：当此胜景，再联想到写《题新津北桥楼》的畅快，联想到来成都后的诗风之改变，作者情不自禁连连感叹到："这诗兴不断涌起，来得真有神助！""此行也来得真及时，正好春游！"

[3] 萦带：本着词性要与"去留"相对的情形，应分开释义为缭绕和引导。两句诗继续写站在修觉寺内，看小径与山石相缠绕，相引领伸向远方；

看山下之江水，天上的白云，悠悠去留，无所拘束。这种禅意与王维的"行到水穷处，坐看云起时"有相通之处。

［4］最后两句诗的意思是：在领略修觉寺盛大的春天光景之后，已是黄昏，禅院内众鸟喧哗，"鸣声上下，游人去而禽鸟乐"。暮归的诗人突然之间感到落寞，内心不自觉便流露出自己被流放西南辗转漂泊，身心无所归的忧愁。

江上值水如海势聊短述

为人性僻耽佳句，语不惊人死不休。[1]
老去诗篇浑漫兴，春来花鸟莫深愁。[2]
新添水槛供垂钓，故著浮槎替入舟。[3]
焉得思如陶谢手，令渠述作与同游。[4]

题解

该诗应写于宝应元年（762）春，当是紧接《春水生二绝》之后完成的又一力作。水如海势，指浣花溪一带水涨，出现如海之势，是在状写杜公心目中的皇恩浩荡。聊，姑且。浦起龙《读杜心解》有云："吴论云：水如海势，见此奇景，偶无奇句，不能长吟，聊为短述，题意在下三字。愚按：此论得旨。通篇只述诗思之拙，水势只带过。"此论与杜公本意完全不合，还需结合史实，结合杜公人生遭际来解读。

诗歌现场

成都杜甫草堂。（地图编号：0321）

注析

[1] 性僻：性情有所偏，古怪。耽：爱好，沉迷。惊人：打动人。两句诗自道其创作经验和密码，讲自己一直以来作诗沉迷于追求化境，语不惊人，虽死不休也。当然，他在这里也表达了本人对草堂诗大体上是满意的，也颇为自豪。

[2] 浑：完全，简直。"老去"句，承接上联，检讨自己近来所作，多是一些脱口而出的漫兴短章，不在乎"佳句"，不在乎"惊人"与否了，如"二月六日春生水生"云云。他说："这当然也不能全怪我，因为皇恩浩荡春

水生，而且宽广如海，鸟语花香的，不比往日的孤苦凄冷，愁绪万端。"

[3] 水槛：水边木栏。浮槎：竹木筏。两句诗的字面意思是：此时此刻面对突如其来的水涨如海之情景，我只想到了站在新建的水槛边即可钓鱼，想到了以前做的竹木筏，正可以用来代替舟船出海。这样解其实是远远不够的，非杜公本意也。欲懂其内在讽喻，还得明白其用典：一是"垂钓"，用东汉隐士严子陵"垂钓不仕"之典故。《后汉书·严光传》有载，严子陵乃刘秀少时旧友，刘秀称帝，严子陵变姓名隐遁，刘秀访得之，征召他入仕，不受，归富春山耕钓为生。二是浮槎句，用"八月浮槎"之典故。张华《博物志·杂说下》云："旧说云：'天河与海通'。近世有人居海滨者，年年八月有浮槎，去来不失期。人有奇志，立飞阁于槎上，多赍粮，乘槎而去。"两句诗是在讲，面对皇恩浩荡春水如海，自己已经被免罪解放，我该何去何从？以前的想法是浮槎远行去隐居，新的想法是待在成都，垂钓不仕，闲散度日，过田园生活。

[4] 陶谢：指诗人陶渊明和谢灵运。前者是田园诗人，后者是山水诗人，二人皆工于描写景物。结句承接上联，表达的意思是，不管是新想法隐居田园，还是旧想法隐居山水，我如何做得到哦！陶渊明和谢灵运的选择，他们的处境、心境与我这儒家子毕竟是不一样的，我没法做到像他们一样。尾联的这种反问语气，反映了杜公纯儒的坚守和抱负，这也是"诗圣"不同于一般人的地方。

岑参

岑参（约715—770），荆州江陵人。幼年丧父，从兄受书"能自砥砺，遍览史籍"，十五岁隐居嵩阳。二十岁之后出入京洛，为出仕而奔波。玄宗天宝三载（744）中进士，以第二名及第。天宝八载（749）冬至十载（751）春，出塞为安西节度使高仙芝幕僚；天宝十三载（754）夏秋间至至德二载（757）春，再次出塞，为安西、北庭节度使封常清幕僚。永泰元年（765）十一月由库部郎中出为嘉州刺史，因蜀中崔旰作乱，行至汉中而返。大历元年（766）春作为杜鸿渐的幕府，入川平乱；二年赴嘉州刺史任。大历三年七月秩满欲顺江东归，至宜宾阻于群盗（指泸州刺史杨子琳作乱叛军），改北行，转至成都旅寓；五年正月病殁于成都旅舍。唐代边塞诗第一人，与高适合称"高岑"。

江上春叹

腊月江上暖,南桥新柳枝。

春风触处到,忆得故园时。[1]

终日不如意,出门何所之。[2]

从人觅颜色,自笑弱男儿。[3]

题解

该诗大历元年(766)十二月作于成都。蜀地春早,十二月已有春天气息。江,指成都锦江。岑参时在西川节度使幕府任上。

诗歌现场

成都锦江。(地图编号:0401)

注析

[1] 触处:所到之处,或处处。《敦煌变文集·伍子胥变文》云:"空中闻娘子打纱之声,触处寻声访觅。"李商隐《月》诗云:"过水穿帘触处明,藏人带树远含清。"故园:指诗人故里荆州。

[2] 何所之:何所往,去哪里。王维《送别》诗云:"下马饮君酒,问君何所之。"

[3] 从人:跟随他人,这里指做他人的幕僚。觅颜色:看人脸色。两句诗点题,讲"春叹"。深味其诗,作者所叹之事是在说自己跟随崔旰的不如意。大历元年春,岑参随杜鸿渐入蜀,在途中有诗《早上五盘岭》云"此行为知己,不觉行路难"。他们此行是入蜀平乱,乱在崔旰杀了剑南节度使郭英义。入蜀后,崔旰派人献上财物,杜鸿渐贪其利,不再深究,反倒将政事全部交付崔旰办理。岑参在西川节度使幕府,处处看人脸色行事,自然感觉不爽。

石 犀

江水初荡潏，蜀人几为鱼。[1]

向无尔石犀，安得有邑居？[2]

始知李太守，伯禹亦不如。[3]

题解

该诗大历二年（767）写于成都。李冰修筑都江堰，相传刻有五个石犀用以镇水。《华阳国志·蜀志》云："秦孝文王以李冰为蜀守……作石犀五头，以厌水精。"现成都博物馆内陈列有一个，出土于天府广场。

诗歌现场

成都天府广场。（地图编号：0402）

注析

[1] 荡潏：涌腾起伏。南朝张融《海赋》有云："沙屿相接，洲岛相连，东西荡潏，如满于天。"陈子昂《感遇》诗云："云海方荡潏，孤鳞安得宁？"

[2] 向：假设，如果。《史记·伍子胥传》云："向令伍子胥从奢俱死，何异蝼蚁。"皇甫曾《遇风雨作》诗云："向若家居时，安枕春梦熟。"

[3] 李太守：即李冰，秦孝公时为蜀郡太守，主持修建都江堰。伯禹：即大禹，因治水有功，封为夏伯，故又称伯禹。

张仪楼

传是秦时楼，巍巍至今在。[1]
楼南两江水，千古长不改。[2]
曾闻昔时人，岁月不相待。[3]

题解

该诗大历二年（767）写于成都。张仪楼，成都楼名，始建于战国晚期秦灭蜀后，一直沿用到唐代末期。李吉甫《元和郡县志》载："（成都）州城秦惠王二十七年张仪所筑。初，仪筑城屡颓不立，忽有大龟周行旋走，巫言依龟行处筑之，遂得坚。立城西南楼，百有余尺，名张仪楼。临山瞰江，蜀中近望之佳处也。"张仪，战国时著名的纵横家，魏国人，秦惠文王时曾任秦国宰相。前316年，张仪与司马错带兵入蜀，灭蜀为郡。

诗歌现场

今成都市汪家拐与文庙西街之间。（地图编号：0403）

注析

[1] 秦时楼：即张仪楼。《太平寰宇记》引李膺《益州记》云："少城有九门，南面三门，最东曰阳城门，次西曰宣明门，蜀时张仪楼即宣明门楼也。"由此推知，其位置在今成都市汪家拐与文庙西街之间。张仪楼筑成后，成为成都城的标志。在中国古代，张仪楼、散花楼、得贤楼与西楼，并称成都四大古楼。巍巍：高大壮观的样子。《论语·泰伯》云："巍巍乎！舜禹之有天下也而不与焉。"

[2] 两江水：当时叫郫江和检江。乾符二年（875）高骈任剑南西川节度使，为固城防，筑罗城，改府河，使成都城市河流的格局发生重大改变，即

改"二江并流"为"二江抱城"。一直延续至今。

[3] 岁月不相待：陶渊明《杂诗》其一"盛年不重来，一日难再晨。及时当勉励，岁月不待人"。两句意谓江水不改，高楼依然，而昔时筑楼者，转眼已成古人。

龙女祠

龙女何处来，来时乘风雨。[1]

祠堂青林下，宛宛如相语。[2]

蜀人竞祈恩，捧酒仍击鼓。[3]

题解

该诗大历二年（767）写于成都。龙女祠，在唐宋成都城西北隅。黄休复《茅亭客话》卷五云："益州城西北隅有龙女祠，即开元二十八年长史章仇公兼琼拔平戎城，梦一女曰：'我此城龙也，今弃番陬，来归唐化。'后问诸巫，其言不异，寻表为立祠，锡号会昌。祠在少城，旧迹近扬雄故宅。每旱潦，祈祷无不寻应。乾符中，燕国公高骈筑罗城，收龙祠在城内。工徒设板至此，骤有风雨，朝成夕败，以闻于高公。公亦梦龙女曰：'某是西山龙母池龙君，今筑城，请将某祠置于门外，所冀便于往来。'公梦中许之，及觉，遂令隔其祠于外而重葺之，风雨乃止，城不复坏焉。继之王孟二主，甚严饰之，祷祈感应，封为睿圣夫人。"

诗歌现场

成都。（地图编号：0404）

注析

[1] 乘：驾驭。《楚辞·大司门》云："广开兮天门，纷吾乘兮玄云。"

[2] 青林：陶弘景《答谢中中书》云："两岸石壁，五色交晖。青林翠竹，四时俱备。"宛宛：轻柔缠绵的样子。刘商《送女子》云："青娥宛宛聚为裳，乌鹊桥成别恨长。"

[3] 祈恩：江旻《唐国师升真先生王法主真人立观碑》云："贞观九年四月至山，敕文遣太史令薛颐、校书郎张道本、太子左内率长史桓法嗣等，

送香油镇彩金龙玉璧于观所,为国祈恩。"祈,向上天或神明求福。仍:接续,连续之意。张衡《思玄赋》:"夫吉凶之相仍兮,恒反仄而靡所。"

郡斋平望江山

客路东连楚，人烟北接巴。[1]

山光围一郡，江月照千家。[2]

庭树纯栽橘，园畦半种茶。[3]

梦魂知忆处，无夜不京华。[4]

题解

该诗大历二年（767）写于乐山任上。有版本题下有注"时牧犍为"。犍为，郡名，即嘉州，非指嘉州属县犍为。《旧唐书》载，隋眉山郡，武德元年（618）改为嘉州，天宝元年（742）改为犍为郡，乾元元年（758）复为嘉州，属剑南道。郡斋，即嘉州郡府。

诗歌现场

乐山城。（地图编号：0405）

注析

[1] 巴：即巴蜀省称，非确指唐代的巴州。首联写嘉州的地理位置。

[2] 颔联对仗工稳，形象传神，写出了嘉州为山光水色所环绕的美。

[3] 园畦：指田间地头栽种农作物的地方。畦，田园中分成的小区。张九龄《郡舍南有园畦杂树聊以永日》诗云："却步园畦里，追吾野逸心。"颈联写嘉州的物产。家家户户庭院中栽种的是橘树，田间地头有一大半用于种茶。

[4] 京华：指京师长安。尾联写自己日夜想念的是回到长安。由此句看得出，岑参跟随杜鸿渐入蜀，原本是想有一番作为的。现实让他很失落，杜鸿渐不作为，一切交付叛乱者崔旰，其政治生态可想而知。杜确《岑嘉州集

序》有云:"时西川节度,因乱受职,本非朝旨。其部统之内,文武衣冠,附会阿谀,以求自结,皆曰:中原多故,剑外少康,可以庇躬,无暇向阙。"在西川节度使幕府待不下去,按照永泰元年(765)的任命,岑参得赴任嘉州。所以,山光虽美,而他内心却另有所托,想早日回到长安。

东归发犍为至泥溪舟中作

前日解侯印，泛舟归山东。
平旦发犍为，逍遥信回风。[1]
七月江水大，沧波涨秋空。
复有峨眉僧，诵经在舟中。[2]
夜泊防虎豹，朝行逼鱼龙。
一道鸣迅湍，两边走连峰。[3]
猿拂岸花落，鸟啼岩树重。
烟霭吴楚连，溯沿湖海通。[4]
忆昨在西掖，复曾入南宫。
日出朝圣人，端笏陪群公。[5]
不意今弃置，何由豁心胸。
吾当海上去，且学乘桴翁。[6]

题解

该诗大历三年（768）七月写于自嘉州罢官东归途中。岑参大历三年七月嘉州刺史任满，选择水路东下，走荆州回长安。结果，碰到泸州杨子琳叛乱，水路被阻断。这首诗是刚离开嘉州时所写，此时叛乱尚未发生。全诗贵在写嘉州至泥溪的见闻。泥溪，应指今日宜宾叙州区泥溪镇。

诗歌现场

今日宜宾叙州区泥溪镇。（地图编号：0406）

注析

[1] 解侯印：指秩满，罢官交印。山东：有学者称"指函谷关以东地区"或"华山以东"，皆不确。这里应为山南东道的简称。岑参是荆州江陵人，此行当有先归故里的打算。平旦：清晨卯时。《素问·生气通天论》云："平旦人气生。"信回风：听任风向变换。信，即放任之意。这四句诗写自己前日罢官，立即泛舟东下；早发嘉州，一路逍遥而行。大有解脱之感，可见他困于蜀中确实不爽。

[2] 沧波：碧波。柳恽《从武帝登景阳楼》云："太液沧波起，长杨高树秋。"李白《古风》之十二云："昭昭严子陵，垂钓沧波间。"这四句诗点明七月水涨，同舟东下的还有峨眉僧人。

[3] 逼：靠近，接近。《小尔雅·广诂》云："逼，近也。"迅湍：指急湍。李白《金陵望汉江》诗云："横溃豁中国，崔嵬飞迅湍。"岑参还有《秋夜宿仙游寺南凉堂呈谦道人》诗云："乱流争迅湍，喷薄如雷风。"这四句诗表达自己对选择乘舟出蜀很满意，随大水激流而下，鱼龙相伴，且无虎豹之忧，快速安全，一路风景无限。

[4] 拂：轻轻擦过之意。烟霭：指云雾，烟气等。《文心雕龙·隐秀》云："若远山之浮烟霭，娈女之靓容华。然烟霭天成，不劳于妆点；容华格定，无待于裁熔。"王勃《慈竹赋》云："崇柯振而烟霭生，繁叶动而风飙起。"溯沿：逆流而上为溯，从流而下为沿，这里偏义突出"沿"。这四句诗结合眼前景，继续憧憬美好前程。水在万重山中行，一路的见闻，猿拂岸上花，鸟在枝头啼。诗人想到这一路出峡，云影天光与吴楚大地相连，流水汤汤与吴楚之湖海相通。这一想象使吴、楚、蜀三地文化熔为一炉，看似平淡无奇，实则耐人寻味。

[5] 西掖：中书省的别称。应劭《汉官仪》卷上："左右曹受尚书事，前世文士以中书在右，因谓中书为右曹，又称西掖。"南宫：本为南方星宿名，汉时用以比拟尚书省。端笏：庄重地手持笏板。这四句诗回忆在朝中为官的经历。岑参入蜀前，除了曾两度出塞之外，还曾在朝中做过右补阙，安

史之乱后入为库部郎中。这些经历有诗为证,如《西掖省即事》《初至西虢官舍南池呈左右省及南宫诸故人》《和祠部王员外雪后早朝即事》等。

[6]弃置:这里是指嘉州刺史秩满解印。豁:舒展,宣泄。乘桴:乘坐竹木小筏。《论语·公冶长》云:"道不行,乘桴浮于海。"中国历代文人仕途不顺时,经常用《论语》中的这个典故说事以开解自我。《三国志·管宁传》云:"遂避时难,乘桴越海,羁旅辽东三十余年。"最后四句诗是诗人的自嘲而已,因为嘉州刺史秩满解印,尚未有新职任命,何去何从,那就索性放飞自我吧。

薛涛

薛涛（770—832），字洪度。幼时随父宦入蜀，八九岁知声律，性情敏慧，多才艺。元稹称赞她："言语巧偷鹦鹉舌，文章分得凤凰毛。"贞元元年（785）韦皋镇蜀，召令侍酒赋诗。后出入幕府，历事武元衡、段文昌、李德裕等十一镇。元和二年（807）武元衡镇蜀，对其才华尤为看重，曾奏请朝廷授秘书省校书郎，未授而作罢，但世人仍称"女校书"。喜创制深红小笺题诗，时号薛涛笺，风行千载。

乡 思

峨眉山下水如油,怜我心同不系舟。[1]
何日片帆离锦浦,棹声齐唱发中流。[2]

题解

这是一首特别精致的思乡之作。思乡情感有直接抒发的,但是往往韵味不足。这里却婉约得多,不写思乡,而写乡思:写山水怜人,写山水与我有约,我当乘舟赴约,以解相思之情。女儿心的热切,从来就不是浅唱低吟的那种。

诗歌现场

成都浣花溪附近。(地图编号:0501)

注析

[1] 不系舟:飘浮不定的船。《庄子·列御寇》有云:"巧者劳而智者忧,无能者无所求,饱食而遨游,泛若不系之舟。"这里喻自己的思乡之情无法控制,同时也隐隐有哀怜自我漂泊无依的意思。

[2] 锦浦:即锦浦里,系薛涛退隐之地,原址应在今日成都浣花溪附近。棹声齐唱:声势搞得越是浩大,越是表明思乡情之热切非比寻常。

江 边

西风忽报雁双双，人世心形两自降。[1]
不为鱼肠有真诀，谁能夜夜立清江？[2]

题解

中国古典诗歌很多时候都在讲正经事情，讲家国情仇，讲男人仗剑走天涯，讲举杯痛饮，讲天涯送别，但就是基本不讲男女之情。到薛涛时，似乎画风为之一大变。这就是薛涛永远的魅力所在。本诗写一个多情女子的相思之情，如锦江之水，绵绵不绝。

诗歌现场

成都锦江。（地图编号：0502）

注析

[1] 心形：指人的心与身体，即身心。降：原意为从高往低下落，这里描述的是自夏入秋，万物在由盛转衰，人也是这样，身与心两两渐老。

[2] 鱼肠：即书信。南朝王僧儒《捣衣》云："尺素在鱼肠，寸心凭雁足。"李峤《素》诗云："鱼肠远方至，雁足上林飞。"真诀：应是指书信中提及的让人心神不宁的消息。清江：即濯锦江，或称锦江。

和郭员外《题万里桥》

万里桥头独越吟，知凭文字写愁心。[1]
细侯风韵兼前事，不止为舟也作霖。[2]

题解

该诗是一首唱酬之作。郭员外，不可考。万里桥，在成都南门外锦江上。诸葛亮曾在此设宴送费祎出使东吴，费祎叹曰："万里之行，始于此桥。"该桥由此而得名。

诗歌现场

成都万里桥。（地图编号：0503）

注析

[1] 越吟：用典越人庄舄的故事说郭员外的原诗多思乡之情。《史记·张仪列传》云："越人庄舄仕楚执珪，有顷而病。楚王曰：'舄故越之鄙细人也，今仕楚执珪，富贵矣，亦思越不？'中谢对曰：'凡人之思故，在其病也。彼思越则越声，不思越则楚声。'使人往听之，犹尚越声也。"

[2] 细侯：用典称赞郭员外有其本家郭伋（字细侯）的风格。被赞之人与作比之人同为郭姓，此典用得真是巧妙。《后汉书·郭伋传》云："伋前在并州，素结恩德，及后入界，所到县邑，老幼相携，逢迎道路。所过问民疾苦，聘求耆德雄俊，设几杖之礼，朝夕与参政事。始至行部，到西河美稷，有童儿数百，各骑竹马，道次迎拜。伋问：'儿曹何自远来？'对曰：'闻使君到，喜，故来奉迎。'伋辞谢之。"为舟作霖：用殷朝宰相傅说的故事，赞郭员外有非凡的辅佐之才。《尚书·说命上》有载，殷高宗武丁曾对傅说云："朝夕纳诲，以辅台德。若金，用汝作砺；如济巨川，用汝作舟楫；若岁大旱，用汝作霖雨。"

池上双凫

双栖绿池上，朝暮共飞还。[1]
更忆将雏日，同心莲叶间。[2]

题解

一首咏物诗，写得情调婉转，语浅情深。描摹了双宿双飞、共育幼鸟的恩爱野鸭，以寄托自己对美好爱情的向往。凫：水鸟，俗称"野鸭""野鹜"，似鸭，雄的头部绿色，背部黑褐色，雌的全身黑褐色，常群游江河湖泊、沼泽池塘中，候鸟，能飞。《诗经·女曰鸡鸣》云："将翱将翔，弋凫与雁。"杜甫《绝句漫兴九首》其七诗云："笋根稚子无人见，沙上凫雏傍母眠。"《全唐诗》写作"鸟"，据《万首唐人绝句》改定。

诗歌现场

成都。（地图编号：0504）

注析

[1] 栖：鸟类歇息。李善注《古诗十九首》引《韩诗外传》曰："诗云'代马依北风，飞鸟栖故巢'，皆不忘本之谓也。"元稹《清都夜境》诗云："栖鹤露微影，枯松多怪形。"

[2] 将雏：大鸟携带幼鸟。《广雅·释诂》云："将，养也。"成公绥《啸赋》云："又似鸿雁之将雏，群鸣号乎沙漠。"同心莲叶：既写实景，也有爱情的寓意在其中。汉乐府《江南可采莲》诗云："江南可采莲，莲叶何田田。鱼戏莲叶间，鱼戏莲叶东，鱼戏莲叶西，鱼戏莲叶南，鱼戏莲叶北。"

送友人

水国蒹葭夜有霜，月寒山色共苍苍。[1]
谁言千里自今夕，离梦杳如关路长。[2]

题解

一首送别诗，言简意深，情感缠绵，回味无穷。有《诗经·秦风·蒹葭》中"秋水伊人"的味道。

诗歌现场

成都。（地图编号：0505）

注析

[1] 蒹葭：芦荻，芦苇。《诗经·秦风·蒹葭》有云："蒹葭苍苍，白露为霜。所谓伊人，在水一方。溯洄从之，道阻且长。溯游从之，宛在水中央。"两句诗完美融为一体，描摹送别的场景：秋月之下，山光水色，茫茫苍苍；水边渡口，芦苇茂密，天气凄冷。

[2] 杳：辽阔无边。王维《临高台送黎拾遗》诗云："相送临高台，川原杳何极。"关路：指驿站连接的道路，也称驿路。萧绎《陇头水》诗云："衔悲别陇头，关路漫悠悠。"陆游《闻四师复华州》诗云："青铜三百饮旗亭，关路骑驴半醉醒。"两句诗由景生情，表达对友人离去的无限思念。伊人即将远去，千里关山相隔，相思之苦从此开始，今后也就只有在梦里相会了。

雍陶

雍陶，生卒年不详，字国钧，成都人，晚唐诗人。早年家境贫寒，力学，应举时决心大，有诗云："出门便作焚舟计，生不成名死不归。"元和、长庆年间在长安，与白居易、贾岛、姚合等相交。大和三年（829）成都遭南诏王洗劫，雍陶曾回蜀。大和八年（834）中进士，又曾归蜀。唐宣宗大中八年（854）出任简州刺史。晚年辞官闲居。诗风清新明丽，独具风韵。

经杜甫旧宅

浣花溪里花多处，为忆先生在蜀时。[1]
万古只应留旧宅，千金无复换新诗。[2]
沙崩水槛鸥飞尽，树压村桥马过迟。[3]
山月不知人事变，夜来江上与谁期？[4]

题解

此诗作于成都，是历史上最早吟咏成都杜甫草堂的诗作，表达了作者对杜甫和杜诗的竭力推崇。金圣叹点评曰："知其不止忆杜先生，直是忆杜先生爱人心地，忆杜先生冠世才学，忆杜先生心心朝廷、念念民物，忆杜先生流离辛苦、饥寒老病，一时无事不到心头也。"杜甫旧宅，即指杜甫在成都时所居之草堂。

诗歌现场

成都杜甫草堂。（地图编号：0601）

注析

[1] 浣花溪：杜甫《卜居》诗云："浣花溪水水西头，主人为卜林塘幽。"曹学佺《蜀中名胜记》记载："《方舆胜览》云：浣花溪在城西五里，一名百花潭。"

[2] 千金：钟嵘《诗品》云："（古诗）文温以丽，意悲而远，惊心动魄，可谓几乎一字千金。"颔联对杜诗予以推崇，称之千金难求。

[3] 沙崩：杜甫《将赴成都草堂途中有作先寄严郑公》诗云："常苦沙崩损药栏，也从江槛落风湍。"水槛：杜甫《江上值水如海势聊短述》诗云："新添水槛供垂钓，故著浮槎替入舟。"另外杜甫还有诗题为《水槛遣心》。

鸥：杜甫《客至》诗云："舍南舍北皆春水，但见群鸥日日来。"《江村》诗云："自去自来堂上燕，相亲相近水中鸥。"村桥：杜甫《溪涨》诗云："当时浣花桥，溪水才尺余。"马过迟：杜甫《宾至》诗云："岂有文章惊海内，漫劳车马驻江干。"颈联绝妙，纯用杜诗写眼前景，勾起对杜诗的回忆，勾起对当日草堂风光的重新建构，两相比较，荒芜之感油然而生。

[4] 期：约会，约定。《说文》云："期，会也。"段注云："会者，合也，期者，邀约之意，所以为会合也。"尾联抓住唯一不变的山月说事，留下无限的韵味在其中。

蜀中战后感事

蜀道英灵地，山重水又回。
文章四子盛，道路五丁开。[1]
词客题桥去，忠臣叱驭来。
卧龙同骇浪，跃马比浮埃。[2]
已谓无妖土，那知有祸胎。
蕃兵依濮柳，蛮笳指江梅。[3]
战后悲逢血，烧余恨见灰。
空留犀厌怪，无复酒除灾。[4]
岁积苌弘怨，春深杜宇哀。
家贫移未得，愁上望乡台。[5]

题 解

此诗作于大和三年（829）南诏扰蜀大难发生之后。这是继天宝之战后，大唐与南诏之间发生的第二次大战，唐王朝遭受重创。《资治通鉴·唐纪六十》记叙南诏扰蜀事较为详细，这里简略如下：大和三年十一月，南诏大举入寇，先后攻陷巂州、戎州、邛州，继陷成都，大肆劫掠，掳子女、百工数万人及财货而去，一路赴江赴水而死者不计其数。孙樵《孙可之集》卷三云："其所剽掠，自成都以南，越巂以北，八百里之间，民畜为空。"全诗用蜀典甚多，须下大力方可掌握其诗意。

诗歌现场

成都。（地图编号：0602）

注析

[1] 英灵：喻杰出的人才。左思《蜀都赋》云："近则江汉炳灵，世载其英。"山重水又回：意思是崇山峻岭，为水环绕。陈羽《夜别温商梓州》诗云："明日又行西蜀去，不堪天际远山重。"四子：指扬雄、司马相如、严君平、王褒。左思《蜀都赋》云："蔚若相如，皭若君平。王褒韡晔而秀发，扬雄含章而挺生。"五丁：指五丁开山的传说。《华阳国志·蜀志》："（秦）惠王知蜀王好色，许嫁五女于蜀，蜀遣五丁迎之。还到梓潼，见一大蛇入穴中。一人揽其尾掣之，不禁。至五人相助，大呼拽蛇。山崩时压杀五人及秦五女并将从，而山分为五岭。"

[2] 词客题桥：《华阳国志·蜀志》云："城北十里有升仙桥，有送客观。司马相如初入长安，题市门曰：'不乘赤车驷马，不过汝下也。'"忠臣叱驭：《汉书·王尊传》云："（王尊）迁益州刺史。先是，琅琊王阳为益州刺史，行部至邛崃九折阪，叹曰：'奉先人遗体，奈何数乘此险？'后以病去。及尊为刺史，至其阪，问吏曰：'此非王阳所畏道耶？'吏对曰：'是。'尊叱其驭曰：'驱之。'王阳为孝子，王尊为忠臣。尊居部二岁，怀来徼外，蛮夷归附其威信。"卧龙：指诸葛亮。《三国志·诸葛亮传》云："徐庶见先主，先主器之。谓先主曰：'诸葛孔明者，卧龙也。将军岂愿见之乎？'"跃马：指公孙述据蜀称帝事。左思《蜀都赋》云："公孙跃马而称帝。"李善注："范晔《后汉书》曰：'公孙述，字子阳，扶风人也。王莽时为导江卒正。更始立，述恃其地险众附，遂自立为天子。'"前八句诗是在讲，蜀中人杰地灵，历朝历代，皆有文武之才，这些人物来来往往，建功立业，各领风骚一时段。

[3] 妖土：《左传·宣公十五年》云："天反时为灾，地反物为妖。"祸胎：枚乘《谏吴王书》云："福生有基，祸生有胎。"蕃兵依濮柳：这里指南诏的外族军队。濮柳，代指南诏。濮，左思《蜀都赋》云："于东则左绵巴中，百濮所充。"蛮旆：指南诏军旗。旆，古时旗末如燕尾的垂旒，泛指军旗。唐太宗《饮马长城窟行》诗云："悠悠卷旆旌，饮马出长城。"江梅：代指成都，用典杜甫《徐九少尹见过》："何当看花蕊，欲发照江梅。"这里承

继前八句，说人杰地灵的蜀中本来已经可谓乐土，哪晓得会出幺蛾子！这场灾害是有祸根的，可惜一直没有引起当局的重视。战火起于南诏，一路燃烧，最后使成都沦陷，时间在大和三年十一二月间。"江梅"对应"濮柳"，既是在借物候说时间，也在说战火燃烧的起源地和沦陷的蜀中都会成都。

[4] 犀厌怪：《蜀王本纪》云："江水为害，蜀守李冰作石犀五枚，二枚在府中，一在市南（桥）下，二在渊中，以厌水精，因曰石犀里也。"酒除灾：葛洪《神仙传》云："栾巴，蜀人也。"此人能役鬼神，消灾异。《神仙传》载其正旦大会时，在长安饮酒，向西南噀之。问之，云成都失火，诏问，果然。四句诗写战后蜀中的悲惨景象，让人悲，让人恨。痛心当时没有神奇的力量能镇住妖魔鬼怪，没有神奇的力量能消除这场兵灾之乱，这是在痛斥数落镇蜀者杜元颖及蜀将之无能。

[5] 苌弘怨：是在讲周王朝的衰败。苌弘，蜀人，周朝大臣，一片丹心维护周朝统治。晋王嘉《拾遗记》载，苌弘后为周人杀死，"流血成石，或言成碧，不见其尸矣"。左思《蜀都赋》云："碧出苌弘之血。"《庄子·外物》云："苌弘死于蜀，藏其血三年，而化为碧。"杜宇哀：是在讲杜宇王朝的覆灭。左思《蜀都赋》云："鸟生杜宇之魄。"李善注："《蜀记》曰：昔有人姓杜名宇，王蜀，号曰望帝。宇死，俗说云宇化为子规。子规，鸟名也。蜀人闻子规鸣，皆曰望帝。"望乡台：位于成都之北。《成都记》云："望乡台，与升仙桥相去一里。"最后四句诗用苌弘和杜宇的典故讲个人感受，写这场战争加深了自己内心的家国之痛。由于家贫，现只能滞留在战后破败的成都，心怀万般愁绪，来登望乡台。想起战争中被掳掠走的老乡，他们在天边，在阴间，此时此刻也在望乡台上么？

全蜀江河诗钞(岷江卷)

送蜀客

剑南风景腊前春,山鸟江风得雨新。[1]
莫怪送君行较远,自缘身是忆归人。[2]

题解

此诗写作年份不详。蜀客,指来自诗人故乡蜀地的友朋。作品清新明丽,含蓄有味,寄托了自己的乡愁。

诗歌现场

该诗的情感寄托在四川,在成都。故诗歌现场可放在成都。(地图编号:0603)

注析

[1]剑南:唐太宗贞观元年(627),废除州、郡制,改益州为剑南道,治所位于成都府,因位于剑门关以南,故名。开元年间置剑南节度使,安史之乱后,乾元元年(758)分为剑南西川节度使和剑南东川节度使。辖境相当于今日四川省大部,云南省澜沧江、哀牢山以东及贵州省北端、甘肃省文县一带。两句诗写老家川西平原,气候温暖,腊月之前,就已春色盎然。如果再来一场春雨,江边花发,山上鸟鸣,则别有一番新意也。游子在外,说起家乡的美,那必然是津津乐道。

[2]自缘:只因为。雍陶同时代的姚合有诗《游终南山》云:"自缘名利系,好此结蓬茆。"其后李商隐有诗《赠宇文中丞》:"欲构中天正急材,自缘烟水恋平台。"两句诗交代自己为什么要多送朋友几程,因为自己也是想回家的人。

李商隐

李商隐（约812—约858年），字义山，号玉谿生，怀州河内（今河南沁阳）人，后迁居郑州。书香门第，从小颖悟，"五年诵经书，七年弄笔砚"，家境贫寒，随父宦游漂泊。十岁时，父亲去世，家境更为糟糕。太和三年（829）得到令狐楚的赏识，成为其幕僚。开成二年（837）得令狐父子支持，考中进士。大中五年（851）起在东川节度使柳仲郢幕，大中十年（856）随柳仲郢入朝。在蜀期间，曾差赴西川推狱（协助审理案件）。

送崔珏往西川

年少因何有旅愁？欲为东下更西游。
一条雪浪吼巫峡，千里火云烧益州。[1]
卜肆至今多寂寞，酒垆从古擅风流。[2]
浣花笺纸桃花色，好好题诗咏玉钩。[3]

题解

崔珏，字梦之，曾寄家荆州，大中年间进士，由幕府拜秘书郎，做过淇县令，有惠政，官至侍御史，与李商隐交谊甚厚。此诗约写于大中元年（847）夏，其时李商隐欲赴桂，在江陵遇见崔珏。而崔氏将往成都，故写诗相赠。这首诗应是涉及薛涛文化较早的作品。

诗歌现场

该诗的意象含严君平卜肆、薛涛笺。故诗歌现场可放在成都。（地图编号：0701）

注析

[1] 火云：卢思道《纳凉赋》有云："祝融司方，朱明届序，气乃初伏，节惟徂暑……火云赫而四举。"白乐天《得微之到官后书，备知通州之事，怅然有感，因成四章》诗云："四野千重火云合，中心一道瘴江流。"

[2] 卜肆：用典汉代严君平故事。严君平卜筮成都，日得百钱足以自养，即闭肆下帘讲《老子》。一生不为官，卒年九十余。蜀人爱敬，至今称焉。酒垆：用典汉代司马相如与卓文君相爱私奔的故事。司马相如与文君俱之临邛，尽卖车骑买酒舍酤酒，而令文君当垆，相如自着犊鼻裈，涤器于市中。两句诗称赞蜀中自古多才俊，值得探访。

［3］浣花笺纸：即薛涛笺。这里用典薛涛家居浣花溪，自制深红小彩笺的故事。玉钩：指月亮。有说玉制酒杯的，非。鲍照《玩月城西门廨中》云："始出西南楼，纤纤如玉钩。"

杜工部蜀中离席

人生何处不离群？世路干戈惜暂分。[1]
雪岭未归天外使，松州犹驻殿前军。[2]
座中醉客延醒客，江上晴云杂雨云。[3]
美酒成都堪送老，当垆仍是卓文君。[4]

题解

杜工部，即杜甫。诗题取名《杜工部蜀中离席》，即告知读者全诗风格模拟杜甫，也直把自己参加的这场饯别筵席，比作当年杜甫告别蜀中时的宴席。朱鹤龄曰："此拟杜工部体也。"李商隐是杜诗的追随者，清人管世铭《读雪山房唐诗序例·七律凡例》云："善学少陵七言律者，终唐一世，惟李义山一人。"全诗在忧国忧民上神似杜诗。大中六年（852），李商隐在成都办理案件结束，准备返回东川，与成都诸君饯别时，即兴写出此诗。

诗歌现场

成都。（地图编号：0702）

注析

[1] 离群：分别。《礼记·檀弓》云："吾离群而索居，亦已久矣。"开篇两句即在大发感慨：人生哪里没有离别呢？尤其处在兵荒马乱之时，即使短暂的分离，也可能是永别。言外之意，聚在一起太不容易，需要珍惜。

[2] 雪岭：泛指成都西边的雪山，安史之乱后，大唐王朝与吐蕃之间战事不断，延续到大中年间已有七八十年之久，成都西山即为前线。杜甫《登楼》诗云："北极朝廷终不改，西山寇盗莫相侵。"《绝句》诗云："窗含西岭千秋雪，门泊东吴万里船。"这些说的都是当时发生在成都西边的战事。松

州：即今天的松潘。《唐书》云："松州交川郡，属剑南道，取界内甘松岭为名。"殿前军：指神策军，即皇帝的禁卫部队。此联承继"世路干戈"说西山战事不息，派出去的使者未归，朝廷还驻军在松州一带。

［3］醉客：筵席上的醉酒之人，这里指不忧边事安于逸乐者。醒客：酒席上还清醒的人，这里在用典《楚辞·渔父》："众人皆醉我独醒。"以"醒客"喻己。以"晴云""雨云"的变化莫测，喻指时局的动荡不安。

［4］当垆：坐在垆边卖酒。垆，指酒店安置酒瓮的土墩子。司马迁《史记·司马相如列传》有云："相如与俱之临邛，尽卖其车骑，买一酒舍酤酒，而令文君当垆；相如身自着犊鼻裈，与保庸杂作，涤器于市中。"最后两句的意思是说，成都不但有美酒，还有当垆卖酒似文君的女人，有这些作伴，足以养老度过一生。这里貌似在赞美成都，实则在反讽安于逸乐者的醉生梦死。

武侯庙古柏

蜀相阶前柏，龙蛇捧閟宫。[1]
阴成外江畔，老向惠陵东。[2]
大树思冯异，甘棠忆召公。[3]
叶凋湘燕雨，枝折海鹏风。[4]
玉垒经纶远，金刀历数终。[5]
谁将出师表，一为问昭融。[6]

题解

武侯庙，即今日成都武侯祠。祠中，武侯庙在西，供诸葛亮；先主庙在东，供刘备。《三国志·诸葛亮传》云："亮遗命葬汉中定军山，因山为坟，冢足容棺，敛以时服，不须器物。诏策曰：'惟君体资文武，明睿笃诚……今使使持节左中郎将杜琼，赠君丞相武乡侯印绶，谥君为忠武侯。'"田况《儒林公议》云："成都刘备庙侧，有诸葛武侯祠，前有大柏，围数丈。"此诗写在大中六年（852）李商隐从东川节度使幕府差赴西川推狱期间。

诗歌现场

成都武侯祠。（地图编号：0703）

注析

[1] 蜀相：即诸葛亮。閟宫：神庙，此处指先主刘备与武侯庙。杜甫《古柏行》诗云："忆昨路绕锦亭东，先主武侯同閟宫。"这里用龙蛇形容古柏的盘曲形状。

[2] 阴成：这里写武侯祠柏树成荫的景象。杜甫《蜀相》诗云："锦官

城外柏森森。"段文昌《古柏文》云:"武侯祠前,柏寿千龄,盘根拥门,势如龙形。"外江:即今日锦江。《史记正义》引《括地志》云:"大江一名汶江,一名笮桥水,一名清江,亦名水江,西南自温江县界流来。"又云:"郫江一名成都江,一名市桥江,一名中江,亦名内江,西北自新繁县界流来。二江并在益州成都县界。"《太平寰宇记》云:"汶江 名笮桥水,一名流江,亦曰外江,西南自温江县流入。"乾符二年(875)高骈任剑南西川节度使。为固城防,筑罗城,改府河(即郫江),使成都城市河流的格局发生重大改变。即改"二江并流"为"二江抱城"。一直延续至今。此诗写在改造前十多年,非常珍贵。惠陵:刘备的陵墓。武侯祠在惠陵的东面。古柏成荫还向东,隐喻诸葛武侯生生死死泽被蜀人,忠于刘备。

[3] 冯异:汉光武帝部将,为人谦逊不争功。《后汉书·冯异传》云:"每所止舍,诸将并坐论功,异常独屏树下,军中号'大树将军'"。甘棠:周召公巡行南国,治政劝农,休憩于甘棠树之下,民思其德,故爱其树,而作《甘棠》诗:"蔽芾甘棠,勿翦勿伐,召伯所茇。蔽芾甘棠,勿翦勿败,召伯所憩。"这两句诗文武各用一典,以称赞诸葛亮的文治武功非同小可。

[4] 湘燕雨:《湘中记》云:"零陵有石燕,遇风雨则飞舞如燕,止则为石。"海鹏风:《庄子·逍遥游》云:"鹏之徙于南溟也,水击三千里,抟扶摇而上者九万里。"两句诗用风雨之典,写古柏接受了千百年的风雨洗礼,仍然苍苍如盖,以此称赞诸葛亮的伟大事迹与功过评价是经得起历史考验的。

[5] 玉垒:古人状写蜀地周围的山像垒砌的玉一样美丽壮观,这里代指当时的蜀国。左思《蜀都赋》云:"包玉垒而为宇。"经纶:比喻政治、经济、军事的谋划。金刀:代指汉代刘氏王朝。"刘"字繁体"劉",为卯为刀。历数:这里指汉代帝王继承的次序,或者说是王朝的运命与气数。《论语》云:"尧曰:'咨!尔舜,天之历数在尔躬。'"汉蔡邕《光武济阳宫碑》云:"历数在帝,践祚允宜。"这两句诗写诸葛亮对蜀国的发展可谓深谋远虑,但是无奈汉代刘氏王朝的国运已经走到头了。

[6] 出师表:诸葛亮建兴五年(227)出师伐魏,临行向后主刘禅上表,情词恳切。昭融:指政权的昌明与长久。语出《诗经·既醉》:"昭明有融,高朗令终。"《毛传》云:"融,长。朗,明也。"高亨注云:"融,长远。"最

后两句诗是说，谁能拿出《出师表》问问苍天：有如此贤相，为什么汉代政权还是不能昌明与长久呢？结合当时的情景，李商隐其实也在感叹大唐的国运。

高骈

高骈（821—887），字千里。幽州（今北京市）人。因攻拔安南，受到唐僖宗重用。唐末著名将领。乾符二年（875）任剑南西川节度使。为固城防，筑罗城，改府河，使成都城市河流的格局发生重大改变。即改"二江并流"为"二江抱城"。一直延续至今。

锦城写望

蜀江波影碧悠悠，四望烟花匝郡楼。[1]
不会人家多少锦，春来尽挂树梢头。[2]

题解

该诗写在作者任职西川节度使期间。全诗写成都的春天，锦江碧波荡漾，花树环绕郡楼。满城春色惹人醉，树梢悬挂皆丝绸。这种以蜀地丝织品作比当地春天的写法，在古诗中并不多见。传达的美，是精致的，眼花缭乱的，耐人寻味的。锦城，亦称锦官城，代指成都。《太平寰宇记》云："锦城，《华阳国志》云：成都夷里桥南岸道西有城，故锦官也，命曰锦里。"

诗歌现场

成都锦江。（地图编号：0801）

注析

[1] 蜀江：即锦江。烟花：泛指绮丽的春景。匝：笼罩，弥漫。鲍照《日落望江赠荀丞》诗云："乱流灇大壑，长雾匝高林。"

[2] 不会：不知，不解。唐彦谦《楚天》诗云："不会瑶姬朝与暮，更为云雨待何人。"贯休《行路难》诗云："不会当时作天地，刚有多般愚与智。"

残春遣兴

画舸轻桡柳色新,摩诃池上醉青春。[1]
不辞不为青春醉,只恐莺花也怪人。[2]

题解

该诗写在诗人任职西川节度使期间。全诗写摩诃池的春色无比醉人,你逃也逃不脱,你能躲过草木,你注定躲不过莺花。当代诗人张枣有诗作名句:"二月开白花,你逃也逃不脱。"(《何人斯》)

诗歌现场

成都摩诃池。(地图编号:0802)

注析

[1] 画舸:即画船。梁元帝《赴荆州泊三江口》诗云:"莲舟夹羽氅,画舸覆缇油。"岑参《早春陪崔中丞泛浣花溪宴》诗云:"红亭移酒席,画舸逗江村。"轻桡:小桨,借指小船。谢惠连《泛湖出楼中翫月》诗云:"日落泛澄瀛,星罗游轻桡。"戴叔伦《送观察李判官巡郴州》诗云:"轻桡上桂水,大艑下扬州。"摩诃池:卢求《成都记》云:"摩诃池在张仪子城(即成都少城)内,隋蜀王秀取土筑广子城,因为池。有一僧见之曰:'摩诃宫毗罗。'盖胡僧谓摩诃为大,宫毗罗为龙,谓此池广大有龙,因名摩诃池。"青春:古称春季。青是青帝,东方之神主,以司春。《楚辞·大招》云:"青春受谢,白日昭只。"孙楚《雁赋》云:"迎素秋而南游,背青春而北息。"杜甫《闻官军收河南河北》诗云:"白日放歌须纵酒,青春作伴好还乡。"两句诗的意思是,柳色青青的摩诃池上,人们泛舟碧波间,为无边的春色所陶醉。

[2] 不辞:这里用作连词,表示"即使……却也……"之意。《祖堂集》

卷十六"南泉和尚"条有云："师曰：'不辞共他话语，恐他不解语。'"两句诗的意思是，即使不为摩诃池上茂盛的草木所陶醉，那些欢快的黄莺，那些盛开的花儿，你能躲得过吗？

郑谷

郑谷（约851—约910），字守愚，唐代宜春人。早慧，早年随父游宦。咸通十四年（873）第三次科考落第回乡，道经湖南潇湘时写下成名作《鹧鸪》。曾四次入蜀：一是因黄巢起义入京，于中和元年（881）举家匆匆避乱蜀地，辗转至成都。中和四年（884），由西川到东川；光启元年（885）春回到长安。二是光启元年年底有乱军进逼京师，唐僖宗奔兴元，郑谷再次奔亡巴蜀。三是光启三年（887）初春走水路出峡，沿汉江上行回长安应试，得中进士，然后返回蜀中与家人会合，等待出仕。因蜀中有战火，沿江下荆州，游湘源，游吴越。景福元年（892）返回长安。四是景福二年（893）春再入川，到泸州拜省恩师柳玭，同年秋返回长安。乾宁四年（897）官至都官郎中。晚唐天下大乱，于天复二三年间归隐宜春。

蜀中三首（选一）

渚远江清碧簟纹，小桃花绕薛涛坟。[1]

朱桥直指金门路，粉堞高连玉垒云。[2]

窗下斫琴翘凤足，波中濯锦散鸥群。[3]

子规夜夜啼巴树，不并吴乡楚国闻。[4]

题解

该诗为作者初入蜀时凭吊薛涛而作。是目前所见最早感念薛涛的诗作。写作时间约在中和二年（882）或三年之春日，离薛涛所处的时代也就半世纪。诗歌呈现的景象：锦江清流，波光粼粼，小桃花开，映照人面。朱桥横跨，城堞入云。群鸥翔集，浣纱有人。这是对成都人文风情的肯定，当然缅怀才女，追逐香魂到底是诗歌底色。最后几句发出感慨：杜鹃声声，催我归来此乡。但是，再美的温柔之乡，也只是他乡而已。

诗歌现场

依照诗中表述的情形，将诗歌现场放在成都浣花溪。（地图编号：0901）

注析

[1] 渚：水中小块陆地。碧簟纹：形容江中碧波像竹席细密的纹理。小桃：陆游《老学庵笔记》卷四有云："所谓小桃者，上元前后即著花，状如垂丝海棠。"薛涛坟：在今成都城东望江公园。学界有看法：明代及以前，在今日浣花溪一带，因为那里是她晚年生活之处。曹学佺《蜀中名胜记》有记载："《方舆胜览》云：浣花溪在城西五里，一名百花潭。"《薛涛小传》载："（薛）涛侨止百花潭，躬撰深红小彩笺。"

[2] 金门：指唐时成都西城门金闉门。粉堞：城上矮墙，又名女墙。这

里也印证古人的推断，薛涛坟就在城西浣花溪一带。

〔3〕斫琴：指制作古琴之工艺技术。凤足：琴上攀弦物的美称。元稹《小胡笳引》有云："朱弦宛转盘凤足，骤击数声风雨回。"濯锦：成都一带所产的织锦，自古以华美著称。这里指在江中漂洗这种织锦。靳荣藩注引《文选·蜀都赋》注云："谯周《益州志》云：成都织锦既成，濯于江水，其义分明，胜于初成，他水濯之不如江水也。"

〔4〕巴树：因平仄需要，以"巴"代"蜀"，指蜀地之树。吴乡楚国：指吴地与楚地，代指作者自己的故乡。

蜀中赏海棠

浓淡芳春满蜀乡，半随风雨断莺肠。[1]
浣花溪上堪惆怅，子美无心为发扬。[2]

题解

该诗为作者初入蜀时所作。时间在中和二年（882）或三年之春日。时入蜀已经三年左右。海棠，蜀中盛产之物。《山海经·中山经》云："岷山，其木多海棠。"《广群芳谱》云："海棠盛于蜀而秦中次之。"沈立《海棠记序》云："蜀花称美者，有海棠焉。"

诗歌现场

成都浣花溪。（地图编号：0902）

注析

[1] 两句诗所言海棠已经半随风雨凋落，故称浓淡相间。所谓"断莺肠"，实则写人心也。晚唐的凋零、时代的悲剧真是会反映在个体感受上的。

[2] 句后有注云："杜工部居西蜀，诗集中无海棠之题。"薛能《海棠诗序》："蜀海棠有闻，而诗无闻。杜子美于斯，兴象靡出。"郑谷大概是由薛能之言在申发自己的感受，在他认为，杜甫当年到成都，当时的大唐经安史之乱由盛及衰，国运堪忧，忧心忡忡的杜甫如何有好心情来写海棠诗。一百多年了，自己所处的时代是这一衰退的延续，黄巢乱军入长安，自己随着皇家逃难也到了成都。海棠花下，想起前贤，古今对照，惆怅之感油然而生。

蜀中寓止夏日自贻

展转欹孤枕，风帏信寂寥。[1]

涨江垂蝃蝀，骤雨闹芭蕉。[2]

道阻归期晚，年加记性销。[3]

故人衰飒尽，相望在行朝。[4]

题解

该诗约作于中和二年（882）或三年夏日。初次入蜀。末句之"行朝"点出唐僖宗当时避乱蜀中，成都为行幸之所在。贻，赠送，送给。自贻就是写给自己。全诗写大唐王朝的衰落到了无可挽回的地步，一切都是无望的，所有的人都未老先衰，包括诗人自己（郑谷当时也才三十三四岁）。暮气沉沉的王朝，人在悲鸣。美好的成都，竟然让人轻松不起来，欢乐不起来。

诗歌现场

成都浣花溪。（地图编号：0903）

注析

[1] 展转：亦作"辗转"。翻身貌，多形容因忧思而不得安卧。《诗经·关雎》云："悠哉悠哉，辗转反侧。"《三国志·周鲂传》云："每独矫首西顾，未尝不寤寐劳叹，展转反侧也。"欹枕：即斜倚枕头之意。权德舆《送张周二秀才谒宣州薛侍郎》云："上帆涵浦岸，欹枕傲晴天。"郑谷本人有诗《欹枕》云："欹枕高眠日午春，酒酣睡足最闲身。"风帏：挡风的帏幔。

[2] 蝃蝀：又作"蝃蝀"，虹也。《诗经·鄘风·蝃蝀》云："蝃蝀在东。"

[3] "道阻"句：写避乱蜀中，要归长安，遥遥无期。《资治通鉴》载，

唐僖宗避黄巢起义于881年正月抵达成都，一直到885年才由成都回銮。

[4]衰飒：犹衰老。唐李益《罢镜》诗云："衰飒一如此，清光难复持。"行朝：在皇帝行幸所在所立的朝廷。

锦　浦

流落夜凄凄，春寒锦浦西。[1]

不甘花逐水，可惜雪成泥。[2]

病眼嫌灯近，离肠赖酒迷。[3]

凭君嘱鹎鵊，莫向五更啼。[4]

题解

该诗约作于中和元年（881）。从诗意判断，当是郑谷一家避战乱刚到成都时所作。880年年底黄巢大军攻占长安。郑谷一家逃难到成都，最早也就是881年春。锦浦，即锦浦里，在成都浣花溪。薛涛《乡思》诗云："峨眉山下水如油，何日片帆离锦浦。"锦里、锦浦里、锦城、锦官城，后都用作成都的代称。

诗歌现场

成都浣花溪。（地图编号：0904）

注析

[1] 凄凄：形容寒凉。两句诗交代郑谷一家避乱到成都，寓居在锦浦里西边。春寒料峭的夜晚，人心倍感凄凉。

[2] 花逐水：即流水落花的情景。杜甫《漫兴》诗云："轻薄桃花逐水流。"雪成泥：寒冬结束，初春回阳，积雪消融成泥状。卢纶《送朝邑张明府》诗云："剖辞云落纸，拥吏雪成泥。"两句诗蕴含双重含义，一是有关小我的，不甘命运就如落花一般随水荡去，但是时运不济，又能如何呢？二是讲时代的悲剧，王朝的崩溃，谁都不甘心，但是眼看大厦将倾，普通人又能如何呢？

[3] 两句诗表达的意思是，这悲剧的时代，看不到任何光明；人无可奈何，处处是离愁别恨，人情之撕裂，只有借酒消愁麻醉自己。

[4] 鹁鸪：似鸠，身黑尾长而有冠。春分始见，凌晨先鸡而鸣，其声"加格加格"，农家以为下田之候，俗称催明鸟。最后两句诗的含义：人之悲哀到了极致，麻醉自己，还不愿醒来。正所谓"哀莫大于心死"，这是对所处时代的悲鸣。

花蕊夫人

花蕊夫人（约926—965），生于青城县（今属成都都江堰）。五代后蜀主孟昶之妃。幼能文，擅宫词。宫廷题材的创作，直到花蕊夫人的出现，才真正发出了女性自己的声音，以女性独特的视角去书写自己的宫廷生活。其作品书写宫廷生活，内涵丰富，用语清新俊丽，生动活泼，富有情趣。从某种意义上讲，花蕊夫人是把中国古代文学中的"宫词"推向黄金时代的巴蜀女才人。蜀亡归宋，花蕊夫人有《述亡国诗》："君王城上竖降旗，妾在深宫哪得知？十四万人齐解甲，更无一个是男儿。"

宫词·写景三首

水车踏水上宫城,寝殿檐头滴滴鸣。
助得圣人高枕兴,夜凉长作远滩声。[1]

龙池九曲远相通,杨柳丝牵两岸风。
长似曲江好春景,画船来去碧波中。[2]

旋移红树斸青苔,宣使龙池更凿开。
展得绿波宽似海,水心楼殿胜蓬莱。[3]

题解

宫词,多写宫廷生活琐事,一般以五、七言为主要形式,尤其是七言绝句占比较多。花蕊夫人宫词表现内容丰富,这里所选三首为写景之作。标题为编者所拟。

诗歌现场

成都摩诃池。(地图统一编号为:1001)

注析

[1] 徐式文《花蕊宫词笺注》排在第三十四首。水车:一种提水工具,多用于汲水、灌溉。刘禹锡《机汲记》云:"及泉而修绠下缒,盈器而圆轴上引。"陈廷章《水轮赋》云:"水能利物,轮乃曲成。升降满农夫之用,低徊随匠氏之程。"这种翻水车通常叫筒车。花蕊夫人这里状写的,应该是龙骨水车,多依靠人力脚踏提水。圣人:诗中用以对蜀主孟昶之尊称。全诗描写的是,通过脚踏水车,将龙跃池(即摩诃池)清水引上宫墙,实施人工降雨以避暑,水入屋顶瓦沟流,人在寝殿之内,犹如置身河边,风闻远滩流水声。

〔2〕徐式文《花蕊宫词笺注》排在第三首。龙池：龙跃池简称，原名摩诃池，据唐卢求《成都记》记载，隋蜀王杨秀取土筑广子城，因成大池。有胡僧见云："摩诃宫毗罗。"摩诃为大，宫毗罗为龙，谓其池广大有龙，因名"摩诃池"。贞元元年（785）韦皋开解玉溪，使之与摩诃池相通。前蜀永平五年（915），王建修建新宫，将摩诃池纳入宫苑，改名龙跃池。曲江：在长安东南隅，为皇家苑囿所在地。唐代曲江两岸，宫殿连绵，景色绮丽，贵族仕女，笙歌画船，悠游宴乐于此。李白《上皇西巡南京歌》诗云"万国同风共一时，锦江何谢曲江池"，将锦江与曲江相比。在该诗中，花蕊夫人将摩诃池与曲江相比，又是另一番味道。后蜀孟昶偏安一隅，当时他治理蜀地还算不错，花蕊夫人所写宫词可以从侧面反映出当时的生活还真是无忧无虑。

〔3〕徐式文《花蕊宫词笺注》排在第十三首。旋移红树：指移栽花树。斸：《说文》云"斫也"，这里指挖掉之意。白居易《赠卖松者》诗云："斸掘经几日，枝叶满尘埃。"龙池再凿：指孟昶在前蜀清理龙跃池的基础上，再行扩建，增广水面。水心楼殿：指当时蜀宫中修筑在龙跃池池心的凌波殿、太虚阁等。其附近由宫墙分割的昭圣宫、天启宫、迎仙宫等，为宫女嫔妃的住居地。蓬莱：古代中国神话传说中的神山名，也用来泛指仙境。

宫词·钓鱼三首

慢揎红袖指纤纤，学钓池鱼傍水帘。
忍冷不禁还自去，钓竿常被别人拈。[1]

池心小样钓鱼船，入玩偏宜向晚天。
挂得彩帆教便放，急风吹过水门边。[2]

嫩荷香扑钓鱼亭，水面红鱼结队行。
宫女竞来池畔看，倚帘呼唤莫高声。[3]

题解

这是从花蕊夫人宫词里选出的三首与钓鱼相关的作品。花蕊宫词，书写景物、宴乐、闲情、歌舞、打猎等的篇章皆有。蜀宫最大的风景就是龙跃池，钓鱼成为宫女嫔妃的逸趣闲情选项就成为必然。标题为编者所拟。

诗歌现场

成都摩诃池。（地图统一编号为：1002）

注析

[1] 徐式文《花蕊宫词笺注》排在第五十五首。慢揎红袖：意为慢慢绾起衣袖。东坡《四时》诗云："玉腕半揎云碧袖，楼前知有断肠人。"纤纤：形容女性手指柔软细长。《古诗十九首·青青河畔草》有云："娥娥红粉妆，纤纤出素手。"水帘：即指从高处流下如垂帘的水，这里应为龙跃池的瀑布水景。张又新《谢庐山僧寄谷帘水》诗云："何当结茅屋，长在水帘前。"另有一说，指亭台悬挂的水晶帘。不禁：抑制不住，不由得。杜甫《舍弟观赴蓝田取妻子到江陵喜寄》诗云："巡檐索共梅花笑，冷蕊疏枝半不禁。"拈：用

指取物，这里形容钓竿被别人悄悄取走。《释名·释姿容》云："拈，粘也，两指翕之，粘着不放也。"杜甫《韦偃画马歌》诗云："戏拈秃笔扫骅骝，欻见骐驎出东壁。"

［2］徐式文《花蕊宫词笺注》排在第十三首。小样：小型。方干《赠美人》诗云："粉胸半掩疑晴雪，醉眼斜回小样刀。"向晚天：天将暮。李商隐《乐游原》诗云："向晚意不适，驱车登古原。"彩帆：用彩色织锦制作的风帆。水门：即水闸，说明当时龙跃池是有节制设施的。郦道元《水经注·鲍邱水》云："依北岸立水门，门广四丈，立水遏长十丈。"

［3］徐式文《花蕊宫词笺注》排在第七十七首。这一首文字浅显，画面却极为生动、活泼、有趣，十分香艳。写的是钓鱼人正专心垂钓绿荷中，有红鲤结队游过，宫女们赶来观看，钓鱼人立即示意莫高声喧哗，唯恐她们惊跑了鱼。

宫词·女儿四首

春风一面晓妆成，偷折花枝傍水行。
却被内监遥觑见，故将红豆打黄莺。[1]

秋晚红妆傍水行，竟将衣袖扑蜻蜓。
回头瞥见宫中唤，几度藏身入画屏。[2]

内人追逐采莲时，惊起凫鸥两岸飞。
兰棹把来齐拍水，并船相斗湿罗衣。[3]

新秋女伴各相逢，罨画船飞别浦中。
旋折荷花伴歌舞，夕阳斜照满衣红。[4]

题 解

这里所选的四首作品，一是写临水照影的折花小宫女，一是写追扑蜻蜓的红妆小宫女，另外两首是写乘船采莲的小宫女。语句浅易清新，格外生动传神，如此手笔非才女莫办。标题为编者所拟。

诗歌现场

成都摩诃池。（地图统一编号为：1003）

注 析

[1] 徐式文《花蕊宫词笺注》排在第十八首。内监：即宦官。唐制，内侍以宦者任其官。觑：指窥视。窥视必然要躲在较远的地方，看不真切，但却想要看得更真切些，所以会不自觉地眯起眼睛仔细地盯着。这首诗写小宫女梳妆出行，满面春风，偷折花枝，临水照影。此举为内监远远看见，小宫

女乃机灵鬼,手抛红豆打黄莺,以转移对方注意力。

　　[2] 徐式文《花蕊宫词笺注》排在第七十八首。红妆:古诗中常用于代指盛妆的美女,这里指宫女。南朝萧纪《明君词》云:"谁堪揽明镜,持许照红妆。"唐张萧远《观灯》诗云:"十万人家火烛光,门门开处见红妆。"瞥见:指很快地看了一下,无意中看到某事。罗虬《比红儿诗》之十四云:"若教瞥见红儿貌,不肯留情付洛神。"

　　[3] 徐式文《花蕊宫词笺注》排在第二十六首。采莲:又称采莲节、观荷节、观莲节,中国民间传统节日,时在每年农历六月二十四日。届时男男女女倾巢出动,荡舟湖上,酒食弹唱、吟诗作画、对歌取乐,为荷花祝寿。写采莲盛况,南朝萧纲《采莲曲》云:"桂楫兰桡浮碧水,红花玉面两相似。"萧绎《采莲赋》云:"莲花乱脸色,荷叶杂衣香。因持荐君子,愿袭芙蓉裳。"兰棹:桨的美称,在古诗中也常用以代指小船。唐代胡曾《汉江》诗云:"借问胶船何处没,欲停兰棹祀昭王。"鲍溶《南塘二首》诗云:"画舟兰棹欲破浪,恐畏惊动莲花心。"罗衣:指用丝织品制成的衣服。曹植《美女篇》诗云:"罗衣何飘飘,轻裾随风还。"杜甫《黄草》诗云:"万里秋风吹锦水,谁家别泪湿罗衣?"

　　[4] 徐式文《花蕊宫词笺注》排在第二十七首。新秋:农历七月,又名首秋、兰秋。罨画船:即装饰美丽的画船。有考证说用罨画来写船,花蕊夫人是第一人。陆游《故山》诗云:"禹祠行乐盛年年,绣毂争先罨画船。"别浦:结合首句之"新秋",这里应是指银河,全诗在写宫女泛舟龙跃池过七夕节的情景;这里将龙跃池比作天河,又是花蕊夫人的一个创举。李贺《七夕》诗云:"别浦今朝暗,罗帏午夜愁。"王琦汇解云:"别浦,天河也。以其为牛、女二星隔绝之地,故谓之别浦。"旋:意指临时做什么,现做什么。杜荀鹤《山中寡妇》诗云:"时挑野菜和根煮,旋斫生柴带叶烧。"

张咏

张咏（946—1015），字复之，号乖崖，濮州鄄城（今山东菏泽）人，生于五代动乱之际，太平兴国五年（980），登进士乙科。真宗时官至礼部尚书。大中祥符八年（1015）去世，追赠左仆射，谥号"忠定"。与寇准、赵普并称为北宋早期事功最著的三大名臣。其治蜀功劳非同一般，蜀人称其为诸葛之后治蜀第一人。曾两度入蜀：一是淳化五年（994），他于正月已知成都府，朝廷留置到九月才派遣他赴任，咸平元年（998）离蜀；二是咸平六年（1003）四月再次受命知益州，景德三年（1006）离任。宋初三十余年，巴蜀先后发生四次较大的变乱，其中有三乱发生在张咏第一次入蜀到第二次入蜀之间，蜀地的难治由此可见一斑。张咏两度入蜀，不仅参与过平叛，更重要的是将局势稳定了下来，使得北宋之世巴蜀再未出现大动乱。另外，景德二年（1005）张咏在成都于民间首行"交子"，这是世界上最早出现的纸币。

寄傅逸人

鸥鹭怜疏野,朝昏绕户飞。[1]
有谁知此意,独立对斜晖。[2]
落叶堆荒径,澄泉照白衣。
圣君方急善,应好下渔矶。

题解

张咏现存诗作,可以明确与蜀地有关的仅有二十多首。像本诗风格的作品更为稀少。有资料显示,该诗为张咏在知益州任内作。傅逸人,本名傅霖,系作者游学之伙伴,开宝年间在韩城(今属陕西)认识,后为隐士。作者另有一作也是寄给这位朋友的,题为《每忆家园乐蜀中寄傅逸人》。

诗歌现场

成都郊外。(地图编号:1101)

注析

[1] 怜:怜惜。《尔雅》云:"怜,爱也。"疏野:率性不拘,无所羁绊,安闲自适。丘为《渡汉江》诗云:"自顾疏野性,难忘鸥鸟情。"前两句诗表面写两人惯看过的乡村景致,鸥鸟白鹭翩翩飞,无所羁绊,自由自在,实际在以鸥鹭为喻,说二人性情率性不拘,彼此长相牵挂。

[2] 斜晖:指傍晚西斜的阳光。杜牧《怀钟灵旧游》诗云:"斜辉更落西山影,千步虹桥气象兼。"李商隐《落花》诗云:"参差连曲陌,迢递送斜晖。"这两句诗写自己黄昏时独立成都郊外,也看到了鸥鹭翻飞,但没人懂得其内心世界,抒发了对老友深深的思念,意在言外。

雨　夜

帘幕萧萧竹院深，客怀孤寂伴灯吟。[1]
无端一夜空阶雨，滴破思乡万里心。[2]

题解

此诗系作者在蜀为官的思乡之作，语言浅显明了，情感幽怨低回，含义深远，韵味无穷，非一般作者可为之。由此可见，这位治蜀大能人，不仅才干出众，心地也自有其柔软之处。

诗歌现场

成都。（地图编号：1102）

注析

[1] 帘幕：指用于门窗处的帘子与帷幕。杜牧《题宣州开元寺水阁，阁下宛溪，夹溪居人》诗云："深秋帘幕千家雨，落日楼台一笛风。"萧萧：这里指风声。陶渊明《咏荆轲》诗云："萧萧哀风逝，淡淡寒波生。"杜甫《登高》诗云："无边落木萧萧下，不尽长江滚滚来。"

[2] 无端：本义指没有起点和终点，通俗说法就是无始无终、无缘无故、没有来由。李商隐《锦瑟》诗云："锦瑟无端五十弦，一弦一柱思华年。"陆龟蒙《自遣诗》云："雪侵春事太无端，舞急微还近腊寒。"空阶：空空落落、无人的台阶。南朝何逊《从镇江州与故游别》诗云："夜雨滴空阶，晓灯暗离室。"徐铉《九月三十夜雨寄故人》诗云："独听空阶雨，方知秋事悲。"

新移蓼花

蓼丛疏淡老相宜，移傍清流曲岸西。[1]
红穗已沾巫峡雨，绿痕犹带锦江泥。[2]
吟狂不觉惊鸥鹭，立困翻疑在旧溪。[3]
官满便应离此去，可怜心绪更难齐。[4]

题解

蓼花，一年生或多年生草本植物，节常膨大。托叶鞘状，抱茎。花小，白色或浅红色，穗状花序或头状花序。由本诗看得出，这里的蓼花，称为红蓼，沿水岸生长，花期在六到九月间，属于穗状花序。但是全诗并非单纯讲蓼花的移栽，而是以此为喻讲他买婢女的事情。《厚德录》云："张忠定公咏知益州，单骑赴任。是时一府官属惮张之严峻，莫敢蓄婢使者。张不欲绝人情，遂自买一婢以侍巾栉，自此官属稍稍置姬侍矣。张在蜀四年，被召还阙，呼婢父母，出资以嫁，仍处女也。"诗中以蓼花喻婢女，讲了她的可爱、乖巧，让人动心。

诗歌现场

成都。（地图编号：1103）

注析

[1] 疏淡：即恬淡，淡泊之意。孟郊《答友人》诗云："道语必疏淡，儒风易凌迟。"曲岸：弯曲的水岸。魏收《喜雨》诗云："泻溜高斋响，添池曲岸平。"首联讲自己所买的婢女，性情温柔恬静，是个好姑娘。而自己可比清流，清清白白。我将其买来，做些家务，照顾自己。

[2] 巫峡雨：用宋玉《高唐赋》"巫山云雨"典故，借指男女欢爱情。

颔联用典写婢女长得乖巧，正是情窦初开时。这个女娃就是成都当地人。

［3］旧溪：故乡，老家。齐己《移竹》诗云："旧溪千万竿，风雨夜珊珊。"岑参《首春渭西郊行呈蓝田张二主簿》诗云："愁窥白发羞微禄，悔别青山忆旧溪。"张咏另有一诗《途中》有云："不免旧溪高士笑，天真丧尽得浮名。"刘禹锡《白太守行》诗云："闻有白太守，弃官归旧溪。"翻疑：反而疑心。戴叔伦《江乡故人偶集客舍》诗云："还作江南会，翻疑梦里逢。"颈联写自己与婢女相处，让自己轻松愉快，不免心动，原来如鸥鹭一般自然不拘的心境不再，甚至让人怀疑自己就身在老家，有自家夫人照顾一般。

［4］齐：同等，相等。《楚辞·涉江》云："与天地兮比寿，与日月兮齐光。"最后两句写自己虽然心动过，但到底是婢女，不能越雷池一步。官满以后自己就会遣此婢女，离蜀而去。此时此刻自己真是动了情的，到时候肯定还会更为不舍。表现了作者对婢女的欣赏和各方面的满意。张咏对待婢女的态度大不同于历朝历代的许多官员，他的动心也是真的，但他能做到坐怀不乱。官满离蜀前，他还将婢女视同自家女儿，给了嫁妆，将其嫁给好人家。这件事在史书上传为美谈。《吾师录》有载："乖崖帅蜀时，仕蜀者不挈家，止带给浣濯缝纫二人。乖崖悦一姬，中夜心动而起，绕屋而行，但云：'张咏小人，张咏小人。'后稍令自近。及将归，出帖子议亲云：'某家室女，房奁五百千。'以礼遣之。果未尝有犯也。"

朝日莲

少得方为贵，根茎岂异莲。
高低全赖水，舒卷自知天。[1]
已任群芳妒，难妨后笑偏。
向明终有待，呈艳不争先。[2]
爱重频移席，征求苦费钱。
兰荪饶酷烈，桃杏愧奢妍。[3]
应瑞花中绝，标名世上传。
须栽禁池内，用表太平年。[4]

题解

景德元年（1004），张咏已再次到任四川。地方安定之后，他开始着力移思教化，劝人为学，意欲重振蜀地文风。此年学子张及、李畋、张奎应乡贡，张咏命试《朝日莲》诗。本诗是他自己所作。朝日莲，又名向日莲，即通常所见之睡莲。宋代吴曾《能改斋漫录》卷十五云："《宋景公笔记》谓：蜀中有莲，大如雀壳，叶舒如钱，干亦有丝。其萼盛开则向日，朝则指东，亭午则溯南，夕则西指，随日所至。蜀人名曰'朝日莲'。"

诗歌现场

成都。（地图编号：1104）

注析

[1] 自知：认识自己。《老子》云："知人者智，自知者明。"《荀子·荣辱》云："自知者不怨人，知命者不怨天。怨人者穷，怨天者无志。"前四句

全蜀江河诗钞（岷江卷）

写小小睡莲不求多得，这种习性非常可贵；其根茎与其他莲花没有什么两样。还有，睡莲的高低与水深浅相宜，叶子在水面舒卷自如。仔细琢磨，这里分明在以睡莲喻人，教人戒之多得，要随遇而安，要认清自我，不怨尤，如此人生才会从容。

[2] 后笑：成语"先号后笑"之省，指命运先凶后吉。《易·同人》云："同人先号咷而后笑，大师克相遇。"偏：假借为"遍"，普遍之意。《墨子·小取》云："故言多方，殊类，异故，则不可偏观也。"向明：即向阳之意。李白《流夜郎赠辛判官》诗云："函谷忽惊胡马来，秦宫桃李向明开。"这里四句是在说尽管睡莲的开放已引得百花妒忌，但是很难保证它是笑到最后的。有向阳之志，就要有等待的耐心；要显现自己惊艳的一面，不必抢先。这里同样继续在以睡莲喻人讲道理。

[3] 爱重：喜爱和看重。《太平广记》卷四八九引《冥音录》云："此皆宫闱中新翻曲，帝尤所爱重。"移席：移动座位。唐代牟融《过蠡湖》诗云："多情袁尹频移席，有道乔仙独倚阑。"征求：意为寻求，希望得到。《乐府》三十六云："美女者以喻君子，言君子有美行，愿得明君而事之，若不遇时，虽见征求，终不屈也。"兰荪：兰花与菖蒲。酷烈：指香气太浓烈。曹植《七启》诗云："盛以翠尊，酌以雕觞。浮蚁鼎沸，酷烈馨香。"奢妍：形容花美得过分。薛能《牡丹四首》诗云："众芳殊不类，一笑独奢妍。"

[4] 应瑞：应验祥瑞。李觏《紫玉见南山赋》云："德表玉而应瑞，玉用德而降休。"莲花在中国民间本是吉兆、祥瑞之物，这里蕴含有科举高中的祝福在其中；传统年画"五子登科"中就多有莲的元素。童子手持莲花作为吉祥物的情况极为常见。标名：题名，显名。张文琮《咏水》云："标名资上善，流派表灵长。地图罗四渎，天文载五潢。"禁池：指宫苑中的池塘。贾岛《酬慈恩寺文郁上人》诗云："袈裟影入禁池清，犹忆乡山近赤城。"表：显扬之意。韦应物《石鼓歌》诗云："刻石表功兮炜煌煌。"最后四句诗是在祝福年轻学子张及、李畋、张奎进京科举高中，扬名天下；称赞他们才华与能力出众，就是该为朝廷所用，竭尽所能，报效国家，显扬国家的太平。

宋祁

宋祁（998—1061），字子京，生于安州安陆（今湖北安陆），后举家迁往开封雍丘（今河南杞县）。宋仁宗天圣二年（1024）与兄宋庠同登进士。庆历八年（1048）改龙图学士、史馆修撰，与欧阳修同修《新唐书》。后十余年历官内外，皆以史稿自随，卒成一百五十卷。《东轩笔录》云宋祁"晚年知成都府，带《唐书》于本任刊修"。宋祁于嘉祐元年（1056）八月自定州移知益州，由陆路翻越秦岭入蜀，次年二月到任，嘉祐三年（1058）十月被召还。另外，宋祁在蜀中不仅自己喜欢游宴，也倡导游宴，这种流风对后世影响极大。

江渎亭

一翚掀翅压溪隅，吏事初闲此晏居。[1]

断岸有时通略彴，轻风尽日战栟榈。[2]

云鸿送目挥弦后，客板看山拄颊余。[3]

芰碧蒲青来更数，江人多识使君旟。[4]

题解

江渎亭，即江渎庙前大池中的亭子。江渎庙，是祭祀长江之神的祠庙。《汉书·郊祀志》云："秦并天下，立江水祠于蜀。"《汉旧仪》云："祭四渎用三牲，圭沉，有车马绀盖，以夏之日觞焉。"常璩《华阳国志》云："蜀郡江原县有江祠，汉县北境抵岷江，故祠在江原。后祠于江都，隋唐复置祠成都。"江渎庙多次被损毁和重建，遗址在现成都上莲池正街附近。此诗应写于嘉祐二年（1057）宋祁初到成都时。

诗歌现场

成都上莲池正街附近。（地图编号：1201）

注析

[1] 翚：原指五彩山雉。《诗经·小雅·斯干》云："如翚斯飞。"朱熹《集传》云："其檐阿华采而轩翔，如翚之飞而矫其翼也。"隅：指靠边的地方，这里交代亭子的位置在靠溪岸的水中。晏：通"宴"。结合全诗看，是在亭中有宴会，否则不会消磨太久。首联写江渎亭靠江渎池溪岸，漂亮如展翅的五彩山雉，我是因为政事初闲来此游玩。

[2] 断岸：指亭在池中，有水相隔。略彴：指小木桥。清史震林《西青散记》云："至小桥，山人呼之曰略彴。"栟榈：木名，即棕榈。颔联写亭在

池中，要靠临时搭木板交通；此日天气晴朗，微风吹拂附近的棕榈树。

［3］云鸿：行于高空中的大雁。南朝江淹《侍始安王石头》诗云："何如塞北阴，云鸿尽来翔。"挥弦：指弹琴，语出嵇康《赠秀才入军》诗："目送归鸿，手挥五弦，俯仰自得，游心太玄。"客板：指的是一种鼓吹乐，演奏以唢呐为主。拄颊：以手支颊，有所思貌。韩偓《雨中》诗云："鸟湿更梳翎，人愁方拄颊。"颈联写这次集会有音乐伴奏，弹琴引发幽思，鼓吹也动思乡情。

［4］芰：古书上指菱。贺知章《采莲》诗云："莫言春度芳菲尽，别有中流采芰荷。"蒲：即菖蒲。更：指更换的意思。旗：本意指一种上面绘有鸟隼图案的军旗，后泛指旌旗。尾联写酒席上的芰荷、菖蒲更换了若干次，都是老百姓送来的，他们大多数都认识我出行的旗帜，知道我今日在此亭集会。

夏日江渎亭小饮

飞槛枕溪光，欢言客遍觞。[1]

暂云消树影，骤雨发荷香。[2]

辛臼橙齑熟，庖刀脍缕长。[3]

蘋风如有意，盈衽借浮凉。[4]

题解

宋祁在蜀中写江渎池的作品有多篇，除本书所选的两篇外，还有《避暑江渎祠池》《集江渎池亭》等。这篇《夏日江渎亭小饮》所用韵为"下平七阳韵"，田况《伏日会江渎池》、吴中复《江渎泛舟》与此同，一百多年后袁说友又步韵吴中复写下《游江渎庙用故侯吴龙图韵》，这应该称得上是宋代四川文学史的一大佳话。现在看来，最先用此韵的是田况，他到蜀中为官最早。北宋冯浩庆历五年（1045）所写《江渎庙设醮厅记》有云："庙前临清池，有岛屿竹树之胜，红蕖夏发，水碧四照，为一州之观。"又云："又乐游池上，当乖崖时尤盛。"乖崖，即张咏，说明江渎池在宋初张咏知益州时已经成为成都人的消夏避暑地。此诗当写于嘉祐二年（1057）或三年夏日。

诗歌现场

成都上莲池正街附近。（地图编号：1202）

注析

[1] 飞槛：即江渎亭的阑槛。张九龄《登临沮楼》诗云："危楼入水倒，飞槛向空摩。"枕：靠近的意思。《汉书·严助传》云："会稽东接于海，南近诸越，北枕大江。"欢言：欢快地叙谈。陶潜《读山海经》诗云："欢言酌春酒，摘我园中蔬。"李白《下终南山过斛斯山人宿置酒》诗云："欢言得所

憩，美酒聊共挥。"觞：向人敬酒。《吕氏春秋》云："管仲觞桓公。"首联写江渎亭阑槛倒影在波光粼粼的溪水上，宴会上气氛欢快，所有客人我都是一一敬酒了的。

[2] 暂云：指须臾即散之浮云。发：这里指花开放。卢照邻《长安古意》诗云："独有南山桂花发，飞来飞去袭人裾。"欧阳修《醉翁亭记》云："野芳发而幽香。"颔联写时光就这样静静地流逝，一会儿可以感受到天空浮云飘过，亭子中的树影消失；一会儿又突然下起雨来，催发了塘中的荷花，四处飘香。

[3] 辛臼：捣辛辣菜为粉泥的石臼。辛，指葱蒜等刺激性蔬菜。东晋张湛《养生要》云："大蒜勿食，荤辛害目。"橙齑：用橙皮捣碎制成的蘸水调料。孟郊《与王二十一员外涯游枋口柳溪》诗云："灵味荐鲂瓣，金花屑橙齑。"庖：厨师。《庄子·养生主》云："良庖岁更刀，割也。"脍缕：细切成丝的肉。白居易《题周皓大夫新亭子二十二韵》诗云："茶香飘紫笋，脍缕落红鳞。"脍，把鱼、肉切成薄片。《旧唐书·李纲传》云："飞刀脍鲤，调和鼎食。"颈联写宴席上菜肴丰盛，橙皮蘸水调料新鲜，切成的鱼片好看，厨师的刀工很棒。

[4] 蘋风：微风。蘋，水草。宋玉《风赋》云："夫风生于地，起于青蘋之末。"衽：指衣襟。《说文·衣部》云："衽，衣襟也。"浮凉：轻微的凉气。《楚辞·悲回风》云："吸湛露之浮凉兮，漱凝霜之雰雰。"梁简文帝《谢赉扇启》云："浮凉涤暑，蘋末愧吹。"唐皇甫冉《同裴少府安居寺对雨》诗云："溽暑销珍簟，浮凉入绮疏。"尾联写此时此刻，微风从池上吹来，人在亭中，敞开衣襟，顿时感到凉爽许多。

春日出浣花溪

侧盖天长荡晓霏，暖风才满使君旗。[1]
水通江渚容鱼乐，草遍山梁报雉时。[2]
场雨灭尘盘马疾，楼云碍曲进觞迟。[3]
少陵宅畔吟声歇，柳碧梅青欲向谁。[4]

题解

此诗当写于嘉祐三年二月二日。此日宋祁与民同乐，出游浣花溪。《岁华纪丽谱》称浣花小游江活动起于张咏，属于踏青活动。

诗歌现场

成都浣花溪。（地图编号：1203）

注析

[1] 盖：这里指遮雨的伞具。苏轼《教战守策》云："今王公贵人处于重屋之下，出则乘舆，风则袭裘，雨则御盖，凡所以虑患之具莫不备至。"霏：云气。欧阳修《醉翁亭记》云："若夫日出而林霏开，云归而岩穴暝，晦明变化者，山间之朝暮也。"首联写出游在早晨，天气还好。出游队伍，打着旗帜，车马同行。

[2] 江渚：江中小洲。王勃《滕王阁》诗云："滕王高阁临江渚，珮玉鸣鸾罢歌舞。"报雉时：这里化用典故言"报春"之义。《禽经》云："泽雉啼，而麦齐。"注曰："泽雉如商庚，春季之月始鸣，麦平陇也。"颔联写二月锦江水涨，小洲连通鱼儿乐；小小山梁，草长雉飞报春时。

[3] 盘马：指勒转马头，停住马的意思。韩愈《雉带剑》诗云："将军欲以巧服人，盘马弯弓惜不发。"进觞：即敬酒。《梁书·简文帝纪》云：

全蜀江河诗钞（岷江卷）

"及王伟等进觞于帝曰：'丞相以陛下忧愤既久，使臣上寿'"。迟：迟疑，犹豫的意思。白居易《琵琶行》诗云："寻声暗问弹者谁，琵琶声停欲语迟。"颈联写在游玩途中突然下雨，游人急忙勒马不前；酒楼上的音乐也停了，敬酒的人也感觉不对劲，迟疑了起来。

　　[4]作者有原注云："杜子美宅在浣花溪上。"尾联是在说：在如此美好的日子里，大家乘兴而来踏青，一场雨顿时败了兴致，辜负了诗文圣地浣花溪，也辜负了柳梅青绿的春天。

览蜀宫故城作

国破江山老，人亡岸谷摧。[1]
鸳飞今日瓦，鹿聚向时台。
故苑犹霏雪，荒池但劫灰。
颓遗糊处壤，阇记数残枚。[2]
恨月窥林下，悲风觅陇来。
依城狐独速，失厦燕裴回。
废社才存柳，阴垣自上苔。[3]
有情惟杜宇，长为故王哀。[4]

题解

蜀宫故城，指前、后蜀宫殿旧址。966年后蜀亡，宋祁到蜀在嘉祐二年（1057），蜀宫被废已九十余年。该诗为排律。约写于嘉祐二年（1057）初到成都时。作为知名的史学家，参观旧王朝遗址，其心境与体会非常人能比。

诗歌现场

成都摩诃池。（地图编号：1204）

注析

[1] 国破：这里指后蜀政权的消亡。杜甫《春望》诗云："国破山河在，城春草木深。"岸谷：喻写政治变化。《诗经·小雅·十月之交》云："高岸为谷，深谷为陵。"毛传："言易位也。"郑玄笺："易位者，君子居下小人处上之谓也。"摧：摧毁，破坏，毁坏的意思。李白《梦游天姥吟留别》诗云："列缺霹雳，丘峦崩摧。"第一二句总起，写后蜀政权被灭，江山依旧，人亡

政息，蜀宫原有的一切都已毁坏。

〔2〕故苑：这里指蜀宫的花园。荒池：这里指摩诃池。劫灰：指劫余之灰烬。霏雪：纷飞的雪花。赪：这里指宫墙红色印记。煳：同煐，指烧焦处。枚：这里指宫门门钉。这里六句写蜀宫古城内的景致：在残垣断壁间有鸟兽出没，花园里好似在纷飞下雪，摩诃池上全是劫余之灰烬，一切都是冷冷清清的，没了往日的生机勃勃。宫墙的烧焦处尚存一些红色斑点，宫室破败的门上还留有一些门钉印记。

〔3〕陇：这里指蜀宫中的土丘。裵回：亦作"裵回"，徘徊的意思。裵，有版本写作"蜚"，不合诗意。废社：指蜀宫中荒废的宗庙。才存柳：指只剩下杂木柳树。古代宗庙社稷坛多植梓、柏等乔木，现在只有杂生的柳树，续写其荒凉景象罢了。才，只，仅仅。陶渊明《桃花源记》云："初极狭，才通人。"阴垣：这里指宫墙背阴的地面。这里六句想象与现实交错，续写蜀宫故城的荒凉，冷月凄风中，包含有屈原《九章·哀郢》所表达的狐死首丘、鸟飞返故乡的意思，直译不能尽言外之意。

〔4〕杜宇：即杜鹃鸟，又叫子规。这里既在伤前、后蜀政权的消亡，也在伤杜宇王朝的覆灭，历史时空一下子就荡开了，表达了一种历史的慨叹：千古王朝的沉浮与兴衰，无限的沉痛就在其中，是为"杜宇哀"。左思《蜀都赋》云："鸟生杜宇之魄。"李善注"《蜀记》曰：昔有人姓杜名宇，王蜀，号曰望帝。宇死，俗说云宇化为子规。子规，鸟名也。蜀人闻子规鸣，皆曰望帝也。"古蜀史上，杜宇被鳖灵取代，同样意味着一个王朝的覆灭。雍陶《蜀中战后感事》诗云："岁积苌弘怨，春深杜宇哀。"

题蜀州修觉寺

蜀嶂纷重沓,祇园隐寂寥。[1]
花供法界雨,江助梵音潮。[2]
海水闻钟下,天风引磬遥。[3]
少陵佳句后,物色付吾僚。[4]

题解

修觉寺在新津县南河右岸之修觉山,山下即南河、西河、金马河汇合之处,相传神秀禅师结庐于此。由此诗可看出,新津县宋代归蜀州管。宋祁本人未曾到过修觉寺,此诗应是赏同僚之画作而写成的,想象奇特,别具一格。

诗歌现场

新津修觉山。(地图编号:1205)

注析

[1] 重沓:意为重叠,重复。贾谊《旱云赋》云:"运清浊之澒洞兮,正重沓而并起。"祇园:"祇树给孤独园"的简称。梵文的意译,印度佛教圣地之一。相传释迦牟尼成道后,憍萨罗国的"给孤独长者"用大量黄金购置舍卫城南祇陀太子园地,建筑精舍,请释迦说法。祇陀太子也奉献了园内的树木,故以二人名字命名。玄奘去印度时,祇园已毁。后用为佛寺的代称。寂寥:寂静,无人无声。高适《同群公秋登琴台》诗云:"古迹使人感,琴台空寂寥。"

[2] 此联将佛法中的景象来比拟在修觉寺所见的现实情形,寺庙周围山花烂漫如法界所普降的花瓣雨,江声与梵音相激荡,如潮涌动。

[3] 磬:寺观礼佛时所敲的铜制乐器,中空,形状像钵,僧人敲击用以

表示活动的开始或结束。此联继续写在寺庙中的见闻：庙里钟声悠扬，法海无边，与山下江水滔滔的景象相呼应；天风浩荡，磬声远播，一切尘嚣由此远去。

［4］吾僚：我的同僚。韩愈《叉鱼招张功曹》诗云："脍成思我友，观乐忆吾僚。"诗中有自注云："杜子美诗刻今在。"杜甫当年流放四川，曾于上元元年与二年，两度游修觉寺，皆有诗作。其中《后游》诗云："江山如有待，花柳自无私。"宋祁这里化用杜诗之意。

扬雄墨池

宅废经池在，人亡墨溜干。[1]

蟾蜍兼滴破，科斗共书残。[2]

蠹罢芸犹翠，蒸余竹自寒。[3]

他扬无可问，抚物费长叹。[4]

题解

扬雄墨池，即扬雄洗墨池。北宋何涉《读易堂记》云："扬雄有宅一区，在锦官西郭隘巷，著书墨池在焉。"学界确认墨池在今天的青龙街。千百年来，一直到清代，墨池都是文人墨客咏怀扬雄的遗迹。有资料显示，宋代王小波、李顺起义，扬雄墨池被毁。由此诗看，到了宋祁入蜀时，扬雄宅都还没有修复。

诗歌现场

今成都青龙街。（地图编号：1206）

注析

[1] 宅：即扬雄宅。经池：指扬雄写经的墨池。扬雄仿《易传》著《太玄》，仿《论语》著《法言》，后人称之为经书是有道理的。墨溜：指扬雄当年洗墨砚的池水。首联即为对偶，写扬雄墨池遗迹宅废池在，人亡墨干。

[2] 蟾蜍：指砚滴或砚台形似蟾蜍。汉代刘歆《西京杂记》卷六云："唯玉蟾蜍一枚，大如拳，腹空容五合水，光润如新，王取以为书滴。"滴：即砚滴，一种把水滴在砚台的文具，通常以玉、石、陶、瓷等制成。科斗：书体之名，因笔画屈曲，形似蝌蚪，故又称"蝌蚪文"，始见于汉末。《后汉书·卢植传》云："古文，科斗近于为实，而压抑流俗，降在小学。"郑玄

《尚书赞》云:"书初出屋壁,皆周时象形文字,今所谓科斗文。"颔联写大文豪的砚台和砚滴都已破碎,当时用蝌蚪文所写的著作也已残破。

[3] 蠹:蛀蚀。芸:即芸香,多年生草本植物,叶互生,羽状深裂或全裂,花黄色,香气浓郁,古人藏书用芸香避蠹虫。蒸:蒸发之意。古代没有发明纸之前,人们在竹简上书写。书写以前先要把竹简放在火上烤,使水分蒸发掉。蒸发时,竹简如在出汗,故人们将史策称为"汗竹"或"汗青"。颈联写芸草青翠,竹林碧寒,是在反讽芸香避蠹虫,竹简写书也枉然。

[4] 他扬:指扬雄后人。费:这里表达的是"多"之意。尾联的意思是,我来扬雄墨池,一切都物是人非。大文豪大学者,留下的著作残破无解,很可能最终都会被蛀蚀消亡,只剩下芸草青翠,竹林碧寒,这世界还有什么东西是永恒的呢?我满脑子的疑问不可解,又见不到扬雄后人可打听,在墨池边抚物多长叹也就难免。

过摩诃池二首

十顷隋家旧凿池,池平树尽但回堤。[1]
清尘满道君知否?半是当年浊水泥。[2]

池边不见帛阑船,麦陇连云树绕天。[3]
百岁兴衰已如此,争教东海不为田?[4]

题解

摩诃池为隋代所开凿。到了北宋时期,池塘淤积,水面已经缩减,池塘周围的花木全部不再,当年的繁华景象不再。此诗见得出岁月变迁与时代兴衰,可证史实。

诗歌现场

成都摩诃池。(地图统一编号为:1207)

注析

[1] 回堤:曲折回环的岸堤。章碣《曲江》诗云:"日照香尘逐马蹄,风吹浪溅几回堤。"梅尧臣《忆吴松江晚泊》诗云:"回堤溯清风,淡月生古柳。"

[2] "清尘满道"两句诗,出自曹植《七哀诗》"君若清路尘,妾若浊水泥"。尘与泥本来是一物,曹植借此作比他和曹丕的关系悬殊,清浊难以会合;自比浊水泥,是在说自己地位卑贱。这里反用其意,是在说摩诃池当年的风光不再,久不清淤,水面缩减,原来的湖区变成了通路,当年的水中泥沙,现在扬尘风中,美好的景象一去不复返。

[3] 帛阑船:用白色丝织品装饰船只的栏杆,可谓备尽豪华。《后汉书·

公孙述传》云："会聚兵甲数十万人，积粮汉中，筑宫南郑。又造十层赤楼帛兰船。多刻天下牧守印章，备置公卿百官。"帛，即白色丝织品。汉朝崇火德，色尚赤。公孙述称帝，崇金德，色尚白，又自号白帝。宋祁这里将公孙述造帛阑船说成成都事，与史实不合，但是此前及后世采用该说法的情况并不少见。这里不必纠缠于史实，宋祁本意是在说历史上偏安成都的小王朝繁华坌极，包括前蜀、后蜀政权，因为这里平原广阔，麦陇连云，非常富庶；当时摩诃池周围树木繁盛，天空倒影水中，为树木所拥，天上人间混为一体。

[4]"百岁兴衰"句：回到最近的后蜀灭亡，距作者到成都任的嘉祐二年（1057），刚好近一百年，历史的兴与衰，变化之大，让人惊叹。花蕊夫人所写摩诃池，与宋祁所见之摩诃池，真不能同日而语，一切都变了，变得面目全非。"争教东海"句：承继上句发出感慨，意思是说这一切变化好比东海变为桑田，确实难以想象。葛洪《神仙传·王远》云："麻姑自云：'接待以来，已见东海三为桑田。'"争教：意思是怎教。白居易《遣怀》诗云："遂使四时都似电，争教两鬓不成霜！"

田况

　　田况（1005—1063），字元均，冀州信都（今河北冀州）人。生于开封，少有大志，好读书，为文章得纸笔立成，天圣八年（1030）科举考试殿试高中第五名，同登进士者有欧阳修、石介等，主考官为晏殊。庆历八年（1048）四月以右谏议大夫知益州，皇祐二年（1050）十一月迁给事中奉召还朝，嘉祐五年（1060）以太子少傅致仕。在蜀中平定淯井盐蛮有功，治绩显著，"蜀人尤爱之"。在蜀留有诗文，如《益州增修龙祠记》《浣花亭记》《古柏记》等。

二十一日游海云山

春山缥翠一溪清，满路游人语笑声。[1]

自愧非才无异绩，止随风俗顺民情。[2]

题 解

此诗出自田况组诗《成都遨乐诗二十一首》之十三。组诗有序云："四方咸传蜀人好游娱无时，予始亦信然之。逮忝命守益，枳辕逾月，即及春游，每与民共乐，则作一诗以纪其事。自岁元徂冬至，得古律长调短韵共二十一章，其间上元、灯夕、清明、重九、七夕、岁至之类，又皆天下之所共，岂曰无时哉？传之者过矣。蜀之士君子欲予诗闻于四方，使知其俗，故复序以见怀。"关于三月二十一日游海云山的习俗，南宋范成大、陆游等皆有诗文写其盛况，但是这一古俗从何而来，却始见于元代费著的《岁华纪丽谱》，费文云："二十一日，出大东门，宴海云山鸿庆寺，登众春阁观摸石。盖开元二十三年灵智禅师以是日归寂，邦人敬之，入山游礼，因而成俗。山有小池，士女探石其中，以占求子之祥。"当然，到了十一月海云寺还是山茶观赏胜地，范成大即有诗作《十一月十日海云赏山茶》。田况组诗应写于皇祐元年（1049）至皇祐二年间。体味诗意，这首诗当作于皇祐二年三月二十一日。

诗歌现场

今四川师大内的狮子山。（地图编号：1301）

注 析

[1] 缥翠：这里指山如丝织品，色彩青绿。缥，淡青色的丝织物；翠，青色。潘岳《沧海赋》云："朱背炜烨，缥翠葱青。"

[2] 异绩：这里指特殊的政绩。止：仅仅，只是。柳宗元《黔之驴》云：

"虎因喜，计之曰，'技止此耳。'"顺民情：这里指顺应民情，与民同乐。宋代李刚有专文《论顺民情》云："古之有天下国家者，未尝不因其民之情而用之。《记》曰：'人情者，圣王之田也。'"由此可见，顺民情也关乎王道。颜师古注《汉书·循吏传》有云："循者顺也。上顺公德，下顺人情也。"

伏日会江渎池

长空赤日真可畏，三庚遇火气伏藏。
温风渿涊郁不开，流背汗浃思清凉。[1]
江渎祠前有流水，灌注蓄泄为池塘。
沉沉隆厦压平岸，好树荫亚芙蕖香。[2]
登舟命酒宾朋集，逃暑大饮宜满觞。
丝竹聒耳非自乐，四望观者如堵墙。[3]
吾侪未能免俗累，近日颇困炎景长。
今晨纵游不觉暮，形为外役暑亦忘。
岂如高斋涤百虑，危坐自造逍遥乡。[4]

题解

此诗出自田况组诗《成都遨乐诗二十一首》之十七。伏日：指入初伏的那一天。夏至后第三个庚日入初伏，第四个庚日入中伏，立秋后第一个庚日入末伏，总称"三伏"。伏日是祈避盛暑、祷祝清爽的祭日，祭始于春秋时秦德公，到汉魏此日有酒食之会，到唐代此日人们多于风亭水榭，浮瓜沉李，流杯曲沼，每至通夕而罢。元代费著《岁华纪丽谱》云："六月初伏日，会监司；中伏日会职官以上；末伏日会府县官，皆就江渎庙设厅。初文潞公建设厅，以伏日为会避暑，自是以为常。早宴罢，泛舟池中。复出，就厅晚宴。观者临池张饮，尽日为乐。赵清献公使限钱，但为初伏会，今因之。"

诗歌现场

成都上莲池正街附近。（地图编号：1302）

全蜀江河诗钞（岷江卷）

注析

[1] 三庚：即三伏，指初伏、中伏、末伏对应的庚日。《艺文类聚》引《历忌释》云："伏者何也，金气伏藏之日也……金畏火，故至庚日必伏。庚者，金也。"潝㴒：溽热，湿热。王粲《大暑赋》云："气呼吸以袪裾，汗雨下而沾裳；就清泉以自沃，犹潝㴒而不凉。"繁钦《暑赋》云："翕翕盛热，蒸我层轩，温风潝㴒，动静增烦。"流背汗浃：即汗流浃背。浃，湿透。《后汉书·伏皇后纪》云："操出，顾左右，汗流浃背，自后不敢复朝请。"前四句写入伏之后，天空太阳毒辣，空气湿热难耐，人们汗流浃背，渴望凉爽。

[2] 灌注：偏义复词，偏用"灌"，指地表水流入。《庄子·秋水》云："秋水时至，百川灌河。"蓄泄：也是偏义复词，偏用"蓄"，指水的积聚。沉沉，指水深。司马相如《上林赋》云："沉沉隐隐，砰磅訇磕。"李善注："沉沉，深貌也。"这里四句诗是在说，江渎祠前有活水池塘，这个池塘靠江河（原郫江）流入，积水而成。水深清澈，江渎祠倒映水中，水面与堤岸齐平。到这个地方避暑，有很好的树荫，还有更加吸引人的荷花。

[3] 逃暑：即消暑，避暑。《符子》云："郑人有逃暑于孤林之下者，日流影移，而徙衽以从阴。"段成式《酉阳杂俎》云："处士周洪言：宝历中，邑客十余人，逃暑会饮。"满觞：满杯而饮。《汉书·灌夫传》云："夫行酒，至蚡，蚡膝席曰：'不能满觞。'夫怒，因嘻笑曰：'将军贵人也，毕之。'"聒耳：这里形容丝竹演奏声一片喧闹。罗隐《城西作》诗云："野禽鸣聒耳，庭草绿侵阶。"这里四句诗在写作者与一帮朋友冲着莲花，登舟饮酒作乐，乐队随行，玩得好不快哉。他们在船头看池上风景，岸上避暑的百姓围得水泄不通，又都在看他们。

[4] 吾侪：我辈，我们这类人。杜甫《宴胡侍御书堂》诗云："今夜文星动，吾侪醉不归。"俗累：世俗事务的挂累、牵累。沈约《东武吟行》诗云："霄辔一永矣，俗累从此休。"白居易《刑部尚书致仕》诗云："十五年来洛下居，道缘俗累两何如？"炎景：炎热的日光。曹植《槐赋》云："覆阳精之炎景，散流耀以增鲜。"纵游：尽情游乐。李频《江上送从兄群玉校书东

游》诗云:"坟籍因穷览,江湖却纵游。"高斋:这里指成都府内的屋舍。涤:清除之意。张衡《东京赋》云:"进明德而崇业,涤饕餮之贪欲。"危坐:指端坐,亦指坐时敬谨端直。《史记·日者列传》云:"宋忠、贾谊瞿然而悟,猎缨正襟危坐。"逍遥:不受任何拘束、优游自得的意思。《庄子·逍遥游》云:"今子有大树,患其无用,何不树之于无何有之乡、广莫之野?彷徨乎无为其侧,逍遥乎寝卧其下。"最后六句诗的大意是说,我们这些人到底未能免俗从游,因为最近天气实在热得不行。今早出门尽情游玩,不知不觉就过了一天,搞得筋疲力尽的,当然暑热也忘了。但是这种生活又哪里比得上静坐屋内,清除各种杂念,来得轻松自在,优游自得呢?

四月十九日泛浣花溪

浣花溪上春风后,节物正宜行乐时。[1]

十里绮罗青盖密,万家歌吹绿杨垂。[2]

画船叠鼓临芳溆,彩阁凌波泛羽卮。[3]

霞景渐曛归棹促,满城欢醉待旌旗。[4]

题解

此诗出自田况组诗《成都遨乐诗二十一首》之十六,诗题交代了一个重要的风俗。费著《岁华纪丽谱》云:"四月十九日,浣花佑圣夫人诞日也。太守出笮桥门,至梵安寺谒夫人祠,就宴于寺之设厅,既宴,登舟观诸军骑射,倡乐导前,溯流至百花潭,观水嬉竞渡。官舫民船,乘流上下,或幕帘水滨,以事游赏,最为出郊之盛。"陆游《老学庵笔记》云:"四月十九日,成都谓之'浣花遨头',宴于杜子美沧浪亭。倾城皆出,锦绣夹道。自开岁宴游,至是而止,故最盛于他时。"

诗歌现场

成都浣花溪。(地图编号:1303)

注析

[1] 节物:当季之风物景色。卢照邻《长安古意》诗云:"节物风光不相待,桑田碧海须臾改。"

[2] 绮罗:这里指穿着绮罗的人,多为贵妇、美女之代称。杜荀鹤《送蜀客游维扬》诗云:"青春花柳树临水,白日绮罗人上船。"青盖:这里指浣花溪的荷叶。范成大《新津道中》诗云:"曲沼擎青盖,新畦艺绿针。"

[3] 叠鼓:轻轻地击鼓、快速击鼓。《文选·谢朓〈鼓吹曲〉》诗云:

"凝笳翼高盖，叠鼓送华辀。"李善注："小击鼓谓之叠。"芳溆：这里指芳草映照的浣花溪水岸。羽卮：即羽觞，古代一种盛酒器，作鸟雀状，左右形如两翼。这里泛指酒杯。"泛羽卮"即注酒于觞，浮于流水，随波传送，为古代游宴之俗。

　　[4] 曛：昏暗之意。高适《别董大》云："千里黄云白日曛，北风吹雁雪纷纷。"杜甫《示獠奴阿段》诗云："山水苍苍落日曛，竹竿袅袅细泉分。"归棹：指返航的船只。唐代徐彦伯《采莲曲》诗云："春歌弄明月，归棹落花前。"旌旗：旗帜的总称，这里指代太守田况一行。

开西园

春风寒食节，夜雨昼晴天。
日气薰花色，韵光遍锦川。[1]
临流飞凿落，倚榭立秋千。
槛外游人满，林间饮帐鲜。[2]
众音方杂遝，余景更留连。
座客无辞醉，芳菲又一年。[3]

题解

此诗出自田况组诗《成都遨乐诗二十一首》之十。《成都通览》云："寒食，出大东门，早宴移忠院，晚宴大慈寺设厅。曩时寒食，太守先设酒馔于近郊，祭鬼物之无依者，谓之遥享。后置广仁院，以葬死而无主者，乃遣官临祭之。而民间上冢者，各蚁集于郊外。天僖三年，赵公稹尝开西楼亭榭，俾士庶游观。自是每岁寒食开园张乐，酒垆、花市、茶坊、食肆过于蚕市，士女从观，太守会宾僚，凡浃旬，此最府廷游宴之盛。"田况守成都，距离天僖三年（1019）刚好三十年罢了，依旧俗于寒食节开西园。西园，即当时成都府官署之西园。

诗歌现场

成都。（地图编号：1304）

注析

[1] 薰：温和的样子。《庄子·天下》云："以仁为恩，以义为理，以礼为行，以乐为和，薰然慈仁，谓之君子。"遍：全部、整个，形容到处都是。宋代张俞《蚕妇》诗云："遍身罗绮者，不是养蚕人。"锦川：即锦江。王勃

《重别薛华》诗云："明月沉珠浦，风飘濯锦川。"前四句写寒食节的成都，夜雨天晴，锦江边春风和暖，花光袭人，水光照人。这是状写大环境。

[2]凿落：亦作"凿络"，以镌镂金银为饰的酒盏。白居易《送春》诗云："银花凿落从君劝，金屑琵琶为我弹。"饮帐：在郊外或道旁等露天场所临时为宴饮搭建的帷帐，多用于饯别。南齐陆韩卿《中山王孺子妾歌》诗云："洪波陪饮帐，林光宴秦余。"鲜：明洁，洁净。《汉书·广川惠王越传》云："衣服常鲜于我。"中间四句也对仗工稳，状写西园游宴盛况，官家的男性多在临水之亭子内宴饮，女的在临水的木屋下荡秋千。楼台亭榭之外，游人如织；树林间到处是人们的宴饮帷帐，明亮洁净。

[3]杂逯：亦作"杂沓"，形容纷杂、喧嚣，用于脚步、脚印和行进中的人畜，也用于脚步声、马蹄声等。韩愈《丰陵行》诗云："群臣杂沓驰后先，宫官穰穰来不已。"余景：夕阳的余晖。崔颢《入若耶溪》诗云："事事令人幽，停桡向余景。"辞醉：指饮酒时客客气气地推让、推托，不敢放开喝。最后四句写整个西园热闹非凡，到了黄昏，人们还流连忘返。宴饮中的人，也玩得十分开心、尽兴。作者与民同乐，感叹这又是一年中花草盛美，最为难忘的日子。

石介

石介（1005—1045），字守道，今山东泰安人，北宋教育家。仁宗天圣八年（1030）与欧阳修同时中进士。宝元元年（1038）以父年老，请求代父石丙到四川嘉州任军事判官。当年夏入蜀，九月到任，十月因母亡，归家奔丧，赋闲徂徕山下。居丧期间曾开馆聚徒，专门讲授《易经》。庆历二年（1042）入为国子监直讲。

嘉州寄左绵王虞部

江山如画望无穷，况属升平岁屡丰。[1]

万树芙蓉秋色里，千家砧杵月明中。[2]

断霞半赭燕支木，零露偏留筜竹丛。[3]

只欠流杯曲水宴，风流未与左绵同。[4]

题解

该诗写在宝元元年（1038）九月嘉州任上。石介与王虞部曾一起在濰阳共事。石介入蜀过绵州时曾待七十日，与知州王虞部共出入。到任嘉州后，他以诗寄老友，并追忆在左绵时的欢乐。嘉州，古州名，今四川省乐山市。左绵，即四川省绵州市。虞部，尚书省工部虞部司简称，宋代虞部"掌山泽、苑囿、畋猎、取伐木石薪炭柴物之属，屏绝猛兽、毒药，及茶矾、盐池井、金银铜铁铅锡坑冶废置收采之事"。

诗歌现场

四川乐山城。（地图编号：1401）

注析

[1] 写太平岁月，又是丰收年，九月嘉州，江山如画。

[2] 芙蓉：即芙蓉花。作者这里既在说花，也在说绵州的水——芙蓉溪，溪上多芙蓉。张素含《蜀程纪略》有云，绵州"城东有芙蓉溪，即杜少陵观打鱼处"。此联写秋景妙绝，万树芙蓉盛开，千家月下捣衣。嘉州绵州同在月下，景同人不同，相思却相同。含蓄有味，非一般应景语言可比。

[3] 半赭：使一半变红。燕支木：《中华古今注》有云："燕支叶似蓟，花似蒲公，出西方，土人以染，名为燕支，中国人谓之红兰，以染粉为面饰，

谓为燕支粉。"因出焉支山而得名。筜竹：竹名，《山海经》有云："龟山又东七十里曰丙山，多筜竹。"

［4］作者有自注云："左绵新创流杯。"

赵抃

赵抃（1008—1084年），字阅道，号知非子，衢州西安（今浙江省衢州市柯城区）人。景祐元年（1034），登进士第。历仕仁宗、英宗、神宗三朝，北宋名臣。考其为官四川的具体次数，前后凡四次：第一次是仁宗皇祐元年（1049）至三年任蜀州江原县（今崇州市）知县；第二次是嘉祐三年（1058）六月任梓州路转运使，七月十七日到任，一个月之后改益州路（即成都府路）转运使兼权涪州任；第三次是英宗治平元年（1064）年底以龙图阁直学士知成都府，次年入蜀，直到熙宁元年（1068）；第四次是神宗熙宁五年（1072）以资政殿大学士再知成都府，冬赴蜀，次年春至成都，直到熙宁七年冬十月方离蜀。他第三次赴任四川，单马就道，仅携一琴一鹤一龟自随，清廉风范，历然可见；在四川期间，"为政简易""惠利为本"，还热心劝学，奖掖后进。其治蜀政绩优异，深得士民厚爱。因他曾行船湔江上说"吾志如此江清白，虽万类混淆其中，不少浊也"，于是湔江得名清白江。他还曾有功于今日崇州罨画池的修建，修渠灌溉民田，引得文井江水入园。赵抃逝世后朝廷封号"清献"，以表彰他为官清廉、奉献的品格。苏东坡有诗颂赵"清献先生无一钱，故应琴鹤是家传"。后世以琴鹤比喻为官清廉。

蜀倅杨瑜邀游罨画池

占胜芳菲地，标名罨画池。[1]
水光菱在鉴，岸色锦舒帷。[2]
风碎花千动，烟团柳四垂。
巧才吟不尽，精笔写徒为。[3]
照影摇歌榭，分香上酒卮。[4]
主人邀客赏，和气与春期。[5]

题解

倅：指通判，这一官职虽是知州副官，但在宋代权力却一度很大，"入则贰政，出则按县"，王安石、苏轼、曾巩等皆曾为倅。南宋沈作宾等纂《会稽志》有云："谓通判为倅，至今犹然。"南宋赵与时《宾退录》亦云："三司副使曰篒，通判曰倅。"罨：覆盖之谓也，这里指环池周围的山石、植物、建筑，倒映水中，恰似覆盖于池面的彩画。赵抃皇祐元年任江原（今崇州）县令，曾对罨画池进行最初的开凿。此事赵抃于《引流联句》的序中有交代："江原县。江潦治廨址，而东距三百步，泷湍驰激，朝暮鸣在耳，使人听，爱弗欲倦。遂锸渠，通民田，来圁亭阶庑间。回环绕旋，沟行沼渟，起居观游，清快心目。公事暇休，与弟抗、扬坐东轩，乐然盘词为诗，章成书之石，曰引流联句，皇祐二年冬十一月。"由此可知，该诗大约写于皇祐二年间。

诗歌现场

四川崇州市罨画池。（地图编号：1501）

全蜀江河诗钞(岷江卷)

注析

[1] 占胜：拥有胜景。陆游《过小孤山大孤山》有云："三面临江，倒影水中，亦占一山之胜。"

[2] 帷：围在四周的帐幕。

[3] 精笔：精妙的笔法。徒为：白白地为之。白居易《醉赠刘二十八使君》诗云："诗称国手徒为尔，命压人头不奈何。"

[4] 分香：用典曹操分香卖履之典故，指美人。陆机《吊魏武帝文一首并序》云："又曰，吾婕好妓人，皆著铜爵台……汝等时时登铜爵台，望吾西陵墓田。又云，余香可分与诸夫人。"孟浩然《美人分香》诗云："艳色本倾城，分香更有情。髻鬟垂欲解，眉黛拂能轻。舞学平阳态，歌翻子夜声。春风狭斜道，含笑待逢迎。"酒卮：指酒器、酒杯。庾信《北园新斋成应赵王教》诗云："玉节调笙管，金船代酒卮。"

[5] 和气：即古人所谓的天地间阴气与阳气交合而成之气，万物由此气而生。《老子》云："万物负阴而抱阳，冲气以为和。"《韩非子·解老》有云："孔窍虚，则和气日入。"王安石《次韵和甫春日金陵登台》诗云："万物已随和气动，一樽聊与故人来。"

按狱眉山舟行

携琴晓出锦官城，千里秋原一望平。[1]

放舸急流身觉快，披云孤屿眼增明。[2]

农田雨后畦畦绿，渔笛风前曲曲清。

讯狱远邦先涤虑，恤哉休戚在民情。[3]

题解

该诗写于宋仁宗嘉祐年间赵抃第二次为官蜀地时。赵抃嘉祐三年（1058）六月任梓州路转运使，七月十七日到任，一个月之后改益州路（即成都府路）转运使兼权涪州任。按狱，审察案件。

诗歌现场

可放在岷江眉山段。（地图编号：1502）

注析

[1] 携琴：沈括《梦溪笔谈》有云："（赵抃）为成都转运使，出行部内，唯携一琴一鹤，坐则看鹤鼓琴。"

[2] 孤屿：应指岷江江中小岛。

[3] 讯狱：即按狱，意指审察案件。恤：怜悯之义。诗歌最后一联表达自己为官一方，务必要关心民情，体恤民情，既是自我勉励，也是内心抱负的展露。

苏洵

苏洵（1009—1066），字明允，号老泉，眉州眉山（今属四川）人。少年游荡不学，二十五岁始知读书，二十七岁大发愤，谢其素所往来少年，闭户读书为文辞。但屡试不第。嘉祐元年（1056）为人鼓励，于五月再次来到汴梁，得到欧阳修、韩琦等推誉，荐之于朝；次年春闱，苏轼、苏辙同中进士，父子三人名动京师。四月苏洵之妻程夫人去世，父子仓促返回眉山。嘉祐四年（1059）十月，父子及其家属，水路出蜀。嘉祐五年（1060）二月抵汴京，因欧阳修、赵抃力荐，八月特用为秘书省校书郎。嘉祐六年七月为霸州文安县主簿，留京编纂太常礼书。治平二年（1065）九月，编成《太常因革礼》一百卷。治平三年（1066）春病，四月二十五日卒，享年五十八，天子闻而哀之，特赠光禄寺丞。其文雄奇凌厉，笔力豪健，论点鲜明，语言流畅，长于策论。有《嘉祐集》。

苏洵 游嘉州龙岩

游嘉州龙岩

系舟长堤下，日夕事南征。
往意纷何速，空岩幽自明。[1]
使君怜远客，高会有余情。
酌酒何能饮，去乡怀独惊。[2]
山川随望阔，气候带霜清。
佳境日已去，何时休远行。[3]

题解

嘉祐四年（1059）十月，苏洵父子及家属，水路出蜀赴京。该诗即作者过嘉州时所作。嘉州，治今乐山市，宋代属成都府路。龙岩，《嘉定府志》卷四有云："九龙山，城东北四里，三龟山之右，一名龙岩，一名灵岩，又名龙泓。山上石壁刻石龙九，相传唐朝明皇时所镌……山最幽邃，号小桃园。"

诗歌现场

四川省乐山市。（地图编号：1601）

注析

[1] 南征：指苏氏父子沿江"南行适楚"（苏轼《南行前集叙》）。空岩：即指"刻石龙九"的嘉州龙岩。幽自明：幽静明丽而无人欣赏。四句诗点题，因忙于南行而不能久游龙岩。

[2] 使君：指当时嘉州知州，姓名不详。余情：富有感情。《说文》有云："余，饶也。"四句诗写嘉州知州盛情款待苏氏父子，但是苏洵因去乡而不能畅饮。这次南行，苏氏父子早已名满天下，所以沿途皆有地方官吏、亲朋好友相送。

全蜀江河诗钞(岷江卷)

[3] 山川随望阔：写实景，嘉州是岷江、大渡河、青衣江汇合之处，其冲击平原辽阔。气候带霜清：写十月的天气，初冬季节。佳境：指故乡山水。最后两句诗表达了苏洵对故土的恋恋不舍之情，苏轼当时跟随父亲，也有同感，其《初发嘉州》诗有云："故乡飘已远，往意浩无边。"

初发嘉州

家托舟航千里速，心期京国十年还。[1]
乌牛山下水如箭，忽失峨眉枕席间。[2]

题解

嘉祐四年（1059）十月，苏洵父子及家属，水路出蜀赴京。当时，父子三人分坐不同船只，一路诗酒相伴而行。过乐山时，皆有题为《初发嘉州》的诗作，而且质量都高，可谓中国诗歌史上最为奇特的佳话。嘉州，治今乐山市，宋代属成都府路。

诗歌现场

四川省乐山市。（地图编号：1602）

注析

[1] 舟航：即船只。《淮南子·主术训》云："大者以为舟航柱梁，小者以为楫楔。"左思《吴都赋》云："泛舟航于彭蠡，浑万艘而既同。"京国：即北宋京都汴梁。两句诗写苏氏全家出动水路出蜀，此行千里迢迢，苏老泉计划十年之后归来。

[2] 乌牛山：即乌尤山。早年因形如乌牛突出水面而得名，后来才改名为乌尤山。王象之《舆地纪胜》有云："乌尤山，旧名乌牛。"苏洵此诗可作例证。峨眉：即指峨眉山。两句诗写船过乌尤山下，江水流速如箭，转眼就看不到峨眉山了。诗中也有对故土留恋不舍的情意在其中，但真的是"哀而不伤"（叶梦得评语）。

全蜀江河诗钞（岷江卷）

游陵云寺

长江触山山欲摧，古佛咒水山之隈。
千舸万舸膝前过，仰视绝顶皆徘徊。
足踏重涛怒汹涌，背负乔岳高崔嵬。[1]
予昔过此下荆渚，班班满面生苍苔。
今来重游非旧观，金翠晃荡祥光开。
萦回一径上险绝，却立下视惊心骸。
蜀江迤逦渐不见，沫水腾掉震百雷。[2]
山川变化禹力尽，独有道者尝悯哀。
琢山决水通万里，奔走荆蜀如长街。
世人至今不敢嫚，坐上蜕骨冷不埋。[3]
余今劫劫何所往，愧尔前人空自咍。[4]

题解

嘉祐四年（1059）十月，苏洵父子及家属，水路出蜀赴京。该诗即作者过嘉州时所作，表明三苏临走前还曾与大佛作别。陵云寺，今作"凌云寺"。叶梦得《避暑录话》称赞苏洵的诗歌"精深有味，语不徒发"，"婉而不迫，哀而不伤"。

诗歌现场

四川省乐山大佛。（地图编号：1603）

注析

[1] 古佛：指乐山大佛。咒水：对水念咒语。咒，祷告，祈祷。隈：山

水弯曲的地方。绝顶：山的最高峰。杜甫《望岳》诗云："会当凌绝顶，一览众山小"。乔岳：高山。曹植《七启》："河滨无洗耳之士，乔岳无巢居之民。"崔嵬：高耸貌。《诗经·小雅·谷风》云："习习谷风，维山崔嵬。"第一节诗文，写三江汇合，直冲凌云山。大佛念念有词，在祷祝平安。他的膝前，千帆竞过；他的脚下，怒涛汹涌；他的背后，高山耸立。写出了大佛的高大和江山的壮丽。

[2] 荆渚：荆州为楚渚宫所在地，故称荆渚。班班：这里的意思应是指斑点众多。班，通"斑"。白居易《山中五绝句》诗云："漠漠班班石上苔，幽芳静绿绝纤埃。"旧观：原来的样子。晃荡：闪烁不定的样子。苏轼《过宜宾见夷中乱山》诗云："朦胧含高峰，晃荡射峭壁。"萦回：旋绕转折。苏轼《惠山谒钱道人烹小龙团登绝顶望太湖》云："石路萦回九龙脊，水光翻动五湖天。"却立：后退而站立。迤逦：曲折连绵。谢朓《治宅》云："迢递南川阳，迤逦西山足。"第二节诗文，讲自己前后两次见大佛的不同观感，强调这次登上凌云寺，看见右侧的蜀江（即从成都过来的江流）曲折连绵向上游延伸，消失在远方；看见迎面而来的沫水，与蜀江在脚下汇合，波浪翻卷，声震如雷。

[3] 道者：得道的人。尝：曾经。悯哀：佛典常用词，表怜悯之意。《说文》有云："哀，闵也。"闵通"悯"。《变文集》卷五《维摩诘经讲经文》云："时救无图者，怜贫起悯哀。"《大宝积经》云："见诸众生在苦恼者而悯哀之。"琢山决水：意思是雕刻大佛以镇水行流。琢，《尔雅》有云："雕谓之琢。"嫚：轻慢，侮辱。《贾子道术》云："接遇肃正谓之敬，反敬为嫚。"坐：同"座"。蜕骨：这里指海通禅师坐化后留下的肉身。第三节诗文，作者感叹山河变迁，禹功力尽，幸有得道之人曾大发慈悲，开凿大佛镇水行流，使得荆楚与蜀地通航安全，如行长街。所以，世人对海通和尚从来不敢轻慢，供奉在凌云寺法座上的肉身至今尚在。

[4] 劫劫：犹言汲汲，匆忙急切貌。韩愈《贞曜先生墓志》："人皆劫劫，我独有余。"哈：讥笑、嘲笑。《楚辞·惜诵》云："行不群以巅越兮，又众兆之所哈。"王逸注云："哈，笑也。楚人谓相啁（调）笑曰哈。"杜甫《秋日荆南述怀三十韵》诗云："休为贫士叹，任受众人哈。"最后两句诗，

全蜀江河诗钞(岷江卷)。

联系到自身,说自己此生忙忙碌碌,至今一无事成,真是愧对大禹、海通等先贤!这从侧面表达了诗人尚有建功立业的雄心壮志。

文同

文同（1018—1079），字与可，号笑笑居士，人称石室先生，文翁之后。宋梓州永泰（今四川省盐亭县永泰乡）人。幼志于学，未冠能文。皇祐元年（1049）进士，曾在邛州、广汉为通判，后知普州（安岳）、兴元府（汉中）、洋州（陕西洋县）等地。晚年乞郡东南，除知湖州，病卒赴任途中。处世为人以持重淡泊而闻声于同道。曾三次于邛州（治所即今邛崃市）为官，作"五箴堂"。受到赵抃的称赞，有诗赞曰："立言作诸箴，励世亦自规。"文同以学名世，擅诗文书画；尤善画竹，主张胸有成竹而后动笔。与苏轼为表兄弟，与苏辙亲上加亲为"亲家翁"，常相唱和。苏轼曾云："与可之文，其德之糟粕；与可之诗，其文之毫末；诗不能尽溢而为书，变而为画，皆诗之余。"

安仁道中早行

行马江头未晓时，好风无限满轻衣。[1]

寒蝉噪月成番起，野鸭惊沙作队飞。[2]

揭揭酒旗当岸立，翩翩鱼艇隔湾归。[3]

此间物象皆新得，须信诗情不可违。

题解

该诗写在皇祐四年（1052）秋末。此年文同春摄蒲江，冬摄大邑政事。安仁，唐代置安仁县，宋属邛州，故城在今四川大邑县东南安仁镇，东近崇庆，西邻邛崃，田畴环绕，溪水川流。

诗歌现场

今四川省大邑县安仁镇。（地图编号：1701）

注析

[1] 轻衣：指单衣。说明当时天气还热，未穿秋冬服装。

[2] 此联描述的景象是，天未晓，月儿尚挂空中，秋蝉之声成片在响；成群的野鸭在晨曦中被惊起，低低地掠过沙滩。

[3] 揭揭：高扬貌。刘向《九叹·远游》云："服觉皓以殊俗兮，貌揭揭以巍巍。"翩翩：轻疾貌。白居易《卖炭翁》云："翩翩两骑来是谁？黄衣使者白衫儿。"

邛州东园晚兴

公休时得岸轻纱，门外谁知吏隐家。[1]
斗鸭整群翻荇叶，乳乌无数堕松花。[2]
携琴秀野弹流水，设席芳州咏落霞。[3]
向晚双亲共诸子，相将来此乐无涯。[4]

题解

嘉祐五年（1060）至七年间，文同通判邛州。此前曾于皇祐二年赴邛州军事判官。治平二年（1065）赴汉州通判任，摄守邛州。这便是文同三仕邛州的大致情形。嘉祐五年，文同在开封"以亲老请通判邛州"。次年赴任，此时双亲尚在，且同行。该诗所写即为嘉祐六年在邛州任上的情景。邛州，治所在今日邛崃市。

诗歌现场

今四川省邛崃市。（地图编号：1702）

注析

[1] 岸轻纱：即岸帻，把头巾掀起露出前额，潇洒无拘束的样子。岸，露额。轻纱，指头巾，古人谓之帻。

[2] 荇：一种多年生水草，《诗经·周南·关雎》有云："参差荇菜，左右流之。"

[3] 作者有原注云："秀野、芳洲，二亭名。"二亭皆在东园内。流水：指《高山流水》琴曲，《列子·汤问》云："伯牙善鼓琴，钟子期善听。伯牙鼓琴，志在高山，钟子期曰'善哉，峨峨兮若泰山！'志在流水，曰'善哉，洋洋兮若江河！'"落霞：扣题指晚霞。王勃《滕王阁序》云："落霞与孤鹜

齐飞,秋水共长天一色。"

　　[4]诸子:指自家的一群孩子。文同生男五人,朝光、葆光,长大皆有出息,其中葆光举进士,娶苏辙长女;垂光、务光及幼未名者三人,皆早亡。生女二人,长女亡,次女长大继承其画技。

苏轼

苏轼（1036—1101），字子瞻，号东坡居士，眉山人。与父洵、弟辙合称"三苏"。嘉祐二年（1057）进士。神宗时因反对新法而求外职，任杭州通判、密州太守、徐州太守、湖州太守等。元丰二年（1079）以"诗谤"罪入狱，次年谪居黄州。元丰八年（1085），宣仁皇太后摄政后，还朝任中书舍人、翰林学士，后不堪党争，求外任，出知杭州、颍州、扬州等。哲宗亲政时再行新法，远贬惠州，再贬儋州。元符三年（1100）哲宗死，获赦北还，次年七月卒常州。诗词文书画无不工，是历史上提出"水学"概念的第一人，蜀水文化之精神层面上的东西因为他而大放光彩，并走向全国。苏轼《禹之所以通水之法》一文有云："当今莫若访之海滨之老民，而兴天下之水学。古者将有决塞之事，必使通知经术之臣，计其利害，又使水工行视地势，不得其工，不可以济也。"他一生三次出蜀，两次返蜀。两次回四川，一是守母丧，一是守父丧。

初发嘉州

朝发鼓阗阗，西风猎画旐。
故乡飘已远，往意浩无边。[1]
锦水细不见，蛮江清可怜。
奔腾过佛脚，旷荡造平川。[2]
野市有禅客，钓台寻暮烟。
相期定先到，久立水潺潺。[3]

题解

此诗写于嘉祐四年（1059）十月。苏轼、苏辙为母守丧服孝期满，跟随父亲苏洵，一大家子举家迁往京都，途径嘉州。此诗即写于全家解舟离开嘉州之时。此年苏轼二十四岁，守母丧前即已进士及第，风华正茂，此番出蜀，意欲大展宏图。

诗歌现场

四川省乐山市。（地图编号：1801）

注析

[1] 阗阗：形容声音洪大，这里指的是击鼓开船声。《楚辞·九辩》有云："属雷师之阗阗兮，通飞廉之衙衙。"左思《蜀都赋》也云："车马雷骇，轰轰阗阗，若风流雨散，漫乎数百里间。""西风"句：描写的是旗帜等被风吹动的景象。"西风"点明时间在十月。猎，拟声词。"故乡""往意"两句：表达的是对故土的恋恋不舍，全家行动，离开故土；未来的日子，如眼前的流水浩渺无边，不可预测。

[2] 锦水：从成都、眉山流到嘉州的岷江河正流。蛮江：指大渡河和青

衣江。两水在嘉州城西先汇合，再往东在乐山大佛佛脚与岷江合流。《太平寰宇记》云："青衣水，濯衣即青，故名。至龙游县，与汶水合，以其来自徼外，故曰蛮江。"这里的"汶水"即岷江，"汶"读与"岷"同。佛脚：即乐山大佛佛脚。

[3] 末句有作者自注："是日，期乡僧宗一，会别钓鱼台下。"钓台：即钓鱼台。《嘉定府志》卷五《古迹》记载："钓鱼台，凌云山后石堂溪畔。"写自己站立江边，恭候老友来别，看三江汇合，流水潺潺。情景交融，意在言外。

苏轼 ✧ 犍为王氏书楼

犍为王氏书楼

树林幽翠满山谷,楼观突兀起江滨。

云是昔人藏书处,磊落万卷今生尘。[1]

江边日出红雾散,绮窗画阁青氛氲。

山猿悲啸谷泉响,野鸟嘤戛岩花春。[2]

借问主人今何在,被甲远戍长苦辛。

先登搏战事斩级,区区何者为《三坟》。[3]

书生古亦有战阵,葛巾羽扇挥三军。

古人不见悲世俗,回首苍山空白云。[4]

题解

该诗系作者嘉祐四年(1059)十月初发嘉州,顺江而下,过犍为访王氏书楼而作。该书楼早已不存,苏轼访过之后不久就消亡了。苏东坡在黄州(1080—1084)时有《王齐万秀才寓居武昌县刘郎洑,正与伍洲相对,伍子胥奔吴所从渡江也》云:"君家稻田冠西蜀,捣玉扬珠三万斛。塞江流秭起书楼,碧瓦朱栏照山谷。倾家取乐不论命,散尽黄金如转烛。惟余旧书一百车,方舟载入荆江曲。……仲谋公瑾不须吊,一酹波神英烈君。"末句自注:杭州伍子胥庙封英烈王。从苏诗可判断,此楼主人应为王齐愈、王齐万兄弟之前辈。苏轼在黄州期间,与寓居武昌的王氏兄弟交往甚多,有深厚的友谊。元丰三年(1080)苏轼在《答秦太虚书》书中有云:"所居对岸武昌,山水绝佳,有蜀人王生在邑中;往往为风涛所隔,不能即归,则王生能为杀鸡炊黍,至数日不厌。"此后,苏轼还在《定风波》一词的序中讲道:"元丰六年七月六日王文甫(即王齐愈)家饮酿白酒,大醉。"在元丰七年三月九日的《别王文甫子辩》中讲道:"及今四周岁,相过殆百数,遂欲买田而老焉,然竟不遂。"

全蜀江河诗钞（岷江卷）

诗歌现场

四川省犍为县。（地图编号：1802）

注析

[1] 突兀：即猝然，突然之义。杜诗有云："何时眼前突兀见此屋，吾庐独破受冻死亦足。"磊落：众多委积貌。潘岳《闲居赋》云："石榴蒲陶之珍，磊落蔓衍乎其侧。"吕延济注："磊落、蔓衍，众多貌。"杜甫《观画马图》诗云："腾骧磊落三万匹，皆与此图筋骨同。"

[2] 氛氲：这里对应上句之"雾散"。氛与氲须分开讲。氛，《说文》有云：或从雨作雰。"氛，粉也，润气箸草木，因冻则凝，色白若粉也。氲，常与"氤"连用为双字词"氤氲"，指云气弥漫飘荡的样子。白居易有诗云："桑麻青氛氲。"嘤戛：拟声词，禽鸟鸣声。

[3] 主人：应指王齐愈、王齐万兄弟之前辈。至于王氏兄弟之前辈因何从军，被甲远戍，因苏轼未作交代，所以至今依旧是个不解之谜。"先登"句：《左传·隐公十一年》云："颖考叔取郑伯之旗蝥弧以先登。"《史记·白起传》云："赵括出锐卒，自搏战。"《史记·樊哙传》云："攻城先登，斩首二十三级，赐爵列大夫。"这里合用典故讲王氏兄弟前辈从军，英勇善战。三坟：伏羲、神农、黄帝之书，谓之以《三坟》，这里泛指古籍。全句是在追问中表达：像王氏兄弟前辈那样的人不入史册，哪还有谁能入史册？

[4] 葛巾羽扇：唐初欧阳询《艺文类聚》卷六十七引《语林》有云："诸葛亮与宣皇在渭滨，将战。宣皇戎服莅事，使人视武侯。乘素舆、葛巾毛扇，指挥三军，皆随其进止。宣皇闻而叹曰'可谓名士矣！'"

苏轼 ÷ 送戴蒙赴成都玉局观将老焉

送戴蒙赴成都玉局观将老焉

拾遗被酒行歌处，野梅官柳西郊路。
闻道华阳版籍中，至今尚有城南杜。[1]
我欲归寻万里桥，水花风叶暮萧萧。
芋魁径尺谁能尽，桤木三年已足烧。[2]
百岁风狂定何有，羡君今作峨眉叟。
纵未家生执戟郎，也应世出埋轮守。[3]
莫欺老病未归身，玉局他年第几人。
会待子猷清兴发，还须雪夜去寻君。[4]

题解

该诗写于宋神宗元丰八年（1085）。苏轼当年五十岁，刚从贬谪地黄州回到常州。此年八月知登州，十月任命为礼部员外郎，迁起居舍人。此诗为送好友戴蒙到成都而作。具体时间为十月之后，地点在京都开封。成都玉局观，唐宋时著名的道观。《太平寰宇记》有云："玉局坛，在城南柳堤玉局观内，张道陵得道之所。"《资治通鉴·后唐庄宗同光六年》："蜀主诏于玉局设道场。"胡三省注引彭乘《修玉局观记》："后汉永寿元年，李老君与张道陵至此，有局脚玉床自地而出。老君升座，为道陵说《南北斗经》。既去，而座隐地中，因成洞穴，故以'玉局'名之。"曹学佺《蜀中广记》讲这个问题时，有按语云："子瞻自昌化军（今海南儋州）贬所移廉州，又移舒州，乃敕提举成都玉局观。'他年老焉'之谶竟验。然犹《谢表》未赴。"曹学佺所讲之事，发生在元符三年（1100）。宋朝为了优待较高级别的退闲官僚，任命他们为宫观使、副使、判官等，只领薪俸不做事。宋初宫观使员数较少，不轻授，神宗时，为了推行新法，宫观差遣员数增多，有安置异己之嫌。戴蒙，本名庄，吴兴人，庆历六年（1046）登第，明显年长于苏轼，赴成都玉局观，确

全蜀江河诗钞(岷江卷)

实是领祠禄养老的。将老,即将息养老之义。

诗歌现场

东坡身在开封,心在成都。故诗歌现场定在成都市。(地图编号:1803)

注析

[1] 拾遗:指杜甫。唐肃宗至德二载(757),杜甫逃出长安,麻鞋见天子于凤翔,拜左拾遗。被酒:带着醉意。被,同"披"。《汉书·高帝纪》云:"高祖被酒,夜径泽中。"东坡喜欢这一用词,元符二年(1099)春在儋州,他有诗作,题为《被酒独行,遍至子云、威、徽、先觉四黎之舍》。行歌:用典春秋时隐士林类的故事,《列子·天瑞》有载:"林类,年且百岁,底春被裘,拾遗穗于故畦,并歌并进。孔子适卫,望之于野。顾谓弟子曰:'彼叟可与言者,试往讯之!'子贡请行,逆之垄端,面之而叹曰:'先生曾不悔乎,而行歌拾穗?'林类行不留,歌不辍。"显然,东坡也把杜甫看作了隐士,而不知杜甫其实是被流放成都的。但是,杜甫为东坡所敬重,这一点是毫无疑问的。"野梅"句:直接化用杜甫《西郊》诗,该诗有云:"市桥官柳细,江路野梅香。"华阳版籍:即指华阳户籍。华阳,唐宋时成都府所在的两县之一,另一为成都县,华阳管辖当时成都东、南与西南。城南杜:这里指杜甫后裔。唐代京兆杜氏为西汉之杜周、杜延年,西晋之杜预后裔,属高门望族,与另一大族韦氏齐名,唐代长安有谚语云:"城南韦杜,去天尺五。"杜甫虽出襄阳,但属杜预后裔,且曾居长安杜陵,也自称"杜陵布衣",所以称"城南杜"没有问题。

[2] 万里桥:在成都南门外锦江上。诸葛亮曾在此设宴送费祎出使东吴,费祎叹曰:"万里之行,始于此桥。"该桥由此而得名。这里貌似在谈诸葛亮,实际是继续在用杜诗说事,如"万里桥西一草堂,百花潭水即沧浪"(《狂夫》)、"万里桥西宅,百花潭北庄"(怀锦水居止二首)等,表明自己思想上在追随杜甫,渴望回到他曾经生活过的成都,回到他曾经待过的草堂。水花风叶:也是杜甫诗句用词,如写风叶的"桤林碍日吟风叶,笼竹和烟滴露梢"

（《堂成》），写水花的"水花晚色静，庶足充淹留"（《夏日李公见访》），东坡这里是在说自己渴望回到成都，过杜甫一样的诗酒年华，每日里只吟风弄花即可。"芋魁""桤木"两句：是在承继上文，讲具体的生计怎么办。东坡说吃有"芋魁"，烧柴也不用担心，桤木长得快，三年即可成。芋：古代四川的盛产之物，又称"蹲鸱"。《史记·货殖列传》云："吾闻汶山之下，沃野，下有蹲鸱，至死不饥。"《正义》云："言邛州临邛县其地肥又沃，平野有大芋等。《华阳国志》云：汶山郡都安县有大芋如蹲鸱也。"这里的汶山即岷山，汶山郡都安县在今都江堰市境内。临邛，即今邛崃市。左思《蜀都赋》也描述了川西地区产芋的情况："于西则右挟岷山……交让所植，蹲鸱所伏。"杜诗也有写川西产芋的诗句，如"锦里先生乌角巾，园收芋栗不全贫"（《南邻》）、"紫收岷岭芋，白种陆池莲"（《秋日夔府咏怀奉寄郑监李宾客一百韵》）。桤木：分布以成都平原为中心，古代有称"机木"者，《山海经》云："单孤之山多机木。"郭璞注"机木似榆，可烧以粪田，出蜀中。"扬雄《蜀都赋》云："春机杨柳。"杜甫在成都咏此木的诗句有"桤林碍日吟风叶，笼竹和烟滴露梢"（《堂成》）、"饱闻桤木三年大，与致溪边十亩阴"（《凭何十一少府邕觅桤木栽》）；东坡不仅有诗文说杜诗中的桤木，还于1081年在黄州留下墨宝《书杜诗〈堂成〉并跋》，现藏日本林氏兰千山馆，其跋文云："蜀中多桤木，读如欹仄之欹，散材也，独中薪耳。然易长，三年乃拱。故子美诗云'饱闻桤木三年大，为致溪边十亩阴'。凡木所茁，其地则瘠。惟桤不然。叶落泥水中辄腐，能肥田，甚于粪壤。故田家喜种之，得风叶声发发如白杨也。'吟风'之句尤为纪实云；'笼竹'亦蜀中竹名也。"

[3] 百岁风狂：化用韩愈诗句"男儿不再壮，百岁如风狂"（《此日不足惜一首赠张籍》），意思是男儿不再有壮年之后，人的一生，就会如狂风一阵吹过，什么也留不下来。峨眉叟：亦称峨眉老，本指春秋时隐士陆通。刘向《列仙传·陆通》有云："陆通者，云楚狂接舆也。好养生，食橐卢、木实及芜菁子，游诸名山。在蜀峨嵋山上，世世见之，历数百年去。"这里依旧在借杜诗说事，杜甫《漫成二首》有云："近识峨眉老，知予懒是真。"表达自己对戴蒙能够归养四川是非常羡慕的，在东坡看来，戴蒙的归养，是能够达到杜甫的从容与漫不经心，不仅可以做到"眼边无俗物，多病也身轻"，还可

以实现"读书难字过，对酒满壶频"，好不快哉。"纵未""也应"两句：东坡在这里承继上文，进一步调侃老友戴蒙：成都的日子不仅可以养生，可以过得很从容；到了成都，受蜀中风教熏陶，你的儿子儿孙也有福气，像你的家庭，即使不出如扬雄那样以文章名世的人，也会迟早出现如张纲那样正气满满、义节可风的名士。执戟郎：指西汉辞赋家扬雄，字子云，成都人，曾为汉成帝给事黄门郎，历"三世不徙官"，创作出《甘泉赋》《河东赋》《羽猎赋》《长杨赋》等名篇，史称"扬执戟"。《后汉书·百官志》云："凡郎官，皆主更直执戟。"曹植《与杨德祖书》云："昔扬子云，先朝执戟之臣耳。"唐李善注引《汉书》云："扬雄奏《羽猎赋》，为郎，然郎皆执戟而侍也。"东坡除此诗外，还在《生日，蒙刘景文以古画松鹤为寿，且贶嘉篇，次韵为谢》一诗中有云："子云老执戟，长孺终主爵。"埋轮守：指后汉张纲，字文纪，犍为武阳（即今日彭山）人，曾出任广陵太守，收叛贼张婴万人，有息干戈之大功。《后汉书·张纲传》云："汉安元年，选遣八使徇行风俗，皆耄儒知名，多历显位，唯纲年少，官次最微。余人受命之部，而纲独埋其车轮于洛阳都亭，曰'豺狼当道，安问狐狸？'"遂奏劾大将军河南尹梁冀，"条其无君之心十五事"，"书御，京师震竦"。埋轮，表示不受命出行。张纲埋轮，表现的是刚直不阿的凛凛正气。所谓"豺狼当道，安问狐狸"，是在说朝中大奸擅权用事不加惩治，处治小奸有什么意思呢？

[4] 老病未归身：是指东坡本人。这里东坡是在对戴蒙说话，意思是你不要因为先到成都就傲视我，我眼下虽老病未归，但归志已决，他年定会成为玉局观中人。最后一句用典王子猷的故事，将自己比作王子猷，将戴蒙比作戴安道，继续表达自己要隐居成都的意思，语气显得爽快，仿佛在告知戴蒙："我们在成都后会有期。"《世说新语·任诞》有云："王子猷居山阴，夜大雪，眠觉，开室命酌酒，四望皎然。因起彷徨，咏左思《招隐》诗。忽忆戴安道。时戴在剡，即便夜乘小舟就之。经宿方至，造门不前而返，人问其故，王曰：'吾本乘兴而行，兴尽而返，何必见戴。'"杜甫成都诗《卜居》也用了这个典故，其诗云："东行万里堪乘兴，须向山阴上小舟。"东坡在全诗中念念不忘杜甫，却不重复杜甫，这是他非同一般诗人的高明之处。

黄庭坚

　　黄庭坚（1045—1105），字鲁直，号山谷道人，洪州分宁（今江西修水）人。曾谪居涪州，又号涪翁。英宗治平四年（1067）进士。哲宗元祐元年（1086）除神宗实录检讨官，预修《神宗实录》，元祐六年三月书成，不久回乡丁母忧。元祐八年九月服除；哲宗绍圣元年（1094）除知宣州，六月又任命管勾亳州明道宫，责令居开封府境内，以便听候国史馆对证查问；九月在党争中被新党诬以修《实录》失实，十二月获罪"依凭国书，疵诋先烈；变乱事实，轻徇爱憎"，被贬涪州别驾，黔州（今彭水县）安置。贬官生活，俸禄微薄，生计艰难，买地畦菜，自称黔中老农。绍圣四年（1097）因其表兄张向提举夔州路常平，黔州归夔州路管辖，为避嫌，于年底诏令峪转徙戎州（今宜宾）安置。绍圣五年六月抵达戎州，寓居南寺无等院。元符二年（1099）初春迁城南僦舍，种菜植果，衣食随缘。元符三年（1100）正月十二日哲宗死，政局向有利于旧党转变。山谷五月复宣德郎，监鄂州在城盐税；江涨不能下峡，七月泛舟青神探望姑母张氏（七月二十一日解舟，八月十一日抵达青神县）；十月又复奉义郎，签书宁国军节度判官厅公事，离开青神，游嘉州、峨眉，返戎州。次年春二月底才真正出蜀，三月到达峡州（宜昌）。旅居荆州，回故里。出游庐山、鄂州等地。崇宁二年（1103）年底形势又变，诏令毁其文集，被除去官衔，次年五月羁押到宜州（广西宜山），最终卒于其地。诗学杜甫而能自辟门径，为江西诗派之祖。与张耒、晁补之、秦观曾游学苏轼门下，合称"苏门四学士"。

题王居士所藏王友画桃杏花二首(选一)

凌云一笑见桃花,三十年来始到家。[1]
从此春风春雨后,乱随流水到天涯。[2]

题解

此诗应写于元符三年(1100)冬。此年初,黄庭坚在戎州被赦。七月到青神县看望姑母;十月间接到新的任命,他顺江而下过嘉州,在友人王朴(字子厚)家中居住。王朴喜欢收藏书画,尽将所藏借给山谷欣赏。此诗即是山谷赏画时,为蜀中前贤王友作品所作的题画诗。全诗语简意深,耐人寻味。编年本《外集诗注》卷十七,该诗题下有注云:"十一月复还戎。与至乐山王朴子厚题桃杏花,草书超逸,今藏于洪雅杨氏。"

诗歌现场

四川省乐山市。(地图编号:1901)

注析

[1] 凌云:暗指嘉州凌云寺大佛,点明地点。但这只是表象上的意思,最重要的是使用谐音"灵云",借唐代福州灵云志勤禅师见桃花悟道来说事,《五灯会元》卷四有载:"福州灵云志勤禅师,本州长溪人也。初在沩山,因见桃花悟道,有偈曰'三十年来寻剑客,几回落叶又抽枝。自从一见桃花后,直到如今更不疑。'沩山览偈,诘其所悟,与之符契。"作为题画诗,首要意义在评判画家王友经过三十年的历练,画艺成熟,到了开悟一般的境界。所谓到家,即今日所云"火候到家"之义。黄庭坚曾有书信写给王朴,在谈及王友画时云:"花木之类,直得真赵昌。"赵昌,宋真宗时蜀地名画家,王友师从赵昌,得其写生法。结合全诗,又感觉山谷意在言外:一是讲人生的开

悟，也要有长期的历练。二是讲世事变迁的折腾，反反复复，起起落落，从终点又回到了起点。山谷此年的青神县之行，九月有诗作《和蒲泰亨四首》其二云"三十年来世三变，几人能不化鹑蛙"，即是同样的感慨，发出了对党争的痛斥。三是山谷在谈自己习禅三十年的收获。

　　[2] 山谷承继上句，评价王友画作：画艺到此已经成熟，此后作品任意而为之，质量也属上乘。当然，这当中也包含山谷的诸多言外之意：一是人生感悟，人生春风得意，也没有什么，只从容着过，只好比流水桃花，任其自然漂泊，就是好的。二是讲经过党争折腾之后的大彻大悟，今日的日子随其自然，荣辱皆忘。三是阐释他的禅学思想，一切要顺其自然，不生好恶之情，如他曾在《戏效禅月作远公咏》一诗有云："胸次九流清似镜，人间万事醉如泥。"曾在《写真自赞》中有云："似僧有发，似俗无尘。作梦中梦，见身外身。"可见山谷的人生态度是不从俗的。

次韵黄斌老《晚游池亭》二首（选一）

路入东园无俗驾，忽逢佳士喜同游。[1]
绿荷菡萏稍觉晚，黄菊拒霜殊未秋。[2]
客位正须悬榻下，主人自爱小塘幽。[3]
老夫多病蛮江上，颇忆平生马少游。[4]

题解

该诗写于元符二年（1099）夏末，此时黄庭坚身在戎州。黄斌老，潼州府安泰人，文同内侄，善画墨竹，时为戎州倅。山谷时常与之唱和，并借黄斌老所画墨竹抒发其内心之感慨，如《次韵黄斌老所画横竹》有云："酒浇胸次不能平，吐出苍竹岁峥嵘。卧龙偃蹇雷不惊，公与此君俱忘形。"

诗歌现场

四川省宜宾市。（地图编号：1902）

注析

[1] 东园：黄斌老的居所。山谷尚有《答斌老独游东园》。俗驾：庸俗之人的车驾，这里指代俗客。孔稚圭《北山移文》云："或飞柯以折轮，乍低枝而扫迹。请回俗士驾，为君谢逋客。"

[2]《山谷诗集注》云："陶岳《零陵记》曰：拒霜花，树丛生，叶大而岐，花甚红。九月霜降时开，故谓之拒霜。"交代时间，并叙写东园景致。

[3] 悬榻：《山谷诗集注》云："《后汉书·徐穉传》曰：太守陈蕃不接宾客，唯穉来，特设一榻，去则悬之。"写东园主人黄斌老厚待尊贵客人。小塘幽：化用杜甫"主人为卜林塘幽"，称赞东园主人黄斌老人格才艺皆好。

[4] 蛮江：代指戎州，即今日宜宾市。马少游：《山谷诗集注》云："《后

汉·马援传》曰：吾从弟少游常哀吾慷慨多大志，曰：'致求盈余，但自苦耳。'当吾在浪泊、西里间，毒气熏蒸，仰视飞鸢跕跕堕水中，卧念少游平生时语，何可得也。"山谷这里自比东汉早期名臣马援，称自己虽已年老，但雄心未已。只可惜遭受构陷，至今贬谪在外，让人很是不爽。

次韵李任道《晚饮锁江亭》

西来雪浪如炰烹,两涯一苇乃可横。[1]
忽思钟陵江十里,白蘋风起縠纹生。[2]
酒杯未觉浮蚁滑,茶鼎已作苍蝇鸣。[3]
归时共须落日尽,亦嫌持盖仆屡更。[4]

题解

该诗写于元符三年(1100)夏。当时黄庭坚早已大赦,随即复官。戎州太守五月十二日率宾僚饮酒锁江亭。此诗为山谷即席唱和李任道所作。山谷《与王观复书》有云:"有李仔任道,本梓人,而寓江津二十余年,其人言行有物,参道得其要,老成人也。"锁江亭在锁江石上,位于今日宜宾市岷江北岸。峭壁临江,与对岸真武山石壁相对。古时作战,为防范敌人船只,横江牵铁链以锁江。

诗歌现场

四川省宜宾市。(地图编号:1903)

注析

[1] 炰烹:写江水汹涌如沸腾之状。一苇:束苇作筏,指船只。《诗经·卫风·河广》有云:"谁谓河广,一苇杭之。"东坡《前赤壁赋》云:"纵一苇之所如,凌万顷之茫然。"两句诗写锁江亭所见之戎州山川景致。

[2] 钟陵:唐改豫章曰钟陵,又改曰南昌,黄庭坚故乡所在。白蘋风起:宋玉《风赋》云:"夫风,生于地,起于青蘋之末。"縠纹:绉纱似的皱纹,常用以喻水波纹。罗隐《贺淮南节度卢员外赐绯》诗云:"御题彩服垂天眷,袍展花心透縠纹。"两句诗流露出山谷复官将东归的思乡之情。

全蜀江河诗钞(岷江卷)

［3］浮蚁：酒面上的浮沫。郑谷《自适》诗云："浮蚁满杯难暂舍，贯珠一曲莫辞听。"苍蝇鸣：指茶鼎中水沸声。韩愈《石鼎联句诗序》后附《石鼎联句诗》，有道士轩辕弥明云："时于蚯蚓窍，微作苍蝇鸣。"两句诗写宴会上的景象。

［4］落日尽：杜甫《野望因过常少仙》诗云："落尽高天日，幽人未遣回。"又有《陪王侍御同登东山最高顶，宴姚通泉，晚携酒泛江》诗云："清江白日落欲尽。"更：更换。最后两句诗是在说这场宴会持续时间很久，大家玩得很尽兴。

陆游

陆游（1125—1210），字务观，号放翁。越州山阴（今浙江绍兴）人。出身名门望族，少年嗜学，讽读每至深宵。在蜀九年时间，是宋代与蜀地关系非常密切的文学大家。宋孝宗乾道六年（1170）闰五月十八日离山阴赴任夔州通判，踏上入蜀之路，十月二十七日到任。乾道八年（1172）正月从万州陆行，取道邻水、广安、利州到南郑，亲临抗金一线，为宣抚使王炎幕僚；其间因公曾到阆中。王炎召还，幕僚解散，陆游改除成都府安抚司参议官，十一月二日自兴元启程到成都。乾道九年（1173）春，任蜀州通判，同年五月调任嘉州，留嘉州四十日，因公事曾回过成都。淳熙元年（1174）三月初离嘉州，又回到蜀州，以通判代理知州。九月三日游大邑诸山，自江原、双流到成都。冬摄知荣州，帐饮万里桥。在荣期间只约七十日。淳熙二年（1175）入范成大幕府，为参议官，在成都。淳熙五年（1178），其在蜀诗篇流传惊动宋孝宗，被召回，遂于四月水路出蜀。著有《入蜀记》等书。

成都书事二首

其一

剑南山水尽清晖，濯锦江边天下稀。[1]
烟柳不遮楼角断，风花时傍马头飞。[2]
芼羹笋似稽山美，斫脍鱼如笠泽肥。[3]
客报城西有园卖，老夫白首欲忘归。[4]

其二

大城少城柳已青，东台西台雪正晴。[5]
莺花又作新年梦，丝竹常闻静夜声。[6]
废苑烟芜迎马动，清江春涨拍堤平。[7]
樽中酒满身强健，未恨飘零过此身。[8]

题解

有版本认为此诗作于淳熙二年（1175）冬，但是仔细琢磨，却更像是写在次年春天，所谓"莺花又作新年梦"，自然不是淳熙二年的成都之事。其时陆游供职范成大幕府，英雄惜英雄，所受礼遇应厚，自然心境也颇为不错。作者在诗中将四川和故乡越州进行对比，真诚表达了对成都的热爱。淳熙二年正月他从荣州回到成都，直至淳熙五年出蜀，这期间就没再离蓉为官，对成都的好，体会也就很深。

诗歌现场

成都锦江。（地图统一编号为：2001）

全蜀江河诗钞（岷江卷）。

注析

[1] 剑南：即剑南道。清晖：明净的光辉、光泽。谢灵运《石壁精舍还湖中作》诗云："昏旦变气候，山水含清晖。"濯锦江：即成都锦江。《太平寰宇记》："濯锦江即蜀江。江水至此，濯锦，锦彩鲜润于他水，故曰濯锦江。"第一首的首联直接对四川予以整体上的赞美，然后指出成都的景致更是天下稀有。

[2] 不遮：意为遮不住。陆游另有《马上作》诗云："杨柳不遮春色断，一枝红杏出墙头。""烟柳"句：表达的意思是，成都杨柳如烟也遮不住连绵不断的亭台楼阁。状写其环境好，城市繁华。"风花"句：表达的意思是，繁花盛开时，游人如织，骑高头大马出游的人也多。第一首的整个颔联在讲自己的成都亲历与感受。

[3] 芼羹：指用菜杂肉做的汤汁。《礼记·内则》云："芼羹。"郑玄注："芼，菜也。"孔颖达疏："是芼乃为菜也，用菜杂肉为羹。"斫：砍削。脍：细切的肉。笠泽：水名，即今松江，又称吴淞江。第一首的颈联讲蜀中美食与故乡吴越之地相比，丝毫不逊色，重点推荐的是芼羹笋与斫脍鱼。

[4] 第一首的尾联，讲自己乐而忘归，听说城西有卖园子的，即打算买下，不回老家了。这种直把他乡认故乡的情感，无疑是对成都最好的赞美。

[5] 大城少城：《蜀中名胜记》卷一成都府一有云："大城者，今南门城也……少城者，西南之间，今之锦江楼也。"东台西台：《蜀中名胜记》卷三成都府三有云："按武担山今在藩司门右……昔有咒王寺东西二台，西台有暑雪轩诸胜。"第二首的首联，大城小城，东台西台，地点名词多，但加上柳青与雪晴，就不生硬了，诗意随之而出。初春成都的景致是喜人的。

[6] 莺花：借动物与植物以概写成都美好的春景。丝竹：代指成都难忘的夜生活。第二首的颔联写整个城市都在风花之中，都在丝竹声中，如诗如梦。

[7] 废苑：荒芜的园林。这里应专指摩诃池。陆游《摩诃池》诗云："摩诃古池苑，一过一销魂。春水生新涨，烟芜没旧痕。年光走车毂，人事转

萍根。犹有宫梁燕，衔泥入水门。"烟芜：指绿草如烟的景象。清江：指成都锦江。第二首的颈联，写自己骑马穿行成都城的所见所闻，聚焦的是摩诃池内绿草如茵、锦江春水新涨的景象。

［8］飘零：比喻漂泊流落。第二首的尾联是在说，自己游宦蜀中多年，目前待在成都，身子骨还行，诗酒感觉还不错，即使漂泊流落也还无怨无恨。

全蜀江河诗钞（岷江卷）

眉州作

扁舟久不泛蟆津，常恐黄尘解污人。[1]

烂醉破除千日恨，狂吟判断四州春。[2]

汀洲渐叹蘋花老，风露初尝荔子新。[3]

便欲骑鲸东海去，胜游未忍别峨岷。[4]

题解

该诗写于淳熙四年（1177）六月。范公出蜀，走都江堰，上青城山，然后到彭山与家人会合，随江而下。陆游等一直送他，直到青神县才依依惜别。在从青神返成都途中，陆游再次停留眉州得此诗。好友出蜀，心情重回低落，此时的陆游尚处在免官阶段（因朝中有人作梗在三四月间被免，曾有诗句云"七千里外新闲官"，六月曾"蒙恩奉祠桐柏"，但是新的任命此时尚未到四川），自然感慨良多。

诗歌现场

四川省眉山市。（地图编号：2002）

注析

[1] 蟆津：即蟆颐津，是古代岷江眉山下的码头。嘉庆《四川通志》卷三三有云："蟆颐津，在州东七里。"这里暗用典晚唐孟昭图的故事，洪迈《容斋随笔》云："唐僖宗幸蜀，政事悉出内侍田令孜之手。左拾遗孟昭图、右补缺常浚上疏论事，昭图坐贬，令孜遣人沉之于蟆颐津，赐浚死。《资治通鉴》记其事。"解污人：用典《晋书·刘舆传》："东海王越将召之，或曰'舆犹腻也，近则污人。'"首联写自己来到蟆颐津，想到孟昭图，想到刘舆，把自己被免官的遭遇与他们联系在一起，感慨万千，表达了对朝中小人的无

比愤恨之情。

[2]懑：即愤恨之意，《楚辞·哀时命》有云："幽独转而不寐兮，惟烦懑而盈胸"。判断：欣赏之义。唐南卓《羯鼓录》云："时当宿雨初晴，景色明丽，小殿内庭，柳杏将吐，睹而叹曰：'对此景物，岂得不为他判断之乎！'"原诗还针对"千日"有自注云"予不至眉山三年矣"；针对"四州"有自注云"此行自成都历永康、唐安至眉山"。这从侧面证实范成大的出蜀，陆游是全程陪送到了青神县的。颔联在说自己这次陪送好友出蜀，登离堆，上青城，过四州，一路诗酒唱和，好不痛快，将千日之愤懑都尽抛九霄云外。

[3]汀洲：这里指眉山城外的水中小洲。《楚辞·九歌·湘夫人》有云："搴汀洲兮杜若，将以遗兮远者。"柳恽《江南曲》诗云："汀洲采白蘋，日暖江南春。"白蘋，水边植物，开白花。荔子新：是在强调这次在眉山品尝了荔枝，《吴船录》云："（辛巳）荔子已过，郡中犹余一株，皆如渥丹。"颈联实写眉州所见之水景，也写了吃荔枝的事情。

[4]骑鲸：喻指隐遁或游仙。《文选·扬雄〈羽猎赋〉》云："乘巨鳞，骑京鱼。"李善注："京鱼，大鱼也，字或为鲸。鲸亦大鱼也。"李白曾自称"海上骑鲸客"。陆游另有《长歌行》诗云："人生不作安期生，醉入东海骑长鲸"。峨岷：峨眉山和岷山的并称，这里代指蜀中山水。尾联写自己很想就此退隐江湖，只是不忍就此离开蜀中，再次表达了对蜀中山水的喜爱、留恋与不舍。

十二月十一日视筑堤

江水来自蛮夷中，五月六月声摩空。
巨鱼穹龟牙须雄，欲取阛市为龙宫。
横堤百丈卧霁虹，始谁筑此东平公。[1]
今年乐哉适岁丰，吏不相倚勇赴功。
西山大竹织万笼，船舸载石来亡穷。
横陈屹立相叠重，置力尤在水庙东。[2]
我登高原相其冲，一盾可受百箭攻。
蜿蜒其长高隆隆，截如长城限羌戎。
安得椽笔记始终，插江石崖坚可砻。[3]

题解

此诗乾道九年（1173）十二月作于嘉州，表明陆游在摄知嘉州期间（乾道九年五月到次年三月）高度重视城市水利防洪。这里的筑堤是指修筑吕公堤。王象之《舆地纪胜》："嘉定府：吕公堤。自三江门二水之会，连延不断，岸被啮。吕公由诚大筑此堤。府人德之，以字堤云。"该工程浩大，农事方休即兴，动用人力不少，十月份陆游视察工地时有诗云"千夫在野筑登登"。另外，有资料显示，陆游修堤前一年，乐山大水"乾道八年六月壬寅，大雨水，嘉州漂民庐，绝田亩"。

诗歌现场

四川省乐山市。（地图编号：2003）

注析

[1] 声摩空：指洪水之声冲天而起。摩，接近，迫近。穹龟：大龟。韩愈《南海神庙碑》云："穹龟长鱼，踊跃后先。"牙须：指胡须。韩愈《别赵子》诗云："又尝疑龙虾，果谁雄牙须。"黄庭坚《次韵子瞻寄眉山王宣义》诗云："沧江鸥鹭野心性，阴壑虎豹雄牙须。"阛市：即都市，指乐山城。东平公：即吕由诚。《宋史·吕由诚传》云："吕由诚，字子明，御史中丞诲之季子。……以父恩补官……通判成都府，知雅、嘉、温（温州）、绵四州，复知嘉州，皆有治绩。"第一节交代嘉州城三江汇合，五六月洪水滔天，防洪任务重，在此之前吕公已有功于嘉州人，曾筑防水大堤上百丈。

[2] 第二节讲本次的大修，官民齐心，千人齐上阵。施工采用的是传统水工技术，大竹编笼装石，船运水中卸载，层层累叠形成大堤。整个工程的重点施工段在嘉州城水庙之东部。这节文字，只六句，言简意赅，讲了工程重点施工段，笼石技术与工料，官民齐心筑堤的盛况等。

[3] 冲：指工程最重要最关键的地方。蜿蜒：屈曲貌。《楚辞·离骚》云："驾八龙之蜿蜿兮，载云旗之委蛇。"张衡《西京赋》云："海鳞变而成龙，状蜿蜿以蝹蝹。"隆隆：这里用以形容防洪堤的高与大。隆，《说文》云："丰大也。"《尔雅·释山》有"宛中，隆"之说，其注曰："山中央高。"椽笔：如椽之大手笔，《晋书·王珣传》云："珣梦人以大笔如椽与之，既觉，语人云：'此当有大手笔事。'俄而帝崩，哀册谥议，皆珣所草。"砻：即砻刻，意为磨光雕刻。第三节抒写作者的现场感受。大堤修筑工程已经收尾，在江中高高隆起，其坚固如盾，蜿蜒如长龙，亦如可御敌之长城。最后感慨，这样雄伟的工程是可以大书特书，勒铭成碑的。

过笮桥道中龙祠小留

江边龙祠何年作，白浪花中插朱阁。[1]
朝暾渐上宿雾收，春气已动晨霜薄。[2]
我来倚栏一怅然，芦花满空如柳绵。
安得身为双白鹭，飞上滩头却飞去。

题解

此诗淳熙四年（1177）十二月作于成都。笮桥，即笮桥，在成都浣花溪之东，靠近万里桥，临近锦江。《华阳国志》云："万里桥西，上曰夷里桥，亦曰笮桥。"《太平寰宇记》云："笮桥，去州西四里，亦名夷里桥，又名笮桥，以竹索为之，因名。"陆游在成都曾寄居笮桥附近。

诗歌现场

成都浣花溪之东，靠近万里桥。（地图编号：2004）

注析

[1] 江边龙祠：此是明刊须溪本所记，其他版本作"江边龙庙"。北宋吕陶《城西龙祠二首》有云："市桥官柳翠阴垂，路向西郊驻彩旗。"龙祠：据北宋田况皇祐二年（1050）《益州增修龙祠记》，成都龙祠为唐代章仇兼琼所建，"在益州城西北隅"，高骈筑新城时将其移出城外，宋朝为官成都者"多为民祷雨获应"，再次证实龙祠即在城西。

[2] 朝暾：初升的太阳，亦指早晨的阳光。

范成大

范成大（1126—1193），字致能，自号石湖居士，吴县（今江苏苏州）人。绍兴二十四年（1154）进士。乾道四年（1168）赴处州（今浙江丽水）知州任，兴义役，规划水利。次年正月兴工修水堰（即今日世界灌溉遗产浙江通济堰），四月成，自撰堰记、堰规。淳熙二年（1175）正月二十八日发桂林，六月七日抵达成都，出任四川制置使。此行由水路到达万州，改走陆路到成都。淳熙四年（1177）奉命回朝，先走都江堰，登青城山，到新津入水路出蜀，写沿途见闻，成《吴船录》一书。范成大治蜀有功，当时人杨甲《成都修学记》云："以儒长者治蜀，有大惠利及民。"晚年退居故乡石湖。以善写田园诗著称。

上巳日万岁池坐上呈提刑程咏之

浓春酒暖绛烟霏，涨水天平雪浪迟。
绿岸翻鸥如北渚，红尘跃马似西池。[1]
麦苗剪剪尝新面，梅子双双带折枝。[2]
试比长安水边景，只无饥客为题诗。[3]

题 解

此诗写于淳熙三年（1176）三月三日。上巳日，汉代及以前已是正式节日，有祓禊活动，魏晋后定在三月初三日。《晋书·礼志》有云："汉仪，季春上巳，官及百姓皆禊于东流水上，洗濯祓除去宿垢。而自魏以后，但用三日，不以上巳也。"万岁池：成都北郊凤凰山附近，秦代筑成都城时，因取土而开凿，后扩修以灌溉。唐宋时称为北池或北湖，为当时游乐胜地。《太平御览》卷一九三引《郡国志》云："成都城，秦惠王二十七年（前311）张仪筑，以象咸阳，沃野千里，号曰陆海。今万岁池，即筑城取土之处也。"《华阳国志》云："张仪筑城取土处，去城十里，因以养鱼，谓之万岁池。"提刑：宋代官名，简称提点刑狱、提刑、宪。程咏之，即程沂，范成大旧友，宋史中无传，但是有史料《中吴纪闻》云："程咏之宰昆山，其政中和，有古循吏风。"

诗歌现场

成都市凤凰山东南之北湖。（地图编号：2101）

注 析

[1] 北渚：原义指北部的水中洲地。《九歌·湘夫人》中"帝子降兮北渚"，指的是洞庭湖北面的洲地。杜甫《陪李北海宴历下亭》中"东藩驻皂

盖，北渚凌青荷"，指的是济南历下亭所在的洲地。范成大这里所云北渚，应该是指后者。西池：指汴京城西金明池，周围九里，是当时游赏胜地。秦观《千秋岁》云："忆昔西池会。鵷鹭同飞盖。携手处，今谁在。"

［2］剪剪：本形容风吹人面的感觉，如韩偓《寒食夜》云"恻恻轻寒剪剪风"，这里应为整齐的样子。

［3］饥客：杜甫在乱世中尝飘流各地，生活异常困苦，故称其为"饥客"。杜甫《进雕赋表》云："惟臣衣不盖体，尝寄食于人；奔走不暇，只恐转死沟壑。"杜甫还有《醉时歌》云："杜陵野客人更嗤，被褐短窄鬓如丝。"宋代苏东坡即以"杜陵饥客"代指杜甫，其诗《续丽人行》云："杜陵饥客眼长寒，蹇驴破帽随金鞍。"范成大在《破阵子·祓禊》一词中也云："唤起杜陵饥客恨，人在长安曲水边，碧云千叠山。"

离堆行

序：沿江有两崖中断，相传秦李太守凿此以分江水；又传李锁孽龙于潭中，今有伏龙观在潭上。蜀旱，支江水涸，即遣官致祭，壅都江水以自足，谓之摄水，无不应。民祭赛者率以羊，岁杀四五万计。

残山狠石双虎卧，斧迹鳞皴中凿破。
潭渊油油无敢唾，下有猛龙跧铁锁。[1]
自从分流注石门，西州秔稻如黄云。
刲羊五万大作社，春秋伐鼓苍烟根。[2]
我昔官称劝农使，年年来激西江水。
成都火米不论钱，丝管相随看蚕市。[3]
款门得得酹清尊，椒浆桂酒删膻荤。
妄欲一语神岂闻？更愿爱羊如爱人。[4]

题解

该诗写于淳熙四年（1177）。此年四月朝廷诏书到成都，召范成大回朝。六月己巳，范公令家小从水路到彭山，他"单骑"西行，走郫县到永康军（今日都江堰），过索桥，游青城山。然后走江源县、新津县，己卯到彭山与家人会合。全程费时十一天。此行家人未随行，但是友朋却不少，其中有一重要人物是陆游。该诗即写于都江堰。从行程上看，当时他曾在玉垒关逗留"登怀古亭，俯观离堆"。他进崇德庙前，还曾近前观察过离堆及离堆下之伏龙潭。诗中表达的多种景象和有关事宜，与《吴船录》所记可以对看。

诗歌现场

都江堰景区之伏龙观。（地图编号：2102）

注析

[1] 鳞皴：像鳞片般的皲皮或裂痕。唐代袁高《茶山》诗云："终朝不盈掬，手足皆鳞皴。"范成大还有《巫山高》诗云："西真功高佐禹迹，斧凿鳞皴倚天壁。"潭渊油油：写伏龙潭水深、不断流动的景象。油油，即流动貌，《楚辞·九叹·惜贤》有云："江湘油油，长流汩兮。"无敢唾：即不敢唾，表达爱意与敬仰。杜甫《丈人山》云："自为青城客，不唾青城地。"跧：古同"蜷"。前四句诗，写都江堰工程由来，李冰开凿，斧痕犹在；他治水伏龙有功，令人敬仰不已。眼前山景水况，龙虎作比，生动形象。看似随意写来，实则非大手笔不能办。另外，全诗起句就不凡，所谓"残山狠石"既写离堆属于玉垒山山体尾部，又呈现人与自然的关系，从此开凿宝瓶口，这种对立与抗争，表现的是人对自然的改造，表现的是中华民族自古以来就具备的伟大斗争精神。

[2] 石门：这里指都江堰枢纽工程之宝瓶口。西州：指巴蜀地区。苏轼《上王兵部书》有云："夫轼，西州之鄙人，而荆之过客也。"秔稻：粳稻。扬雄《长杨赋》云："驰骋秔稻之地，周流梨栗之林。"刲：宰杀。《仪礼·少牢礼》云："司马刲羊。"社：也称社赛，古代祭祀酬谢社神的风俗。苍烟根：苍烟笼罩着的山脚。杜甫《送樊二十三侍御赴汉中判官》云："恸哭苍烟根，山门万重闭。"这四句诗写都江堰工程带来良田万顷，稻谷遍野的景象，正所谓"水旱从人，不知饥馑"。当地民众自然春秋祭祀不绝，而且非常隆重。《吴船录》云："李太守疏江驱龙，有大功于西蜀。祠祭甚盛，岁刲羊五万。"

[3] 劝农使：掌管劝课农桑。说明范成大任职四川制置使，是兼管内劝农使一职的。火米：陈师道《后山谈丛》卷四云："蜀稻先蒸而后炒，谓之火米。可以久积，以地润故也。"诗中用此说明成都稻米产量高，为了防潮、保

存,必然会将稻米制成火米。但是来年新米出,火米必然不值钱了。蚕市:买卖养蚕器具以及花木果苗的贸易集市,每年正月至三月间举行,在蜀中源远流长。集市里,车水马龙,人来人往,夜放笙歌喧紫陌,春遨灯火上红楼。东坡有诗《和子由蚕市》云:"闲时尚以蚕为市,共忘辛苦逐欣欢。"田况诗《三月九日大慈寺前蚕市》云:"高阁长廊门四开,新晴市井绝纤埃。老农肯信忧民意,又见笙歌入寺来。"这四句诗写自己的经历与感受,在川为官期间,年年派人到都江堰祭祀放水,亲眼看到成都民众生活安逸,城市繁华,歌舞升平。《吴船录》交代的情况更细:"余在成都,连岁遣郡丞冯俌摄水祠下,皆如期而应,连得稔。"

[4] 款门:即敲门之意。《晏子春秋·杂上十二》云:"景公饮酒,夜移于晏子。前驱款门曰:'君至。'"酹:祭奠时以酒洒地。清尊:即酒器。椒浆桂酒:前者以椒置酒中,后者切桂置酒中,古代皆用以祭神。《楚辞·九歌·东皇太一》云:"肴蒸兮兰藉,奠桂酒兮椒浆。"《汉书·礼乐志》云:"勺椒浆,灵已醉。""牲茧栗,粢盛香,尊桂酒,宾八乡。"膻荤:有膻味的肉类,这里专指羊肉。韩愈《醉赠张秘书》诗云:"长安众富儿,盘馔罗膻荤。"最后四句诗,表达的意思是我诚挚地向神灵多多献上美酒,希望祭祀可以不用羊,希望神灵爱人也爱羊,众生平等。《吴船录》交代了这四句诗的背景,在崇德庙前,作者亲眼看到"庙前屠户数十百家,永康郡计至专仰羊税。甚矣,其杀也。余作诗刻石以讽,冀神听万一感动云"。

戏题索桥

织箪匀铺面，排绳强架空。[1]

染人高晒帛，猎户远张罝。[2]

薄薄难承雨，翻翻不受风。

何时将蜀客，东下看垂虹？[3]

题解

该诗写于淳熙四年（1177）六月。范公出蜀，单骑走都江堰。此为在崇德庙前过河到青城山途中所写。说明今日都江堰安澜索桥，历史真是非常悠久。有资料显示，最早叫珠浦桥。北宋淳化元年（990）曾大建过一次。差不多两百年后，范公《吴船录》记载了他亲眼看到的情形："每桥长百二十丈，分为五架。桥之广，十二绳排连之，上布竹笆，攒立大木数十于江沙中，辇石固其根，每数十木作一架，挂桥于半空，大风过之，掀举幡然，大略如渔人晒网、染家晾彩帛之状。"

全诗结合《吴船录》所记来看，形象生动，较为易懂。末句把作者思乡情、吴蜀水文化及民俗风情等杂糅在一起，耐人寻味。

诗歌现场

都江堰景区之索桥。（地图编号：2103）

注析

[1] 箪：竹席。这里指桥面所布之竹笆。

[2] 染人：指从事染布帛的工匠。帛：本义指白色丝织品，后作为丝织品的总称。罝：捕鸟的网。

[3] 蜀客：指范公本人。垂虹：指垂虹桥，北宋庆历八年（1048）建在

江苏吴县,即范公故里。桥东西长千余尺,前临太湖,横截松陵(吴江的别称),河光海气,荡漾一色,乃当时三吴之绝景。

新津道中

雨后郊原净，村村各好音。[1]

宿云浮竹色，清溜走桤阴。[2]

曲沼擎青盖，新畦艺绿针。[3]

江天空阔处，不受暑光侵。[4]

题解

该诗写于淳熙四年（1177）六月。范公出蜀，走都江堰，上青城山，然后到蜀州，到新津，改乘小舟随江而下。《吴船录》云："丁丑，三十里，早顿江原县……四十里宿新津县。成都及此郡，送客毕会。"此诗即写江原到新津途中的田园景致，这正是范公诗歌之所长。

诗歌现场

成都新津区。（地图编号：2104）

注析

[1] 郊原：原野。南朝萧子范《东亭极望》诗云："郊原共超远，林野杂依菲。"

[2] 桤阴：杜甫《堂成》诗云："桤林碍日吟风叶，笼竹和烟滴露梢。"东坡《送千乘、千能两侄还乡》诗云："桤阴三年成，可以挂我冠。"范公的这两句诗化自杜公而不露痕迹，把天上地下，云水竹木，颜色声响全部囊括，语调轻灵快活，景致云淡风轻。

[3] 曲沼：指成都平原大小不等的曲折迂回的池塘。张籍《和韦开州盛山十二首》诗云："曲沼春流满，新蒲映野鹅。"裴迪《春日与王右丞过新昌里访吕逸人不遇》诗云："芙蓉曲沼春流满，薜荔成帷晚霭多。"青盖：这里

指荷叶。畦：田块。艺：《说文》云："艺，种也。"《诗经·唐风·鸨羽》云："不能艺稷黍。"

[4] 暑光：炎热的阳光。范成大颇爱这个词语，《秋前风雨顿凉》诗云："但得暑光如寇退，不辞老景似潮来。"《新晴行鄞水上与涪江相近》诗云："涂泥初干雨不落，日色未出暑光薄。"《消夏湾》诗云："纵有暑光无着处，青山环水水浮空。"

慈姥岩与送客酌别

山灵知我厌尘土，唤起蛰雷麾午暑。[1]
松风无力雨丝长，散作毵毵雪尘舞。[2]
岩前悬溜珠帘倾，安得吹来添玉觥？[3]
诗成酒尽肠亦断，休唤佳人唱渭城。[4]

题解

该诗写于淳熙四年（1177）六月。诗题由编者剪辑，原题为"慈姥岩与送客酌别，风雨大至，凉甚。诸贤用中岩韵各赋饯行诗，纷然攀笺。清饮终日，虽无丝竹管弦，而情味有余"。范公出蜀，陆游等一直送他，走都江堰，上青城山，然后到新津，过眉山，直到青神县才依依惜别。两位南宋诗坛的大佬，情深如此，实为中国诗歌的一大佳话。除本诗外，范成大还有《次韵陆务观〈慈姥岩酌别〉二绝》，"明朝真是送人行，从此关山隔故情"，酒后离别，不舍之情，跃然纸上。慈姥岩：龙泉山脉一直绵延向南，到青神有中岩景区，最高处即为慈姥岩，海拔600余米。中岩在诺矩那尊者（佛门第五罗汉）开创之前，旧名玉泉岩，本为慈姥夫人显迹之地。慈姥夫人生八子，都是仅次于佛的菩萨。慈姥岩岩下有潭，相传为慈姥夫人窟宅，世称"龙湫"。因苏轼来游，增添了"唤鱼联姻"的佳话。《吴船录》云："壬午，发眉州。六十里，午，至中岩，号西川林泉最佳处，相传为第五罗汉诺矩那道场，又为慈姥龙所居。""至慈姥岩，岩前即寺也。""送客复集山中，遂留宿。""癸未。早食后，与送客出寺，至慈姥岩前徘徊，皆不忍分袂。复班荆，小饮岩下。须臾，风雨大至，岩溜垂下如布，雨映松柏，如玉尘散飞。诸宾各即席作诗。不觉日暮，遂皆不成行。下山，复入宿寺中。"攀笺，裁纸。由《吴船录》看，该诗作于淳熙四年癸未，即六月十五日。

诗歌现场

四川省青神县中岩景区。（地图编号：2105）

注析

[1] 尘土：这里指尘世，或尘事。唐沈亚之《送文颖上人游天台》诗云："莫说人间事，崎岖尘土中。"杜牧《寄浙东韩乂评事》诗云："无穷尘土无聊事，不得清言解不休。"蛰雷：指六月盛暑时节的雷鸣。鏖：苦战，或激烈战斗。《汉书·霍去病传》云："合短兵，鏖皋兰下。"午暑：指夏日午时的暑热、炎气。

[2] 毵毵：形容毛发、枝条等细长的样子，这里写雨丝如毛发纷披散乱。苏轼《过岭》诗云："谁遣山鸡忽惊起，半岩花雨落毵毵。"

[3] 悬溜：指从岩石高空倾泻而下的水流。郦道元《水经注·耒水》云："两岸连山，石泉悬溜。"玉觥：玉制的酒杯，亦用以代指酒。唐代张辞《上盐城令述德》诗云："讼堂无事调琴轸，郡阁何妨醉玉觥。"

[4] 渭城：这里用典王维所写《渭城曲》（又名《送元二使安西》）说朋友之间的依依惜别。王维诗云："渭城朝雨浥轻尘，客舍青青柳色新。劝君更尽一杯酒，西出阳关无故人。"此诗在唐代即被谱成曲，名《阳光三叠》，流传甚广。

袁说友

　　袁说友（1140—1204），字起岩，号东塘居士，福建建安（今福建建瓯）人。宋室南渡后成长起来的文人，才华出众，学问渊博。隆兴元年（1163）进士，常在江浙为官。庆元二年（1196）九月，诏拜华文阁学士、四川安抚制置使兼知成都府；十一月启程，次年三月到任，其入蜀路线为：峡州（今宜昌市）→忠州（今重庆忠县）→合州（今重庆合川区）→邻水县→广安军（治今广安市）→遂宁府（治小溪县，即今遂宁市）→怀安军（今成都金堂县）→成都府。在蜀四年，于庆元六年（1200）三月十四日启程，东下出蜀。在蜀期间，"细大之务必躬必亲"。重视教育，尝亲自主持成都府学释奠礼仪；重视民生民事，对待下层百姓，向来存有怜悯之心，多惠政。在蜀有文章《庆元己未成都府劝农文》，最见其爱民心声。另外，他还组织编有《成都志》《成都文类》，为蜀地文化的传承作出了重要贡献。与范成大、杨万里、尤袤等有往来，诗歌唱酬，互动频繁。

连宵得雨应祷

蜀旱昔流行，皇恩念凋瘵。
饥寒乏冬酒，烹剥仰春菜。
二麦倪复失，一饱竟安在。[1]
当春苦旱干，甘泽未沾沛。
奔走山川灵，翻覆云雨改。[2]
连宵建瓴水，万亩轻花穗。
如渴饮得泉，如病药得瘥。
高原沃清润，热蒸蒙濯洒。
只今麦陇收，可以日月待。[3]
喜气挂珠玉，词源拥涛濑。
自怜忧国愿，窘似生体疥。[4]
得此霖霂益，遂入清凉界。
容我早归田，怀章东望拜。[5]

题 解

该诗约写于庆元五年（1199）春日小麦扬花时期。庆元四年，蜀中因大旱致灾，新一年的小春收成就成为全蜀的关注重点。从袁说友作品集可以看出，此年二月他有诗作《仲春劝耕，有献两歧麦者，和丁端叔茶使韵》，诗云："我思昔岁旱为虐，几度笺天香火供。"祈祷风调雨顺，祭祀活动不只一次，他对民事确实上心了的。他在诗中还讲到"三农倪遂富庶乐，四体如忘疴痒痛"，这样的为官思想境界，确非常人可比。当时他正带大家在成都郊外做祭祀活动，有人"献两歧麦"。另外现存文献还有《庆元己未成都府劝农文》，讲的也是这件事情。由此推之，本诗即写在此年劝耕之后，小麦扬花时节，春旱让人忧。作者还有《喜晴即用前韵》诗云"春田欲雨常忧迟"，也

全蜀江河诗钞（岷江卷）

是讲这个事情。袁说友长于文，少作诗，但是其诗句皆有来历，这个特点较为明显。

诗歌现场

成都。（地图编号：2201）

注析

[1] 凋瘵：指困穷之民。杜甫《壮游》诗云："大军载草草，凋瘵满膏肓。"冬酒：即冬日所酿造的酒。白居易《村居卧病三首》诗云："望黍作冬酒，留薤为春菜。"烹剥：指厨房中煮的、切的。《诗经·小雅·楚茨》云："或剥或亨。"亨，通"烹"。二麦：一根麦长两个穗，借以比喻年成好，粮食丰收，用典"麦秀两歧"。《东观汉记》云："张堪，字君游……为渔阳太守，有惠政，开治稻田八千余顷，教民种作，百姓以殷富。童谣歌曰：'桑无附枝，麦穗两歧，张君为政，乐不可支。'"傥：表示假设，相当于"如果"。《史记·伯夷列传》有云："傥所谓天道，是邪？非邪？"一饱：这里指吃饱饭。陶渊明《饮酒》诗云："倾身营一饱，少许便有余。"前六句诗的意思是，去年蜀中旱灾，幸有皇恩庇护度过难关。当时闹饥荒，百姓忍饥挨饿。今年的收成如果不好，温饱问题如何解决。

[2] 甘泽：指甘雨、甘霖。杜甫《遣兴三首》诗云："丰年孰云迟，甘泽不在早。"沾沛：亦作"沾霈"，意思为雨水充分浸润土地。唐李邕《淄州刺史谢上表》云："雨露深仁，沾霈及于萧艾。"《旧唐书·文宗纪下》云："是夜，大雨沾霈。"山川灵：这里指所求雨时祭告的山川灵物，如龙、山神等，袁说友当时应该是祭祀了江渎庙的。翻覆：这里指祭告多次重复。这里四句诗的意思是，今春为干旱所苦，久久没有下雨。为求雨祭告山川各路灵物而奔走，反反复复多次，终于天随人愿。

[3] 建瓴水：指高屋上的盛水瓶倾倒，水从瓦沟顺势而下。建，通塞，即倾倒。瓴，盛水瓶也。《史记·高祖本纪》云："（秦中）地势便利，其以下兵于诸侯，譬犹居高屋之上建瓴水也。"瘳：指疾病离去，身体痊愈。白居

易《眼病二首》诗云："僧说客尘来眼界，医言风眩在肝家。两头治疗何曾瘥？药力微茫佛力赊！"濯洒：《广雅·释诂二》云："濯，洒也。"这里指淋水而洗。只今：即如今，现在。李白《苏台览古》诗云："只今惟有西江月，曾照吴王宫里人。"这八句诗展开在写连宵大雨带来的结果：久旱逢甘霖，万亩小麦顿时恢复生机，像人一样体态轻盈。整个大地，就像干渴之人想饮，有了泉水，就像生病之人服药，得以痊愈。又好比干旱的高原，因雨浇灌，变得清凉湿润，好比处在湿热蕴蒸煎熬状态的人，忽然得到了酣畅淋漓的冲凉洗浴。到如今，今年小麦获得丰收，指日可待，也就个把月时间。

[4] 喜气：高兴的神色或气氛。涛濑：指波涛与急流。《汉书·扬雄传上》云："终回复于旧都兮，何必湘渊与涛濑！"苏轼《戏作放鱼》诗云："但愁数罟损鳞鬣，未信长堤隔涛濑。"自怜：自伤，自我怜惜。汉王褒《九怀·通路》云："阴忧兮感余，惆怅兮自怜。"颜之推《神仙》诗云："镜中不相识，扪心徒自怜。"岑参《初授官题高冠草堂》诗云："自怜无旧业，不敢耻微官。"疥：即疥疮，非常刺痒。苏东坡《孙莘老寄墨四首》诗云："吾穷本坐诗，久服朋友戒。五年江湖上，闭口洗残债。今来复稍稍，快痒如爬疥。"这四句诗拉到己身上说事，天随人愿应祷得雨，我真是太高兴了，神色如身上挂满珠玉，喜不自禁；下笔写诗，文思如波涛与急流一般，滚滚而来。自我怜惜这份忧国忧民的情怀，如生疥疮一般，奇痒难耐，强忍着不挠痒痒，何等痛苦。

[5] 霡霂：小雨也。《诗经·小雅·信南山》云："雨雪雰雰，益之以霡霂。既优既渥，既沾既足。"清凉界：与"火宅"相对，是佛菩萨所居之处。《清凉山志》云："子持热恼之心，欲入清凉界者，犹披麻而度火，欲其不烧，岂可得乎？"怀章：怀带官印绶章。《西京杂记》卷一有云："朱买臣为会稽守，怀章绶至茅舍，而邑人未知也。"李颀《答高三十五留别便呈于十一》诗云："怀章不使郡邸惊，待诏初从阙庭至。"最后四句诗的意思，这次天随人愿，应祷得雨，旱灾之年初过，小春丰收可望，我个人有大获解脱之感。我的使命也算完成，我望东而拜，希望朝廷能允许我退归田园。

游江渎庙用故侯吴龙图韵

马嘶杨柳泊林塘，六月城南趁晓凉。[1]

万古丛祠千木暗，五风十雨一炉香。[2]

翚飞栋宇新轮奂，鼓奏牺牲荐豆觞。[3]

努力为民祈福地，年丰今已格阴阳。[4]

题解

该诗应写在庆元五年（1199）六月。江渎庙，是祭祀长江之神的祠庙，历史上多次被损毁和重建，遗址在现成都上莲池正街附近。吴龙图，即吴中复，神宗熙宁三年（1070）十月以龙图阁直学士知成都府，所以又称"吴龙图"。当年在成都有诗《江渎泛舟》，被袁说友收入《成都文类》，本诗即步前贤诗韵。由此诗还可看出，江渎庙前的江渎池到南宋还在，仍然是重要的避暑消夏地。

诗歌现场

成都上莲池正街附近。（地图编号：2202）

注析

[1] 趁：乘便。白居易《早发楚城驿》诗云："月乘残夜出，人趁早凉行。"首联写六月江渎庙前的晨景。大清早，江渎庙前，杨柳岸，凉风习习。水中游船，树下马嘶，游人不少。大家都是趁早来吹风乘凉的。这里还写出悠闲味。因为此年小春喜获丰收，作者的心情不错，极可能是到江渎庙还原并祈祷秋收的。

[2] 五风十雨：即五天刮一次风，十天下一场雨。形容风调雨顺。颔联写江渎庙历史悠久，庙内高大松柏、楠木繁多，到这个地方燃香祈祷风调雨

顺很灵验。

[3] 翚飞：这里形容江渎庙建筑高峻壮丽。翚，原指五彩山雉。《诗经·小雅·斯干》云："如翚斯飞。"朱熹集传："其檐阿华采而轩翔，如翚之飞而矫其翼也。"范成大《吴船录》云："真君殿前有大楼，曰玉华，翚飞轮奂，极土木之胜。"牺牲：这里指祭祀江神的纯色牲畜，如牛羊猪。荐：进献，祭献。豆觞：即豆肉觞酒的简称，这里指祭祀进献酒馔。柳宗元《重修罗池庙记》云："燕衎自娱，豆觞自奉。"颈联写江渎庙建筑新修，高峻壮丽，美轮美奂。庙里香火旺，祭祀场面庄重，祭品丰富。

[4] 格：感通。《尚书·说命下》云："佑我烈祖，格于皇天。"南朝裴子野《宋略·乐志序》云："先王作乐崇德，以格神人。通天下之至和，节群生之流放。"阴阳：指天气的变化。《吕氏春秋·察今》云："审堂下之阴，而知日月之行、阴阳之变。"尾联称赞江渎庙是为民祈福的圣地，很灵验。说今年小春获得丰收，当时自己的求雨祈祷感通上苍、感通神灵，引起了天气变化，天随人愿，喜降甘霖。

祷祈喜以甲子日得晴

去年闵雨忙，今年以晴祷。
年年水旱苦关心，忧国不知身暗老。[1]
蜀田百里无陂池，山头陇亩如画棋。
平时忧旱不忧水，秋水十日忧雨垂。[2]
天公忍使垂成阨，但把精诚期感格。
扶桑忽上东海来，一夜天清风露白。[3]
今朝甲子逢晴秋，定应无耳生禾头。
少待余粮栖亩日，倩渠送我归田休。[4]

题解

该诗大约写在庆元五年（1199）秋天，记叙作者在蜀中为民久雨祷晴事。最后的结果，天随人愿，祈祷成功。喜悦之情，溢于言表。作者关心民生民事，对待民众多怜悯之心，由此可见一斑。作者此年六十岁，在蜀秩满，有东下出蜀之想。何以甲子日得晴为喜事？这里牵涉古谚"秋雨甲子，禾头生耳"，担心农事收成受影响。另外，这首诗显示宋代蜀地，仅仅成都平原都江堰灌区能够水旱从人，其余地方仍有水旱灾情之忧虑。根据文献资料显示，庆元四年三月内蜀中"三路荒旱"。到了秋天"以旱伤岁歉"，"小民艰食，将至流移"。三路，分别是潼川、利州、成都府。最后经过袁说友劳心费力，依靠赈济，外加朝廷免除赋税，才得以度过难关。庆元五年"秋甲子"能否天随人愿，不雨而晴，这对于刚遭受旱灾之后的四川无疑是一件大事。

诗歌现场

成都。（地图编号：2203）

袁说友 ❖ 祷祈喜以甲子日得晴

注析

　　[1]闵雨：即忧雨，以雨不雨之事为忧也。闵通"悯"，忧也。《春秋穀梁传·僖公三年》云："一时言不雨者，闵雨也。闵雨者，有志乎民者也。"前四句用韵"上声十九皓"，交代蜀中去年干旱成灾忧雨，今年雨多怕影响收成而祷晴。感慨年年水旱不定，让人焦心，因忧而身老。

　　[2]陂池：池沼，池塘。班固《西都赋》云："源泉灌注，陂池交属。"陇亩：田地。《三国志·诸葛亮传》云："亮躬耕陇亩，好为《梁父吟》。"杜甫《兵车行》云："纵有健妇把锄犁，禾生陇亩无东西。"这四句转韵为"上平四支"，讲蜀地形貌，更多的时候担心出现旱情，但是秋季连续十日皆雨，又担心影响稻谷收成。

　　[3]阨：即阨难，灾难，祸难。《孟子·万章上》云："是时孔子当阨，主司城贞子，为陈侯周臣。"感格：感动、感化的意思。李纲《应诏条陈七事奏状》云："然臣闻应天以实不以文，天人一道，初无殊致，唯以至诚可相感格。"扶桑：指日出之处的神木，这里用以代指太阳。《离骚》云："饮余马于咸池兮，总余辔乎扶桑。"《淮南子·天文》云："日出于旸谷，浴于咸池，拂于扶桑，是谓晨明。"这四句转韵为"入声十一陌"。继续上四句反问，老天真就忍得下心使这场秋雨成为灾祸么？人只能尽力为之，精诚祷祝，以感动老天。让人高兴的是，天随人愿，祈祷成功，太阳出来了。

　　[4]耳生禾头：这里指谷物在雨淋后所生的芽。杜甫《秋雨叹三首》诗云："禾头生耳黍穗黑，农夫田妇无消息。"余粮栖亩：意谓将余粮积储于田亩之中，这对古人来讲意味着丰收。该典故出自《初学记》，此书卷九引《子思子》有云："东户季子之时，道上雁行而不拾遗，耕耨余粮宿诸亩首。"左思《魏都赋》云："余粮栖亩而弗收，颂声载路而洋溢。"倩：请人代为做事。杜甫《九日蓝田崔氏庄》诗云："羞将短发还吹帽，笑倩旁人为正冠。"归田：不做官，退归田园的意思。张衡曾写向往辞官回乡的《归田赋》；陶渊明也写有《归园田居》《归去来兮辞》等。李白《赠崔秋浦》诗云："东皋春事起，种黍早归田。"最后四句转韵为"下平十一尤"收结，是在讲秋雨及时转晴，今年丰收在即。等大家谷物归仓，庆祝丰收，我也该就此告老还乡了。

咏　晴

农夫一饱常忧迟，十年五旱无已时。
今年陇上消息好，天不靳我食与衣。[1]
黄梅雨了时雨至，三尺稻梗一尺泥。
不忧夏潦忧甲子，阿香忽放雷车归。[2]
白波翠浪雨沾足，已觉抄云先籈粸。
新舂入甑供晨炊，吾农自此今无饥。[3]
迩来更说蠲输好，州邑抚我如婴儿。
如今不怨田家苦，但忆诗人歌子规。[4]

题解

该诗与《祷祈，喜以甲子日得晴》应是同时期作品。该诗约写在庆元五年（1199）秋甲子放晴之后。咏晴，即是在写秋甲子得晴后对丰收的展望。

诗歌现场

成都。（地图编号：2204）

注析

[1] 常：经常。有版本录为"尝"，讲不通。靳：吝惜之义。《后汉书·崔寔传》有云："悔不小靳，可至千万。"苏轼《杭州上执政书》云："上户有米者，皆靳惜不肯出。其势非大出官米，不能救此患。"前四句是在说，要保蜀中老百姓有饱饭吃，并不容易，十年遭遇五旱的情况从来就没有停止过。今年民间传上来的消息还好，老天爷到底赏饭吃赏衣穿。

[2] 甲子：这里专指秋天的甲子雨。古代认为四季甲子雨，可兆天时并

人事。唐朝张鷟《朝野佥载》卷一云："俚谚曰：春雨甲子，赤地千里。夏雨甲子，乘船入市。秋雨甲子，禾头生耳。冬雨甲子，鹊巢下地，其年大水。"杜甫《雨》诗云"冥冥甲子雨，已度立春时"，也是在说不是好兆头。阿香雷车：是在用典晋时《搜神后记》中的一则神话传说，阿香为传说中的雷车女神，后世诗词常以此来咏雷雨。唐王涣《悼亡》诗云："为怯暗藏秦女扇，怕惊愁度阿香车。"这里四句诗在说，今年雨水真多，黄梅雨刚过，夏雨接踵而至，稻田里三尺稻梗，有一尺都埋在了泥中。就这样的境况都还好，最怕的是秋天甲子日下雨，很可能禾头生耳，颗粒无收。一切都还好，祈祷成功，甲子日得晴，没有雷雨发生。

　　[3] 抄：这里似指古代书籍《子抄》（亦名《子钞》），是对子部典籍的抄撮。《新唐书》卷五十九《艺文三》子部杂家类载云："沈约《子钞》三十卷。庾仲容《子钞》三十卷。"簸：扬米去糠也。《诗经·大雅·生民》云："诞我祀如何？或舂或揄，或簸或蹂。"粞：本义指谷粒脱壳之后、入仓之前，用筛子筛。《玉篇·米部》云："粞，碎米。"苏轼《吴中田妇叹》诗云："汗流肩头载入市，价贱乞与如糠粞。"甑：蒸米饭的用具，略像木桶。这里四句诗是在说，今年春夏雨水虽多，但是因为秋甲子放晴，应该不会影响收成。希望大家届时能按照老祖宗的告诫，赶快把稻谷晒干加工成米收进粮仓。到明年春天青黄不接，大家都还有米下锅，那就说明大家真的是没有了饥饿之忧。

　　[4] 迩来：近来。韩愈《寒食日出游》诗云："迩来又见桃与梨，交开红白如争竞。"蠲输：免除赋税的缴纳。输，即缴纳之义。范成大《四时田园杂兴》诗云："笺诉天公休掠剩，半偿私债半输官。"诗人歌子规：诗人即作者自己，所谓歌子规，是在说作者《连宵得雨应祷》《祷祈，喜以甲子日得晴》等诗所表达的"退归田园"之念头，因为子规啼声若"不如归去"。子规，有版本录为"子妇"。不但出韵，而且也讲不通。最后四句诗写法新颖，借老百姓口吻来说事。说近来听到大家都在称赞免除赋税真是好，还有夸赞州县官员爱民如子的；老百姓还感慨说，他们如今都不再埋怨为农苦，现在大家最担心的是：袁长官此前写诗表达的"告老还乡""退归田园"成为现实。对此大家是不能接受的。这里曲折表达了民众对父母官的感念和不舍。

全蜀江河诗钞（岷江卷）

喜晴即用前韵

春田欲雨常忧迟，夏田得雨嗟逾时。
春耕夏耨两无及，眼干泪竭空沾衣。
翻翻联联脚力尽，万车不救一尺泥。[1]
朝看东南暮西北，晚霞倏忽山头归。
白日一照黄潦定，秋来准拟筛红粞。
早田拾得晚田熟，今年更救明年饥。[2]
念夫陇上一月宿，趁晴归欲呼妻儿。
与夫岁岁同甘苦，未容恤纬惭嫠妇。[3]

题解

诗题中"即用前韵"，表明该诗与《咏晴》为同期先后之作。庆元四年的天旱成灾，经百般筹划总算熬过赈济这一关。庆元五年雨水多，一直到秋季也还雨水不断。袁说友祈祷秋甲子放晴，天随人愿。作者本来以文见长，少有作诗，但是却就"秋甲子放晴"连写诗歌三首。说明此事在他心目中分量极大，关系着一方百姓的生计，关系着大灾之后民生的恢复与自给能力的提升。

诗歌现场

成都。（地图编号：2205）

注析

[1] 嗟：叹息。李白《梦游天姥吟留别》诗云："忽魂悸以魄动，恍惊起而长嗟。"耨：除草，这里专指稻田薅秧。《孟子·梁惠王上》云："彼夺

其民时，使不得耕耨，以养其父母。"翻翻联联：写水车。苏轼《无锡道中赋水车》诗云："翻翻联联衔尾鸦，荦荦确确蜕骨蛇。"前六句说蜀中庆元五年雨水虽多，但是都不及时，春雨下迟，夏雨过时，该来的时候不来，搞得春耕夏耨都没水用，老百姓欲哭无泪。为保生产，人们踏水车救旱，搞得精疲力尽，却收效甚微。

[2]朝看东南暮西北：说观天气之事，化用古代农业谚语"早看东南，晚看西北"。倏忽：很快地，突然。卢照邻《行路难》诗云："人生贵贱无终始，倏忽须臾难久恃。"黄潦：雨水流在地上混和泥土后颜色黄浊，故称黄潦。西晋傅玄《苦雨》诗云："霖雨如倒井，黄潦起洪波。"准拟：希望，料想。白居易《种柳三咏》诗云："从君种杨柳，夹水意如何？准拟三年后，青丝拂绿波。""早田""晚田"：指早庄稼与晚庄稼（即二造的禾谷）。温庭筠《烧歌》诗云："自言楚越俗，烧畲为早田。"王维《赠刘蓝田》诗云："晚田始家食，余布成我衣。"这里六句诗，转入写此年秋甲子盼晴天的事情，人们早晚都在观天象，希望甲子日能够放晴，结果终于看到了晚霞，预示明日将有好天气。结果天随人愿，雨过天晴，预计秋收必有好收成。希望早庄稼与晚庄稼都喜获丰收，那么今年的收成还能满足明年的需求。

[3]恤纬：《左传·昭公二十四年》有云"抑人有言曰：嫠不恤其纬，而忧宗周之陨"，谓寡妇不忧其织事，而忧国家之危亡。后因以"恤纬"指忧虑国事。陆游《读史》诗云："恤纬不遑嫠妇叹，美芹欲献野人心。"嫠妇：即寡妇。苏轼《前赤壁赋》有云："舞幽壑之潜蛟，泣孤舟之嫠妇。"最后四句诗是在说，今年夏雨过时，一直落到秋天，家家男丁在田间地头守护庄稼整整一个月，现在天晴，他们可以回去陪老婆孩子了。粮安、农安、天下安，希望家家户户男男女女年年岁岁同甘共苦过上幸福日子，千万不要让寡妇不忧其织事，而忧国家之危亡这样所谓悲壮的事情发生。

杨慎

杨慎（1488—1559），字用修，号升庵，四川新都（今四川成都）人，明代三大才子之首。生于北京，弘治十二年（1499）随父丁忧归蜀，入新都县学；十四年（1501）回京，习举子业。正德二年（1507）归应四川乡试，六年状元及第，授翰林编修；八年丁继母忧，十年水路出蜀，舟过嘉定府，遇险，幸得救；十六年为殿试受卷官，首次任经筵讲官。嘉靖元年（1522）受命代祀江渎及蜀蕃诸陵寝，著《江祀记》，游浣花溪；三年（1524）因"大礼议"受廷杖，谪戍终老于云南永昌卫。其间，曾多次归新都，又数度奉戎役归蜀，并于嘉靖三十二年（1553）造舍泸州城西，以为久居之地，有记载公前后"侨寓江阳十数年"。嘉靖十八年（1539）再领戎役于重庆道，次年役竣，受聘纂修蜀志，《全蜀艺文志》由此诞生。

春三月四日，仰山余尹招游疏江亭观新修都江堰

疏江亭上眺芳春，千古离堆迹未陈。
蠹蠹楼台笼蜃气，昀昀原隰接龙鳞。[1]
井居需养非秦政，则堰淘滩是禹神。[2]
为喜灌坛河润远，恩波德水又更新。[3]

题解

嘉靖十九年（1540）杨慎受聘到成都参与修蜀志，第二年春游青城，此时都江堰尚在岁修。此诗赞叹李冰功比神禹。

诗歌现场

成都市都江堰景区。（地图编号：2301）

注析

[1] 昀昀原隰接龙鳞：状写渠水灌溉，沟洫畦界，高平下隰，如刻缕锦绣，龙鳞排比。昀昀，平坦貌。左思《魏都赋》云："原隰昀昀，坟衍斥斥。"《诗经·小雅·信南山》云："信彼南山，维禹甸之。昀昀原隰，曾孙田之。"班固《西都赋》云："沟塍刻镂，原隰龙鳞。"

[2] 井居需养非秦政：语见《易·系词》，谓汲井灌溉，有益民生，井之所居，不得改移。又《易·井卦》云："井养而不穷也。"郑注："言桔槔引瓶，下入泉口，汲水而出，井之象也。井以汲人，水无空竭，犹人君以政教养天下，惠泽无穷也。"这是原始灌溉之法，故诗云非秦时的农政；而秦人之功，在于渠堰流灌。则堰淘滩是禹神：诗句有原注云："古图经，深淘滩浅则堰。今改则为作，非也。"李膺《益州记》云："冰又教民检江立堰之法曰：'深淘滩，浅作堰。'"这里称赞这种治水灌溉法，功比禹神。

[3] 为喜灌坛河润远：谓百姓祭祀李冰，永葆其利。灌坛，据《博物志》载，太公为灌坛令，西海之神不敢以暴风疾雨过境。河润，《后汉书·郭伋传》云："九年，征拜颍川太守。召见辞谒，帝劳之曰：'贤能太守，去帝城不远，河润九里，冀京师并蒙福也。'"德水，《史记·秦本纪》有"以黄河为德水"，这里借指岷江水利，造福于民。

王士禛

王士禛（1634—1711），字贻上，号阮亭，别号渔洋山人（28岁过太湖，湖中小山即为渔洋山，爱其秀取为号）。山东新城（今桓台）人。书香门第，祖父象晋为明万历进士，父与敕是顺治拔贡，官至国子祭酒。渔洋顺治十二年（1655）进士，官至刑部尚书，居官四十余年。论诗独标神韵，诗作境界甚高，清新俊逸。诗的内容，模山范水，吟咏风月，抒发情怀。渔洋先后两次入蜀，一是康熙壬子年（1672）典四川乡试，二是康熙丙子年（1696）来秦蜀祭西岳与江渎。渔洋入蜀后诗多苍健沉郁，何焯评其七律诗《汉中府》云："渔洋入蜀，诗弥雄健，似少陵，而情味萧散，仍有冲和尔雅之致。"

金方伯邀泛浣花溪

解缆江村外，溪沙失旧痕。

夕阳来灌口，秋水下彭门。[1]

清吹临风缓，神鸦得食喧。[2]

百花潭上好，新月破黄昏。[3]

题解

该诗写于康熙壬子（1672）重阳之后，离开成都之前。《蜀道驿程记》有云："昨重九……后数日，金方伯招泛浣花溪。"金方伯，即金德纯，字素公，汉军正红旗人，当时任四川布政使。王士禛《金素公问学集序》云："金子尊人中丞公，昔与予定交于蜀。常同泛浣花溪，怀古赋诗宛如旦暮，而宰木已拱。"

诗歌现场

成都浣花溪。（地图编号：2401）

注析

[1] 灌口：山名，《寰宇记》云："灌口山在西岭天彭阙。"彭门：《华阳国志·蜀志》云："（李冰）谓汶山为天彭门，乃至湔山县，见两山相对如阙，因号天彭阙。"

[2] 清吹：指笙笛类吹管乐器，以其音清越而得名。谢朓《鼓吹曲·送远曲》云："一为清吹激，潺湲伤别巾。"神鸦得食喧：化自杜诗"豺狼得食喧"。

[3] 百花潭：历史上的百花潭紧挨杜甫草堂。杜诗有云"百花潭北庄"，又曰"百花潭水即沧浪"。今天成都青羊宫宝云庵下的百花潭，乃为清末黄云鹄所为。黄氏将古名加于新址，在当时曾引起争讼。

武侯祠别郑次公水部

白雁三秋候，青山万里桥。[1]
与君俱绝域，此别更魂消。[2]
遗庙丹青尽，荒陵草木凋。[3]
平羌江上水，相望隔风潮。[4]

题解

该诗写于康熙壬子（1672）重阳之后，离开成都之前。郑次公，即郑日奎，江西贵溪人，当时二人一同奉命典试四川。出川时，王士禛到武侯祠送别先行的伙伴。《蜀道驿程记》："（十月初九在重庆）分巡川东道曹君自成都来，访余舟次，知次公游峨眉。"

诗歌现场

成都武侯祠。（地图编号：2402）

注析

[1] 白雁：似雁而小，色白，中国北方秋深时即可看到。杜诗有云："故国霜前白雁来。"三秋，这里指秋季的第三个月，即农历九月，点明时间在深秋。当然也有一语双关的意味，两人一别，一日不见如隔三秋。

[2] 绝域：指极远的地域。王维诗云："绝域阳关道，胡烟与塞尘。"说明在王士禛看来巴蜀之地真是太偏远。

[3] "遗庙""荒陵"：作者有自注云："祠西即惠陵。"两句诗化自杜诗"遗庙丹青落，空山草木长"，也说明了武侯祠当时还没有恢复，祠庙破败，惠陵荒凉。

[4] 平羌江：即岷江，《蜀道驿程记》云："岷江自灌口、成都下新津、

武阳，经（乐山）城北平羌峡，至凌云山前，三江合流，浩淼无际。"这里作者泛指长江水路。

金花桥道中作

半年浪迹锦城游，才数归程已暮秋。[1]

晚照开时见千里，寒鸦飞尽过双流。[2]

眼明修竹横塘路，心逐江云下峡舟。[3]

异域忽惊摇落久，今宵一醉失乡愁。[4]

题解

该诗写于康熙壬子（1672）九月二十五日。作者典蜀试毕，选择水路出川。但是，他没有直接坐船，而是先陆行到嘉州。这首诗写在他刚离开成都过双流金花桥到黄龙溪路上。金花桥，《四川通志》引《双流县志》云："在县东十里省南冲衢西北。"

诗歌现场

今成都市双流区机场附近。（地图编号：2403）

注析

[1] 半年浪迹：应指作者此行四川来回至少半年时间。从他离开京师的时间（七月一日）算起，至踏上归程时（即九月二十五日），已经近四个月。康熙壬子有闰七月。

[2]《蜀道驿程记》云："九月二十五日，发成都府……骑行，次双流县，县已废入新津，近郭修竹万竿，人家结屋竹中，自成篱落；入城即颓墉废堑，虎迹纵横……晚抵黄水河。"从王士禛当日日记看，两句诗写实，晚照与寒鸦皆暗示双流路上的荒凉，明末清初战乱形成的焦土一时难以恢复。

[3] 眼明：惠栋《竹南漫录》云："凡解愁释憾之事，皆云眼明。"谢逸诗云："忽逢隔水一山碧，不觉举头双眼明。"结合日记看，两句诗表达的意

思是，这一路修竹万竿，但都不是自己的家，此时此刻我归心似箭。

　　[4] 摇落：宋玉《九辩》云："悲哉秋之为气也，萧瑟兮草木摇落而变衰。"后以"摇落"形容秋天凋残、零落的景象。李商隐《摇落》诗云："摇落伤年日，羁留念远心。"

三登高望楼作

风流曾说荔支楼，栏槛高明压西州。[1]

峨顶晚霞寒白雪，江心残照出乌尤。[2]

云烟早暮还殊态，枫柏丹黄只似秋。[3]

自笑心情无赖甚，清晨临眺不梳头。[4]

题解

该诗写于康熙壬子（1672）十月初二日。作者初一赶到嘉州，"驻上南道旧署。署枕高望山之足，有高望楼，窗槛轩豁，三峨正值其西"（《蜀道驿程记》）。作者对乐山极偏爱，大概当日晚就连登两次高望楼，次日要去看乐山大佛，然后坐船续归程。这是初二早上刚起床时又一次登高望楼，故题为"三登"。

诗歌现场

四川省乐山市。（地图编号：2404）

注析

[1] 荔支楼：在嘉州城南。《四川通志·古迹》云："荔支楼，在州南，宋建。"《爱日斋丛抄》云："乾道间，陆放翁取家藏前辈笔札，尽刻石置荔支楼下。"此后历代文人登此楼皆有题咏，所谓风流即指此事。西州：原诗有自注云"谓戎眉邛雅也"。

[2] 乌尤：《舆地纪胜》云："乌尤山一名离堆山，在九顶山之左。旧名乌牛，突然水中作犀牛状，山谷题涪翁亭，始谓之乌尤，又名乌龙。"两句诗写晚间两次登楼所看的景象，三峨在高望楼西，乌尤在高望楼东。

[3] 枫柏丹黄：秋天枫树叶变红，柏树叶变黄，是为丹黄。

[4] 两句诗表达了作者登高望远，怀乡情重。其心情迫急如此，早起的第三次登临甚至来不及梳头。

晓渡平羌江步上凌云绝顶

真作凌云载酒游，汉嘉奇绝冠西州。[1]

九峰向日吟江叶，三水通潮抱郡楼。[2]

山自涪翁亭畔好，泉从古佛髻中流。[3]

东坡老去方思蜀，不愿人间万户侯。[4]

题解

该诗写于康熙壬子（1672）十月初二。《蜀道驿程记》云："晴。遣行李入舟，余以小艇，由东门截流渡江……壁间多前人题字，有大书'苏东坡载酒时游处'……寺创自开元，巨丽为西南第一，明末袁韬、武大定作乱，寺为灰烬。江岸大佛，开元中释海通所凿，未竟示寂，韦皋镇蜀，始成之，旧有佛阁，亦毁于兵。"作者这里所谓平羌江，即指岷江，《蜀道驿程记》云："岷江自灌口、成都下新津、武阳，经（乐山）城北平羌峡，至凌云山前，三江合流，浩淼无际。"

诗歌现场

乐山大佛。（地图编号：2405）

注析

[1] 冠西州：范成大《万景楼》诗序云："在汉嘉城中山上，登览胜绝，殆冠西州。"西州：王士禛前诗《三登高望楼作》有自注云"谓戎眉邛雅也"。

[2] 九峰：即嘉州凌云山上的九座山峰（就日峰、丹霞峰、望云峰、祝融峰、兑悦峰、栖鸾峰、集凤峰、灵宝峰、拥翠峰）。三水：即岷江、大渡河（包括青衣江）以及两江汇合的下游段。江山在这里都用拟人手法，秋日大江

环抱嘉州城，阳光照耀凌云山，风吹树木，风吹浪涛。山林的风声、江上的潮声，声声入耳声声醉。

[3] 涪翁亭：后人纪念黄庭坚而建，《方舆胜览》云："涪翁亭在万景楼之前。"泉从古佛髻中流：陆游《谒凌云大像》云"泉镜正涵螺髻绿，浪花不犯宝趺尘"，后有自注云："一泉泓然，正在髻下。每岁涨水，不能及佛足。"另外，结合日记看，说明清初大像阁已毁无存，大佛头上数百年来一直有一泓泉水浸流。

[4] 原诗有自注：坡诗："生不愿封万户侯，亦不愿识韩荆州。但愿身为汉嘉守，载酒时作凌云游。"

犍为道中

潮音阁下戒舟航，回首凌云堕渺茫。[1]
土俗渐临巴子国，江流遥接楚人乡。[2]
炉熏细细萦琴荐，荻叶萧萧映笔床。[3]
天外峨眉如送客，晴云千片白毫光。[4]

题解

该诗写于康熙壬子（1672）十月初二。《蜀道驿程记》云："舟人报船泊大像阁下。循山门西麓而下，不数武即至江口；适舟人言，此地盘涡迅急，不可舣舟，故由东山徒步崎岖数里始达，可笑也……是时风日流丽，澄江如练，顺风荡桨，倏忽数十里，回望嘉州城郭，居然金粉画图；大峨峰顶，奇云片片，作白毫光……晚抵犍为，泊舟。"

诗歌现场

岷江犍为段。（地图编号：2406）

注析

[1] 潮音阁：即渔洋日记中所云"大像阁"，许多注家引为重庆、甚至江南的潮音阁，皆不通。第一句诗表达与渔洋日记一致，大佛像下"盘涡迅急，不可舣舟"，故戒舟航。

[2] 巴子国：领周朝四川东部地区，后用作川东地区（包括今重庆）的代称。陈子昂《白帝城怀古》诗云："城临巴子国，台没汉王宫。"杜甫《诸葛庙》诗云："久游巴子国，屡入武侯祠。"

[3] 琴荐：琴和琴垫，一说单指琴垫。皮日休《病中书情寄上崔谏议》诗云："虫丝度日萦琴荐，蛀粉经时落酒筒。"笔床：笔和笔架，一说单指放

置毛笔的文具。两句诗字面意思看似简单，文人雅士行舟江上，文房之物必然随身，体物观察游戏文字而已，事实上全诗的表达远非如此简单，渔洋分明在以"琴荐"与"笔床"作喻体，状写江上所见的山——形如琴荐，白云缭绕；形如笔架，秋风萧萧。

[4] 白毫光：白毫相光的省称，典出佛经，说佛眉间白毫曾现相光。《妙法莲华经·序品》云："尔时佛放眉间白毫相光，照东方万八千世界，靡不周遍，下至阿鼻地狱，上至阿迦尼吒天。……是佛光明神通之相……于是弥勒菩萨欲重宣此义，以偈问曰：'文殊师利，导师何故。眉间白毫，大光普照。'"第三联拟物，尾联拟人（神佛），渔洋写诗手法层出不穷。

新津县渡江

南过蚕丛国，秋风正授衣。[1]
青山初日上，黄叶半江飞。
修竹连千亩，高楠径十围。[2]
临江呼渡舸，极目一清晖。[3]

题解

该诗写于康熙壬子（1672）九月二十六日。《蜀道驿程记》有云："骑行至新津县，渡江……自双流至新津，夹道竹林，联绵数十里。"

诗歌现场

今成都市新津区。（地图编号：2407）

注析

[1] 蚕丛国：传说中最早的古蜀王名蚕丛，这里用以代指古蜀之地。授衣：出自《诗经·七月》"九月授衣"，这里点明时间。

[2] 修竹连千亩：渔洋《蜀道驿程记》当日所记"夹道竹林，联绵数十里"，这个壮观景致给他的印象最为深刻；十月初一，人到夹江，他对此还念念不忘，其日记又云"夹江南竹多如双流"。

[3] 极目：指满目或远望。王粲《登楼赋》有云"平原远而极目兮"。清晖：这里应指明净的光辉。杜甫《石柜阁》诗云："清晖回群鸥，暝色带远客。"元代李孝光诗云："飓风飘余霭，旭日散清晖。"

雨发眉州

五更吹角罢，细雨出眉州。[1]

杂树堆红叶，蛮荒感白头。[2]

岷峨云气接，邛僰乱山稠。[3]

东望玻璃水，风前叶叶舟。[4]

题解

该诗写于康熙壬子（1672）九月二十八日。《蜀道驿程记》有云："雨。出眉州西行，望魏鹤山环湖，在榛莽中。"眉州，即今四川眉山，为东坡故里。

诗歌现场

四川省眉山市。（地图编号：2408）

注析

[1] 细雨出眉州：与陆游"细雨骑驴入剑门"是一种隔代呼应。渔洋学杜甫、陆游，达到出神入化的地步，由此可见一斑。

[2] 感白头：典出司马相如与卓文君的故事，感叹年老色衰。《报卓文君书》有云："当不令负丹青，感白头也。"两句诗的意思是，深秋早起，冒雨骑行，但见满山红叶飘零，人在羁旅，一片荒凉，愁绪因此不断。王士禛《归度大庾岭》即有同样的表达"离别兼羁旅，中宵感白头"。

[3] 岷峨：即相连的岷山与峨山。杜诗《剑门》云："岷峨气凄怆。"邛僰：即邛与僰，属于《史记》中提及的西南十国，还有氐、筰、嶲、昆明、滇、越等。张载《剑阁铭》云："远属荆衡，近缀岷嶓。南通邛僰，北达褒斜。"两句诗把时空放大，茫茫群山，绝域之地，人行其间，不知何时是

261

全蜀江河诗钞(岷江卷)

尽头。

　　[4] 玻璃水：亦称玻璃江，《嘉庆四川通志》卷十九《舆地志·山川》有云："眉州直隶州：玻璃江，在州东门外，即岷江，一名蟆颐津。"最后两句诗把一切情感收回，放在江水上，不由得让人想起李后主的"问君能有几多愁，恰似一江春水向东流"。

董新策

董新策（1676—1754），字嘉三，号樗斋。今泸州市合江县人。因季妹归温江刘氏而徙居温江。康熙庚辰（1700）进士，授翰林院庶吉士，散馆，授职编修。因母病，请归养。归里后，朝夕奉母，不离左右二十余年。雍正元年七月以至孝为年羹尧举荐，称赞他"观其外貌似为柔弱，而胸中确有主见"，"孝行可嘉，吏治足用"。后任甘肃宁夏道、平庆道道台，在任上卓有政声。数年后丁忧回籍，闭户不出，穷尽经史。另外，还有民间的评价，称其"品重珪璋，学崇山斗"，"以和平冲澹之襟，作柔曼婀娜之致，隽不伤道，文如其人"，"熔铸百家，以蕴于中"。晚年主讲锦江书院十余载，门人多，影响大。

薛涛井

碧甃银床不可探，井华清似百花潭。[1]
深红小样笺谁染，零落胭脂三月三。[2]

题解

薛涛井：《大清一统志·成都府·山川》有云："薛涛井，在华阳县锦江南岸。《旧志》：旧名玉女津，水极清洌，明属藩邸，人不敢汲，每岁春三月三日汲此水造笺二十四幅，以十六幅入贡。"此诗以井说人，含蕴极深，称道薛涛才情神韵如碧玉妆成，如清净潭水，穿越历史，犹能闻其风中零落的胭脂味。

诗歌现场

今成都城东望江公园。（地图编号：2501）

注析

[1] 甃：砖石砌的井壁。银床：指银饰井栏，语出古乐府《淮南王》："后园凿井银作床。"井华：清晨初汲的井水。百花潭：该诗中的百花潭与杜诗"万里桥西宅，百花潭北庄"所云的百花潭当是同一景致，据考证即在今天杜甫草堂附近。今天成都青羊宫宝云庵下的百花潭，乃为清末黄云鹄所为。黄氏将古名加于新址，在当时曾引起争讼。杜诗还云："百花潭水即沧浪。"曹学佺《蜀中名胜记》记载："《方舆胜览》云：浣花溪在城西五里，一名百花潭。""（薛）涛侨止百花潭，躬撰深红小彩笺。"

[2] 深红小样笺：是薛涛笺的一色而已。《寰宇记》云："益州旧贡薛涛十色笺，短而狭，才容八行。"《成都古今记》云："蜀笺十样，曰深红、粉红、杏红、明黄、深青、浅青、深绿、浅绿、铜绿、浅云，又有松花、金沙、彩霞诸色，十者，举成数耳。"

杜公祠（二首）

其一

橘刺藤梢小径斜，少陵茅屋属僧家。[1]
风吟乱叶迷双树，水汇空潭冷百花。[2]
香阁鼓钟风雅歇，影碑尘土旧颜差。[3]
买丝何日寻高躅，处处蚕缫听响车。[4]

其二

江头眠钓迹俱陈，光焰文章自有神。[5]
瀼水纵论三亩宅，浣花常盛一溪春。[6]
萧条世事兵戈日，漂泊天涯涕泪身。[7]
千古寸心难想象，瓣香空拜拜鹃人。[8]

题解

杜公祠即杜甫草堂。诗中呈现的清初草堂，依然是杜甫当年"古寺僧牢落，空房客寓居"的景象，因岁月变迁，此时更加破败、荒凉。对伟大诗人最好的怀念，就是要走他走过的路，用他原诗的词汇，写他当年看过的景，体味他当年的感情。

诗歌现场

成都杜甫草堂。（地图统一编号为：2502）

注析

[1] 第一首首联，照应杜诗"竹寒沙碧浣花溪，橘刺藤梢咫尺迷"（《将

赴成都草堂途中有作先寄严郑公五首》之三）、"古寺僧牢落，空房客寓居"（《酬高使君相赠》），写当前景，物是人非的感觉扑面而来。

［2］第一首颔联，同样照应杜诗"桤林碍日吟风叶，笼竹和烟滴露梢"（《堂成》）、"双树容听法，三车许载书"（《酬高使君相赠》）、"万里桥西宅，百花潭北庄"（《怀锦水居止》，写当前景。董新策对杜诗的熟悉程度，确非一般人可比，随手拈来皆入化境。

［3］第一首颈联，前句写寺庙楼阁之钟鼓无人敲响，后句写草堂内杜甫的雕像、碑刻已破旧、蒙尘，不及当年。整体上既是在写荒凉、破败之实，也喻指杜甫之诗道不传已久矣。

［4］第一首尾联，前句语出李贺《浩歌》："买丝绣作平原君，有酒唯浇赵州土。"赵国平原君好养士，死后虽未葬赵州，但其身份为赵国公子，故称其墓为"赵州土。"李贺用典表达对平原君人品的仰慕。董新策这里也用此典故，表达自己对杜甫的景仰与怀念之情。高躅：即指有崇高品行的人。蚕缫：养蚕缫丝，这里指纺丝车。

［5］第二首首联，"江头眠钓迹"是在概括杜诗"新添水槛供垂钓，故著浮槎替入舟"（《江上值水如海势聊短述》）、"老妻画纸为棋局，稚子敲针作钓钩"（《江村》）、"笋根稚子无人见，沙上凫雏傍母眠"（《绝句漫兴》）中的草堂景致，仍是物是人非之叹。"光焰文章"用典韩愈诗句"李杜文章在，光焰万丈长"。两句诗连起来讲意思是：草堂的各种景致虽然破旧了，但杜甫诗篇却是十分传神动人的。

［6］第二首颔联，"三亩"用典《列子》中的故事，杨朱见梁王，"梁王曰：先生有一妻一妾而不能治，三亩之园而不能耘，而言治天下如运诸掌，何也？"瀼水：借指大历二年杜甫寓居夔州瀼西草堂。浣花：借指成都浣花溪草堂。两句诗连起来表达的意思是：杜甫的夔州诗篇，纵论古今，诗艺完美；成都诗篇，春意盎然，如溪水一般清澈明亮。

［7］第二首颈联，两句诗是在感慨安史之乱发生，国破家亡，诗人流离失所，漂泊到成都。按理说，更多的是悲苦悲切之感受，谁曾想到，在这样不堪的经历中，杜甫留给我们的竟然是如此绝妙醉人的诗篇。

［8］第二首尾联，"千古寸心"是杜诗"文章千古事，得失寸心知"

(《偶题》)的缩写。拜鹃人：即杜甫，杜甫在川时，曾有《杜鹃》诗："杜鹃暮春至，哀哀叫其间。我见常再拜，重是古帝魂……今忽暮春间，值我病经年。身病不能拜，泪下如迸泉。"两句诗连起来讲意思是：对于杜甫"文章千古事，得失寸心知"的感慨，一般人难以体会到其心境。而我呢？也只有心香一瓣对空遥拜诗圣的份儿了。

刘沅

刘沅（1768—1855），字止唐，四川双流人。因在双流和成都书塾中皆有古槐，故号"槐轩"。世称槐轩先生，是蜀中槐轩学派创始人。乾隆五十七年（1792）举人，道光六年（1826）选授为湖北天门县知县，辞以丁艰守制，朝廷念其孝诚，改授国子监典簿。刘沅三次会试不中，绝意仕进，在家奉养老母，潜心经史，以师儒为志，学术自成一家，门人弟子广众，服膺其学者遍及巴蜀，远至闽浙及海外，被时人称为"川西夫子"。一生除多次赴京考试出川外，一直都在蜀地传道授业，写作到八十多岁不辍，著述等身。

新津渡江

众流各争先，乍见不相下。
让我独乘桴，一叶恣凌跨。[1]
落日散金涛，余晖相激射。[2]
远峰扑面来，逢迎未敢暇。[3]

题解

此诗写作者黄昏时过新津，船上见多条河流交汇，在落日的辉映下，波光闪耀、水势激荡的壮观景象及独特的内心感受。

诗歌现场

成都市新津区。（地图统一编号为：2601）

注析

[1] 乘桴：乘坐竹木小筏。《论语·公冶长》有云："道不行，乘桴浮于海。"恣：肆意，尽情。苏辙《上枢密韩太尉书》云："过秦汉之故都，恣观终南、嵩、华之高。"凌跨：飞快越过。胡仔《苕溪渔隐丛话前集·柳柳州》云："杜子美、李太白以英伟绝世之资，凌跨百代。"

[2] 散：散发，散布。激射：这里指夕阳照射江面，江水反射阳光，互相辉映。周密《观潮》云："方其远出海门，仅如银线；既而渐近，则玉城雪岭，际天而来。大声如雷霆，震撼激射，吞天沃日，势极雄豪。"

[3] 暇：空闲。《诗经·小雅·何草不黄》有云："哀我征夫，朝夕不暇。"

全蜀江河诗钞(岷江卷)

禹 穴

羲和测景穷遐荒,嵎夷昧谷何冥茫。[1]
星轺应自随刊后,不然安得陵怀襄。[2]
茫茫禹甸皆陈迹,禹穴纷纷争黑白。[3]
会稽岣嵝虚流传,蜀中石纽诚旧宅。[4]
九龙山自番夷来,之而怒起随风雷。[5]
中峰秀出低垂首,如人坐卧相徘徊。
圣母坪上圣人生,坼胸诞子非常情。[6]
元鸟敏歆同时降,天开教养先平成。[7]
神圣钟灵原不偶,刳儿儿出岂伤母。[8]
至今血石赭如硃,生生之气年年有。[9]
古人穴处傍山居,穴中何必定藏书。
恍惚衡阳蝌蚪字,琅函宛委今无余。[10]
神功本异因传异,陋儒耳食拘传记。
常从石鼓认霞光,朝朝暮暮围苍翠。[11]
岷峨江汉炳英灵,奇闻空复穷山经。[12]
不信但看巉岩上,青莲墨迹长青青。[13]

题解

　　此诗题下有原注"在石泉县石纽村九龙山",点明禹穴地点。全诗写禹穴的种种传闻和景象,断言大禹生于蜀中。满篇都是典籍,这类诗非大学问家莫办。

诗歌现场

今四川汶川县（威州镇）西南四十里飞沙关。（地图统一编号为：2602）

注析

[1] 羲和：此名曾解为羲氏、和氏二人，也有演化为四人的，即羲仲、羲叔、和仲、和叔，实则一人，即指太阳神。测景：景在古代同影，测量晷影确定节气，制定历法。《周礼·地官司徒·大司徒》有云："以土圭之法测土深、正日景，以求地中。日南则景短多暑，日北则景长多寒，日东则景夕多风，日西则景朝多阴。日至之景，尺有五寸，谓之地中。""嵎夷""昧谷"：皆为地名，前者代表东边，后者代表西边。《尚书·尧典》云："分命羲仲，宅嵎夷……分命和仲，宅西曰昧谷。"两句诗表达的意思是：太阳的光芒普照大地，到处依旧昏暗迷茫一片。

[2] 星轺：指古代帝王使者乘之车，这里代指大禹。"随刊""陵怀襄"：皆出于《尚书·虞书·益稷》："洪水滔天，浩浩怀山襄陵，下民昏垫。予乘四载，随山刊木，暨益奏庶鲜食。"两句诗表达的意思是：大禹横空出世，"敷土，随山刊木，奠高山大川"。如果没有他，"浩浩怀山襄陵"的特大洪水怎么消退？怎么使民得陆处？

[3] 两句诗表达的意思是：茫茫的九州大地到处都是历史遗迹，大家都在争说这里那里是"禹穴"。

[4] 会稽：指会稽山，所在位置争执很多，有山东、辽西、浙江、广东之说，名头最大的说——会稽在浙江绍兴城南，相传大禹朝会天下诸侯，计功行赏于此，另外还传说大禹治水和葬地也在此。《史记·夏本纪》云："十年，帝禹东巡狩，至于会稽而崩。"岣嵝：指衡山的岣嵝碑，亦名禹碑，传闻多，碑文字如蝌蚪，伪造者亦多。石纽：地名，在今天四川的汶川、茂汶地区，有说北川的。《吴越春秋·越王无余外传》云："禹家于西羌，地名石纽。"扬雄《蜀王本纪》云："禹本汶山郡广柔县人也，生于石纽。"两句诗表达的意思是：会稽与岣嵝的各种关于大禹的说法都是虚无流传的，只有蜀

全蜀江河诗钞(岷江卷)

地的石纽实实在在是大禹的出生地。

　　[5] 番夷：是对少数民族的通称。之而：须毛。《周礼·考工记·梓人》："深其爪，出其目，作其鳞之而。"戴震补注："颊侧上出者曰之，下垂者曰而，须鬣属也。"王引之《经义述闻·周官下》："而，颊毛也；之，犹与也。作其鳞之而，谓起其鳞与颊毛也……然则之为语词，非实义所在矣。"与戴说不同。后人诗文多用以形容须毛状的东西或指雕刻的鸟、兽、龙等的须毛髯鬣。

　　[6] 圣母坪：即传说圣母剖腹生禹之刳儿坪。坼胸诞子：《淮南子·修务篇》有云："禹生于石。"高诱注曰："禹母修己，感石而生禹，坼胸而出。"

　　[7] 元鸟：本为玄鸟，即燕子，因清代避康熙玄烨讳，改"玄"为"元"。《诗经·商颂·玄鸟》有云："天命玄鸟，降而生商。"古代传说有娀氏之女简狄浴于河中，吞食玄鸟之卵而孕，生下契。敏歆：《诗经·大雅·生民》有云"履武帝敏歆"。敏，通拇，足大趾。歆，惊异。传说后稷母亲江嫄踏在大神足的拇趾上，受惊而孕生后稷。平成：《左传·文公十八年》有云："舜臣尧，举八恺，使主后土，以揆百事，莫不时序，地平天成。"《尚书·大禹谟》有云："地平天成，六府三事允治，万世永赖，时乃功。"后以"平成"谓万事安排妥帖。两句诗表达的意思是：禹的出生和契、后稷一样神奇，都是上天的精心安排。

　　[8] 钟灵：旧谓天地间灵气所聚。刳儿：谯周《蜀本纪》曰："禹本汶山广柔县人也，生于石纽，其地名刳儿坪。"旧时盛传禹母"胸坼""背剖"而生禹。刳，就是屠、剖之义。

　　[9] 赭如硃：红如丹砂。硃，硃砂，丹砂。两句诗后，作者有原注："九龙山第五峰下地稍平，有迹俨如人坐卧状，为刳儿坪。禹生于此，上有石穴即禹穴，穴下有石，皮如血染。以煎水沃之，气腥，俗传能催生。人凿取之，明年复长如故，孕妇握之利产。"

　　[10] 衡阳蝌蚪字：即衡山的岣嵝碑。琅函：书匣的美称。宛委：会稽山的支脉，亦名天柱山、玉笥山。《吴越春秋·越王无余外传》引《黄帝中经历》，谓夏禹登宛委山，得金简玉字之书，因知山河体势，得通水之理。

　　[11] 作者有原注："石纽村今之石鼓山，其山朝暮二时有五色霞气。"

274

［12］山经：即《山海经》，我国最古老的地理著作之一，书名最初见于《史记》，相传为夏禹、伯益所作，实非一时一人所作。

［13］作者有原注："禹穴崖间题禹穴二字，相传李太白书，人不能至其处。"

薛涛井

枇杷门户小桃坟,埋没江山一段春。[1]
毕竟吟坛留雅制,倾城倾国是何人。[2]

题解

薛涛井,在今日成都望江楼公园。《大清一统志·成都府·山川》有云:"薛涛井,在华阳县锦江南岸。《旧志》:旧名玉女津,水极清洌,明属藩邸,人不敢汲,每岁春三月三日汲此水造笺二十四幅,以十六幅入贡。"《四川通志·山川·成都府·华阳县》云:"薛涛井,《旧志》:玉女津,在锦江南岸,水极清洌,为蜀藩制锦笺处,有堂室数楹,令卒守之。每年定期命匠制纸,以为上进表疏。《寰宇记》:益州旧贵薛涛十色笺,短狭才容八行。"此诗虽短小,但是内涵极丰富,讲了薛涛的美貌、才情非同一般。

诗歌现场

今成都城东望江公园。(地图编号:2603)

注析

[1] 枇杷门户:指薛涛在世时,门前栽有枇杷树。韦皋有赠诗描述此景:"万里桥边女校书,枇杷花下闭门居。"小桃坟:化用郑谷诗句"渚远江清碧簟纹,小桃花绕薛涛坟"。刘沅对薛涛的认可,认为她的出现,给中国诗歌的江山,平添了动人的光景与色彩。

[2] 雅制:这里应是用以称赞薛涛的诗作和其制作的粉红小笺。诗歌在这里发出感慨:才情与容貌,倾国倾城,这样的芳魂如何得见!当然这种感慨,就是倾慕的内心写照。

张澍

张澍（1781—1847），字百瀹，号介侯。甘肃凉州府威武县人。小时候即有神童之誉。乾隆甲寅（1794）中举，嘉庆己未（1799）进士。入翰林，散馆改外职。一生有三次游宦经历，一是在贵州，二是在巴蜀，三是在江西。在巴蜀游宦七年多时间，嘉庆癸酉（1813）二月到任屏山知县，此后历任兴文、大足、铜梁、南溪知县，关心民间疾苦，官声政绩皆好；嘉庆乙卯（1819）九月父亲去世，按制解任丁忧，次年三月二十九日从成都出发，翻秦岭，返故里。著作丰硕，是乾嘉学派的中坚力量和主要代表人物。在巴蜀任上，完成《诸葛忠武侯文集》《蜀典》的刊刻，还重修了《屏山县志》《大足县志》等。

舟过眉州蟆颐滩

一碧玻璃江水漾，老蟆颐大吞高浪。[1]

峰从象耳山奔来，云向牛心观独往。[2]

不见当季杨太虚，采霞飞出旧丹炉。[3]

遥林市晓寻斑鹿，古渡斜阳钓锦鱼。[4]

题解

嘉庆甲戌（1813）到屏山任途中，过眉山时所写。抒发自己想隐居此间的情怀。雍正时的《四川通志》载眉山有云："峨眉揖于前，象耳镇于后。山不高而秀，水不深而清。坤惟上腴，岷峨奥区。水突蟆颐，滩穿龙爪。"蟆颐滩，当在蟆颐山下的岷江上。滩因山名，亦因水名。另外，蟆颐之"颐"指腮，即下巴（下颏）。

诗歌现场

四川省眉山市。（地图编号：2701）

注析

[1] 玻璃江：《嘉庆四川通志》卷十九《舆地志·山川》有云："眉州直隶州：玻璃江，在州东门外，即岷江，一名蟆颐津。"

[2] 象耳山：《四川通志》卷十八有云："象耳山，在彭山县东北二十五里。山形耸秀，连峰接岭，直南至幕（蟆）颐，山下宝砚、磨针二溪，龙池、蟹泉诸胜。"牛心观：似指峨眉山牛心寺（即今日清音阁）。

[3] 杨太虚：《明统志》云："自象耳山连峰壁立，西瞰玻璃江，五十余里至此，磅礴踞蹲，形类蟆颐，故名。上有淘丹泉，山腹有穴曰龙洞。唐末有杨太虚、尔朱先生得于此。"《蜀中广记》卷十二有云："蟆颐山在（城外）

江东七里，状如蟆颐，因名。有至德观，有尔朱淘丹泉。传记所载，以为轩辕氏丹宅。山腹有穴曰龙洞，传者以为四目老翁，唐末有杨太虚得道于此。"采霞：应为"彩霞"。

[4] 寻斑鹿：李白诗云："树深时见鹿，溪午不闻钟。""且放白鹿青崖间。"温庭筠也有诗云："果落见猿过，叶干闻鹿行。"此处表达的是想过隐居修道的日子。钓锦鱼：用隐士钓鱼典故，如《庄子·秋水》中讲道：楚王使大夫来请庄子出山辅佐治国，庄子"持竿不顾"。此外，还有东汉严光隐居垂钓富春江上，张志和"青箬笠，绿蓑衣"的隐居垂钓之乐。市晓：应为"初晓"，《清代诗文集汇编》刻本讹误。

晚泊嘉定府

此来载酒凌云游，平羌江上系孤舟。[1]
照水渔灯点点浮，老鱼跳浪棕网收。[2]
微茫月色印沙洲，㵲波汹怒啮谯楼。[3]
丁东院古何处求，呼童樯外看乌牛。[4]

题 解

嘉庆甲戌（1813）到屏山上任途中所作，黄昏时过眉山，夜晚泊舟乐山。

诗歌现场

四川省乐山市。（地图编号：2702）

注 析

[1]"此来载酒"句：双重用典。一是载酒人，用典西汉扬雄家贫嗜酒，时有好事者载酒以问奇字的故事。陶渊明有诗云："子云性嗜酒，家贫无由得。时赖好事人，载醪祛所惑。觞来为之尽，是咨无不塞。"二是载酒凌云游，用典东坡诗"生不愿封万户侯，亦不愿识韩荆州。但愿身为汉嘉守，载酒时作凌云游"。

[2] 棕网：棕丝编织的渔网。

[3] 㵲：即㵲水，四川省大渡河的古称。谯楼：古代城门上建造的用以瞭望的楼，也是安放谯鼓进行报时的场所。

[4] 丁东院：嘉州之胜景。范成大《吴船录》云："至广福院，中有水洞，静听洞中，时有金玉声，琅然清越，不知水滴作此声也。旧名丁东水，寺亦因名丁东院。"乌牛，作者有自注云："即乌尤山"。

贺登举等人暨余泛舟武侯祠（选二）

一

清溪照影几回湾，小艇宜人任往还。[1]
酒渴心怜波澹澹，茶香卧听鸟关关。[2]
幽篁夹岸天都碧，弱柳绿堤鬓自斑。[3]
为问中原知己在，锦鳞好寄托潺湲。[4]

二

自在中流浪不涂，轻帆小住板桥南。[5]
竹摇空翠罗衫湿，松卷晴涛午梦酣。[6]
村外农人忙打麦，芦中渔父醉能耽。[7]
尘怀斗觉一时尽，拟到明朝看晓岚。[8]

题解

嘉庆丙子（1816）张澍抽调成都办秋闱，事后再到屏山任县令，因伸张正义查贪前任，得罪官场，仕途从此不顺。丁丑（1817）回到成都，编写《蜀典》，戊寅（1818）六月到大足任县令。该诗为一组诗，共四首，这里选后两首，系作者到大足前与友朋泛舟成都武侯祠一带所作，时在打麦季节。该诗标题复杂，编者进行了处理，原题为"贺仲远登举判官邀樊苏村泰照磨、石权一钧刺史、董芝庭采孝廉暨余集北郭外武侯祠为泛舟之游"。作者在这里介绍了与之同游的伙伴共有四人：一是贺仲远登举判官，二是樊苏村泰照磨，三是石权一钧刺史，四是董芝庭采孝廉。这里是把姓氏、名字、官职全部说了。比如"贺仲远登举判官。"姓贺，名登举，字仲远，时任四川泸州州判。

诗歌现场

武侯祠。（地图统一编号为：2703）

注析

［1］首联写锦江河道曲曲弯弯，江水清澈照人，五六人泛舟江上，任其漂流，好不自在。

［2］颔联写江上水波荡漾，四处都能听见鸟鸣声，人醉在其中，极为悠闲。澹澹：水波荡漾的样子。李白《梦游天姥吟留别》诗云："云青青兮欲雨，水澹澹兮生烟。"关关：这里泛指鸟鸣声。

［3］颈联写江岸上满是翠竹与柳树，绿意葱茏。透过绿荫，蓝天白云，好不喜人。当然，时光就在这样慵懒的状态中悄悄流逝了。隐隐感觉诗中带有作者仕途不顺之情绪。

［4］尾联写此时此刻我想到了远在中原的朋友，我该写信给他们了。锦鳞：代指双鲤，古代有将书信封装在鲤鱼形函套中的风俗。汉乐府《饮马长城窟行》云："客从远方来，遗我双鲤鱼。呼儿烹鲤鱼，中有尺素书。"后世即用双鲤代称书信。

［5］首联继续写他们自由自在泛舟江上，在一处板桥的南边做了停留。淦：即水入船中也（《说文解字》）。小住：稍作停留。范成大《泸州南定楼》诗云："归艎东下兴悠哉，小住危阑把一杯。"陆游《赠鹭》诗云："雪衣飞去莫匆匆，小住滩前伴钓篷。"

［6］颔联是对偶句，把人与景、船与岸、天空与水面、松树与翠竹、阳光与清风交融在一起，把人的愉悦、无忧无虑表现得酣畅淋漓。空翠：既可以指绿色草木，也可以指蓝天等，这里指的是碧空、绿树、翠竹在水中的倒影。孟浩然《题大禹寺义公禅房》诗云："夕阳连雨足，空翠落庭阴。"王维《山中》诗云："山路元无雨，空翠湿人衣。"白居易《大水》诗云："苍茫生海色，渺漫连空翠。"

［7］颈联又是对仗工稳的对偶句。麦收季节，农人正忙；江上渔父，优

游快活。渔父，似在用典《楚辞·渔父》"举世皆浊我独清"说事，表达自己对官场生活的不热心，这比较符合张澍的内心世界。耽：沉溺。李白《赠闾丘处士》诗云："且耽田家乐，遂旷林中期。"

　　[8]尾联果然讲的就是一种抽身官场的尘外之念。尘怀：世俗的意念。元张养浩《趵突泉》诗云："每过尘怀为潇洒，斜阳欲没未能回。"斗觉：即陡觉，突然觉得。斗，通"陡"。韩愈《答张十一功曹》诗云："吟君诗罢看双鬓，斗觉霜毛一半加。"岚：山林中的雾气。白居易《题卢秘书夏日新栽竹二十韵》诗云："未夜青岚入，先秋白露团。"

何绍基

何绍基（1799—1873），字子贞，号东洲居士，湖南道州人。书香门第，其父嘉庆乙丑中探花。何绍基承家学，少有名，道光丙申（1836）恩科进士，入翰林院，授编修。曾任福建、贵州、广东乡试考官。咸丰壬子（1852）八月，简放四川学政，由秦岭入蜀，十一月抵成都。到任后，他不仅认真就试事进行整顿；另外，还关切同情民生，帮助判案等，按试各地，"沿途拦舆递呈者甚多"。咸丰乙卯（1855）四月，他"因缕陈时务十二事"被皇帝责以"肆意妄言"而遭免官，当时他还在潼川府按试，五月底回成都后才知道被免职降调；六月交印时，官署内"环跪哭送"。士民不舍，"送匾及万民伞，议建生祠并诗文歌颂不绝"，称之为"真名士""好大人"。七月出游峨眉山、瓦屋山。决计出蜀时，原定于九月十九日启程，十八日独自先出城，住新都桂湖，"实与同官及士民难于面别也"。此后绝意仕进，先后在济南、长沙、扬州等地担任书院主讲。清代杰出的书法家，在四川留下许多墨迹。离开四川时有"诗人自古多游蜀"之慨叹。

眉州试院喜雨大醉，次日即别去

桑下佛缘恋难去，况我眉州十日住。[1]
高风景跂三苏祠，古荫婆娑双柏树。[2]
竹阴逭暑嘉宴开，倒冠落佩方徘徊。[3]
主人敬客还拘礼，客多酒勇纷喧豗。[4]
雷声下天来卷屋，电光倒吸杯中渌。
池底龟鱼迅欲飞，灯前雨脚森成束。
呜呼坡老神乎神，不解自饮喜饮人。
赏余脐壁好诗句，快雨为洗筵间尘。[5]
坡诗道雨妙如雨，我能洛诵清肺腑。[6]
杯停雨歇天宇空，坠句零篇尚堪咀。[7]
颓然一卧凉浸肌，梦里犹呼事大奇。
天晴日出成挥手，却和渊明《止酒》诗。[8]

题解

此诗写于1853年五月。何绍基1852年十一月到任四川学政，次年正月按试成都；五月按试眉州，十日试毕谒三苏祠，十一日即写诗留别，合诗题所谓"次日即别去"。该诗写大醉眉州试院的情景，按试结束，拜谒三苏祠，然后在夏日雷雨中痛饮，醉吟苏诗，醉书苏诗，全篇读来酣畅淋漓。何氏对陶渊明和苏东坡的推崇非同一般，二十一岁时即开始祝寿东坡，时间为每年的十二月十九日，他曾作诗云："平生尚友唯三公，渊明老去韩苏从。"本诗中敬称苏东坡为"坡老"，称苏东坡诗为"坡诗"。

诗歌现场

眉山三苏祠。（地图编号：2801）

注析

[1] 桑下佛缘：用典《后汉书·襄楷传》中的故事，"或言老子入夷狄为浮屠，浮屠不三宿桑下，不欲久生恩爱，精之至也"。

[2] 景跂：景，仰望；跂，向往，举起脚跟远望。婆娑：茂盛的样子，《尔雅·释木》中有句"如松柏曰茂"，其下有郭璞注云"枝叶婆娑"。

[3] 迨暑：避暑。《新唐书·张说传》云："后迨暑三阳宫，汔秋未还。"倒冠落佩：这里指脱掉官服。苏轼《定惠院寓居月夜偶出》诗云："但当谢客对妻子，倒冠落佩从嘲骂。"该句表达的意思是：按试十天，高强度工作，突然放松下来，大家反倒不习惯似的。

[4] 喧豗：纷乱吵闹的声音。李白《蜀道难》云："飞湍瀑流争喧豗，砯崖转石万壑雷。"

[5] 疥壁：指墙壁上所题书画如疥癣，这里是作者自谦本人诗句粗劣。典出段成式《酉阳杂俎》："大历末，禅师玄览住荆州陟岵寺，道高有风韵，人不可得而亲，张璪尝画古松于斋壁，符载赞之，卫象诗之，亦一时三绝。览悉加垩焉。人问其故，曰'无事疥吾壁也。'"陈造《次韵苏监仓》诗云："逢人争食有处有，疥壁留诗无处无。"其中的"疥壁"也是一种自谦。

[6] 坡诗：指苏东坡的诗，其写雨妙句多，如"雨过潮平江海碧，电光时掣紫金蛇""疾雷破屋雨翻河，一扫清风未觉多""天外黑风吹海立，浙东飞雨过江来"。洛诵：反复诵读。洛，通"络"，连络。楼钥《久不作诗，喜仲兄迁邻居，因成长句》云："儿曹亦可乐，洛诵声洋洋。"

[7] "坠句零篇"句：作者有自注云："余醉后高咏坡诗，不能成篇。"

[8] 渊明《止酒》诗："居止次城邑，逍遥自闲止。坐止高荫下，步止荜门里。好味止园葵，大欢止稚子。平生不止酒，止酒情无喜。暮止不安寝，晨止不能起。日日欲止之，营卫止不理。徒知止不乐，未信止利己。始觉止为善，今朝真止矣。从此一止去，将止扶桑涘。清颜止宿容，奚止千万祀。"

至眉州宿三苏祠（选一）

坡颍真达人，不复返乡里。[1]
至今苏家坟，文安抔土耳。[2]
柳沟山盘曲，老翁泉尺咫。[3]
西行三里余，便抵岷江水。
水去不复回，波澜万端起。
丈夫志天下，焉能恋故垒？
扁舟返东门，倏过峰岫几。
还登远景楼，超然百世士。[4]

题解

此诗题下有自注云："次日博酉山署牧、胡观楼通判、丘稼村广文陪游蟆颐观，复东北行谒老泉墓，归饮眉州署作，用癸丑夏初谒苏祠韵。"这组诗写于咸丰乙卯（1855），何氏因言免官，七月出游峨眉山、瓦屋山，回成都时从洪雅到丹棱再到眉州，这是他第三次来三苏祠。这里选第四首写谒老泉墓的见闻与感想，涉及水文化信息颇多。

诗歌现场

眉山苏老泉墓。（地图编号：2802）

注析

[1] 坡颍：指苏轼与苏辙两兄弟，苏轼简称"坡"，苏辙简称"颍"则因其晚年居颍川，自号"颍滨遗老"。

[2] 文安：指苏轼父亲苏洵。苏洵去世时，其官职为霸州文安县主簿，

苏辙《坟院记》称父亲为"先公文安府君"。这句诗的意思是，至今苏家坟只埋葬着苏洵而已。

[3] 柳沟山：苏洵夫妇墓、苏轼夫人王弗墓所在地，在眉山城东二十五里，宋属彭山县，现属眉山土地乡苏坟村。老翁泉就在坟墓边。苏辙《坟院记》云："坟距泉西南只十余步。"柳沟，也称柳溪，是石龙河（又叫高桥河）旁支，《眉山县志》录旧志记老翁井有云："泉出两山间，旁右股下蓄为井，可饮百家。西流入高桥河。"

[4] 远景楼：作者有自注云："眉州署后远景楼，东坡有记。"最后四句，写谒老泉墓归来乘船过江，还登了远景楼。

蟆颐观

老泉墓前老翁井,蟆颐观里老人泉。[1]
泉井相望廿余里,佳名都藉老泉传。[2]

题解

此诗与前诗皆写于咸丰乙卯（1855），何氏第三次来眉山,先游蟆颐观,再谒老泉墓。《蜀中广记》卷十二有云:"蟆颐山在（城外）江东七里,状如蟆颐,因名。有至德观,有尔朱淘丹泉。传记所载,以为轩辕氏丹宅。山腹有穴曰龙洞,传者以为四目老翁,唐末有杨太虚得道于此。"

诗歌现场

眉山市蟆颐观。（地图编号：2803）

注析

[1] 老泉:苏洵的别称,古人除名、字外,还有"号",即别称,除供人呼唤外,还用作文章、字画的署名。老翁井:即老翁泉,就在苏洵墓边。苏辙《坟院记》云:"坟距泉西南只十余步。"老人泉:在今天蟆颐观的三清殿前,即《蜀中广记》所云"龙洞""尔朱淘丹泉"。

[2] 两句诗反映三苏的文化影响力大,尤其是老人泉,后人附会苏老泉蟆颐观求子,其光芒已超过各种成仙得道的传说。

龙安试毕，由灌县旋成都杂诗（选一）

江源自西北，落落布星斗。

束缚出都江，汹汹龙雷吼。[1]

李君亦何神？离堆人力剖。

派别东南行，膏泽万千亩。[2]

水势如龙行，洋洋不回首。

全蜀利养源，壮哉此锁纽。[3]

人力副天造，膏腴天下右。

迢迢二千载，仰望贤太守。[4]

题解

龙安，即龙安府。明代由龙州宣抚司改为龙安府，清代沿袭，清末府治平武，辖县四：平武、江油、石泉（今北川）、彰明（今江油市彰明镇）。这组诗写于咸丰甲寅（1854），何氏此年先是按试阆中、潼川、江油，五月一日经彭州前往都江堰，初二拜李冰祠，看离堆，初三至青城山，初五回成都。这是组诗中的第一首，专写都江堰。

诗歌现场

都江堰景区伏龙观。（地图编号：2804）

注析

[1] 落落：形容高、稀疏等现象的状态词。杜甫《古柏行》云："落落盘踞虽得地，冥冥孤高多烈风。"布星斗：指分野在岷山的井宿星斗。《河图括地象》云："岷山之精，上为井络。帝以会昌，神以建福。"四句诗写出水

出高原奔腾如雷的气象,水的落差、水势、水声皆在笔下有了交代。

[2] 李君:对李冰的尊称。离堆:本玉垒山余脉,李冰开凿宝瓶口后,一角壁立,是为离堆,上建有伏龙观。派:指水的支流。左思《吴都赋》有云:"百川派别。"郭璞《江赋》有云:"九派乎浔阳。"膏泽:恩泽。《孟子·离娄下》云:"谏行言听,膏泽下于民。"

[3] 洋洋:水势盛大的样子。《诗经·卫风·硕人》有云:"河水洋洋,北流活活。"锁纽:形容离堆的开凿是都江堰工程的关键所在,类似今天所讲的"枢纽"一词。

[4] 膏腴:形容土地肥美。《战国策·赵策》有云:"今媪尊长安君之位,而封之以膏腴之地。"贤太守:指蜀太守李冰。

苦雨喜晴，柬黄寿臣制军作

风声招不来，雨声挥不去。
三年游漏天，此漏未尝遇。[1]
我屋十余间，笑啼环妇孺。
移榻时苦烦，颓墙夜尤怖。[2]
长街成断港，水急无处注。
何况洼下区，波澜没荷芋。[3]
南望新津桥，北望赵家渡。
人有其鱼殃，田庐尚遑顾？[4]
大府恻然感，率属祷以步。[5]
一日清风生，二日愁霖住。
三日大开朗，初阳红满树。
想见郊野中，昂头仰羲御。
诚求宜获应，讴颂传行路。[6]
却闻渝涪间，仍多苦旱处。
米价日腾跃，民气尚焦遽。
吴楚久用兵，农器无时铸。
吾蜀幸安晏，征索烦财赋。[7]
天时乃若斯，每饭屡投箸。[8]

题解

诗题下有作者自注"时乙卯六月廿六日"，即作于1855年。黄寿臣制军，即四川总督黄宗汉，此人1855年从浙江巡抚升为四川总督，三月抵达成都，何绍基六月八日向他交印。黄寿臣出于何绍基父亲门下，二人关系甚洽。这是何氏出游峨眉山之前写的一首诗，记载了当年夏天成都特大暴雨引发内涝的情景，城市水患问题古已有之。

诗歌现场

成都。（地图编号：2805）

注析

[1] 漏天：地名，在今四川省雅安县境。杜甫《陪章留后侍御宴南楼得风字》诗云："朝廷烧栈北，鼓角漏天东。"杨伦笺注云："《梁益记》：'雅州西北有大、小漏天，以其西北阴盛常雨，如天之漏也。'"这里代指蜀地。四句诗的意思是，这场雨下得连绵不绝，我到四川三年了，如此暴雨首次遇到。

[2] 四句诗描述自己所住的地方，雨水倒灌入屋，墙体被淋坏，男男女女一大家子搞得极不安宁。

[3] 断港：同别的水流不相通的港汊。荷芋：即四川人所称的芋荷，因其叶似荷，故名。四句诗描述大街成港汊，低洼之处的水更深，连平日里所见的长得高高的芋荷皆被淹没了。

[4] "新津桥""赵家渡"：皆地名，前者代指成都平原岷江出水口，后者代指成都平原沱江出水口。遑顾：不遐顾及。四句诗的意思是，想到岷江沱江泄洪来不及，人的安全都成问题，哪里还顾得上保护田土和房屋！

[5] 大府：即总督黄寿臣。恻然：哀怜或悲伤的样子。两句诗是说总督对百姓在灾害中遭受的苦痛感同身受，率领属下祈祷天晴。

[6] 羲御：同"羲驭"，指驾日车的太阳神羲和。讴颂：歌颂。前四句诗写祈祷天晴所收到的效果。后四句诗的意思是，如果站在郊外，肯定还能抬头看见太阳神羲和，真诚地为百姓祈祷，神自然会显灵，现在百姓对总督你是一片赞颂。

[7] 渝涪：指重庆、涪陵一带。焦遽：焦虑恐惧。四句诗陡然转折，由近到远说现实问题，议论时事，旨在提醒总督老朋友：这场暴雨也怪，只在成都下，重庆涪陵一带骄阳似火，旱情严重；米价不断上涨，百姓依旧焦虑

全蜀江河诗钞（岷江卷）

恐惧，担惊受怕。还有，就是吴楚大地深陷战火多年（指太平天国运动），耕种的事情哪里顾得上。幸好四川无事，但是要筹军饷，要征粮纳税，事情够繁忙的。

［8］投箸：丢下筷子。李白《行路难》诗云："停杯投箸不能食，拔剑四顾心茫然。"最后两句诗作者在大发感慨：这天运这世道如此不堪，这如何是个尽头。每每想到这些，搞得自己连饭都吞不下去。

久不作小字，舟中试为之

平生小真书，古意颇有得。
懒漫渐不禁，求索常苦逼。[1]
终日蟠蛇龙，何曾入规式？
江行意无在，明窗动静墨。[2]
吾臂如生驹，未肯就羁勒。
蜀舸如怒蛟，鼓努敌水力。
两雄不相下，点画难识职。[3]
吾闻草圣书，精诣在楷则。
又闻鲁公书，横平而竖直。
坡老滩行时，作字适忘适。
于彼乎何尤，握腕自叹息。[4]

题解

此诗写于咸丰乙卯（1855）七月何绍基去峨眉山途中。当时顺江舟行，何氏无官一身轻。途中还有感慨："江湖万里心，翩然落双桨。"此行他顺风顺水，初一从成都出发，初三到达嘉州。何氏成为书法大家不是偶然，贵在每日有功课并持之以恒。曾国藩日记中有记载："过子贞，见其作字，真学养兼到。天下事皆须沉潜为之，乃有所成，道艺一也。"

诗歌现场

岷江成都到乐山段。（地图编号：2806）

全蜀江河诗钞(岷江卷)

注析

[1] 真书：字体名，也叫正楷、正书、小楷。懒漫：指个性疏懒散漫。四句诗的意思是我个人平生热爱小楷，对古意是颇有心得的。人的疏懒散漫天性不加约束，要写出好字就非常痛苦。

[2] 蟠：盘伏、盘曲。左思《蜀都赋》云："潜龙蟠于沮泽，应鸣鼓而兴雨。"规式：指书法格式。四句诗的意思是，整日鬼画桃符乱写，怎么可能符合格式要求呢？今天坐船下行，没有其他的事可做，那就索性坐到窗下来写写字吧。

[3] 羁勒：指束缚，马络头。赵元《村居夏日》诗云："羁勒困名马，网罗多珍禽。"鼓努：鼓，激发；努，用力。识职：即得当。韩愈《南阳樊绍述墓志铭》云："既极乃通发绍述，文从字顺各识职，有欲求之此其躅。"六句诗连起来讲，大体意思是：在写字的过程中，我的手臂不听使唤，就像一匹野生的马驹不肯戴上马络头受束缚。我这次写小楷字的感觉，与眼前的这条如蛟龙似的船一样，总想激发出力量去与水力相抗衡。这种对抗的结果肯定不得行，字的点画就很难写得得当。

[4] 草圣：指唐代草书成就最高的书法家张旭。鲁公：对宋代书法大家黄庭坚（字鲁直）的敬称。坡老：对苏轼（号东坡居士）的敬称。何尤：怨恨什么。韩愈《祭十二郎文》："生而影不与吾形相依，死而魂不与吾梦相接，吾实为之，其又何尤！"最后四句诗的大意为：我听说张旭的草书，其精粹在楷书规则；我还听说黄庭坚书法的诀窍，就是强调要横平竖直；东坡当年舟行写字，他的境界达到了"忘适之适"，是一种无需刻意、自然而然的状态。在这方面我还需努力啊，不必怨恨什么，也无须怨恨什么。

双飞桥

水声倒挟风力大,隆隆骇人三里外。
忽讶双龙斗欲飞,鳞甲鬖髿形沛艾。[1]
停舆桥上瞰且怯,知是南北两水会。
争锋迸力作雷雨,跳沫腾空化烟霭。[2]
请君清音阁上坐,聊近茶瓯缓衣带。
此声大有翕绎理,钟鼓鞺鞳兼竽籁。[3]

题解

此诗写于咸丰乙卯(1855)七月何绍基攀登峨眉山时,资料显示他七月四日到达峨眉县,七日登上金顶。双飞桥,即现在峨眉十景之一的"双桥清音",在峨眉山牛心岭清音阁前。岭东有白龙江,岭西有黑龙江,二流汇合处有一状若牛心的褐色大石,名牛心石。石上不远处,有石拱桥二,分跨黑白二水,即双飞桥。

诗歌现场

峨眉山清音阁前。(地图编号:2807)

注析

[1] 双龙:指牛山岭东的白龙江和岭西的黑龙江。鬖髿:意思是龙马发怒而鬃毛奋张貌。沛艾:马头摇动貌。严维《奉和刘祭酒伤白马》云:"沛艾如龙马,来从上苑中。"

[2] 迸力:即拼力。烟霭:云雾,元好问《五松平》诗云:"苍崖入地底,烟霭青漫漫。"

[3] 翕绎:谓音声和谐相续。语本《论语·八佾》:"乐其可知也:始

作，翕如也；从之，纯如也，皦如也，绎如也，以成。"李东阳《绍兴府学乡射圃记》云："将事之日，礼物咸备，笙鼓翕绎，降升有容。"鞺鞳：原是钟鼓象声词，这里形容波涛声。筝籁：指吹筝和箫发出的声音。王安石《白纻山》诗云："峰峦帐锦绣，草木吹筝籁。"

去蜀入秦纪事书怀，却寄蜀中士民（选二）

一

割据营营古蜀州，一隅偏为女郎留。[1]
当时节度争投缟，后代诗人补筑楼。[2]
旧井尚供千汲户，名笺遍染万吟流。[3]
由它壮丽纷祠宇，占断城东十里秋。[4]

二

升庵故里有遗祠，六七冷交来赋诗。[5]
拜杖怜君投异国，谪官幸我际昌期。[6]
闲云出岫知何日？丛桂留人此一时。[7]
寒水半湖秋渐老，残荷疏柳遍离思。[8]

题解

这组诗共计三十二首，写于咸丰乙卯（1855）十月下旬，其时何绍基已经离开四川。这里选取的第一首是写薛涛的，诗中涉及薛涛井、薛涛笺、吟诗楼等。但是，须指出：何绍基所见的薛涛井、吟诗楼等，就在今日成都城东望江公园。明代时，这些在浣花溪一带，曹学佺《蜀中名胜记》有记载："《方舆胜览》云：浣花溪在城西五里，一名百花潭。""（薛）涛侨止百花潭，躬撰深红小彩笺。"诗文后还有自注云："（八月）廿八日，复偕同人茶憩于薛涛井之吟诗楼，楼为嘉庆年间李松云中丞所构。"这首诗寄语蜀中人这一文化传统要珍惜。

第二首诗文后有自注云："朱帖舫携榼追饯于桂湖，吴寿恬、顾幼耕、胡锦田、孙云屏、朱眉君先后至。酒后诗画酣嬉，此日识别。"记载了九月十八

全蜀江河诗钞（岷江卷）

日他不辞而别先赶到新都桂湖，诸位老友追去践行，大家对他是依依不舍的。次日，何氏踏上离蜀路。

诗歌现场

第一首，今成都城东望江公园。（地图编号：2808）
第二首，成都新都区桂湖公园。（地图编号：2809）

注析

［1］割据：分割占据。杜甫《入衡州》云："重镇如割据，权轻绝纪纲。"

［2］节度：指先后任剑南西川节度使的韦皋、武元衡、李德裕、段文昌等，他们都与薛涛有交往。投缟：即投送用以题诗的绢帖。补筑楼：指嘉庆十九年成都知府李松云依据碧鸡坊之吟诗楼而建在城东的建筑，当时诗人董新策有诗称颂。

［3］旧井：即指薛涛井。名笺：即薛涛笺。

［4］纷：众多。祠宇：旧时吟诗楼附近还有雷神庙、方公祠等。

［5］升庵故里：点明地点在新都桂湖。六七冷交：即指关系最好的为他送行的朱帖舫、吴寿恬、顾幼耕、胡锦田、孙云屏、朱眉君。冷交，指交心的朋友。刘濈《和此阳先生感兴诗二十首》诗云："热交但以貌，冷交惟其心。"

［6］拜杖：向皇帝进谏而受廷杖。昌期：兴隆昌盛时期，《乐府诗集·周郊祀乐章》云："高明祚德，永致昌期。"两句诗相对，前句说杨升庵进谏皇帝，被流放他乡；后句说自己因言不慎，被皇帝免官，但是所幸我遇到好时代没被流放。

［7］闲云出岫：是喻己再次出山做官的意思。丛桂留人：将六位前来为他践行的友朋比作桂树。

［8］半湖秋水，满眼残荷，几株柳树，桂湖送别的味道就来了，真是神奇。作者对朋友的不舍，对四川的不舍，朋友们对他的不舍，在这里表现得极为缠绵。

顾复初

顾复初（1814—1896），字幼耕，又字乐余、子远，号罗曼山人、潜叟等。出生于江苏长洲。少时喜读古文，爱吟咏。咸丰初年入蜀；先是寓居泸州为小吏，后得到四川学政何绍基赏识，延聘其入幕，助其按试各地。咸丰六年（1856）后，曾为四川布政使幕僚。此后，相继入完颜崇实、吴棠幕府，均为推重，出入成都将军府与总督府。一生大半光阴生活在蜀中，死后按其遗愿被安葬在新繁龙藏寺。生前与龙藏寺诗僧雪堂禅师关系甚好。清代治水名人大朗禅师是龙藏寺的一代宗师，被朝廷褒封为"静惠"，在向朝廷请赐封号上，顾复初是有功之人。他曾作《敕封静惠禅师祠堂记》，将大朗与李冰相提并论，"夫蜀中水利始于太守李冰，以大朗较之，固不相侔，顾其功效著于三邑，惠泽溢于百年，亦可云溥矣"。

薛涛井

得时红粉亦千秋，万里桥西古井头。[1]
凉月银床萦旧梦，碧云金雁感离愁。[2]
桃花何处寻人面，锦水无情送客舟。[3]
我比司勋才未减，年来肠断过青楼。[4]

题 解

《笺纸谱》记载"涛侨止百花潭，躬撰深红小彩笺"，"晚岁居碧鸡坊，创吟诗楼偃息于上"。百花潭、碧鸡坊在成都城西。以此推测，所谓薛涛井并不在今日城东的望江公园，而是在浣花溪一带。嘉庆十九年（1814），成都知府李松云将薛涛吟诗楼改建到城东，这是薛涛文化相关遗址的搬迁。但是，顾复初明显在写浣花溪的旧址之井，称其在"万里桥西"，是"古井"。这首诗信息量大，由古迹入题，用典甚多，写悲欢离合，从古到今，由人及己。水文化信息也多，有桥有井有客舟。

诗歌现场

成都浣花溪。（地图编号：2901）

注 析

[1] 万里桥：在成都南门外锦江上。蜀汉丞相诸葛亮曾在此设宴送费祎出使东吴，费祎叹曰："万里之行，始于此桥。"该桥由此而得名。这里说薛涛井古井位置在桥西是对的。"得时红粉"一词，表现了顾复初的自负与生不逢时之喟叹，当然他的这种自负无可厚非，但是薛涛作为中国千年诗歌史上的第一位重量级女性歌者，她在当时能把男女之情的书写以及女性独有的阴柔之美带进诗歌领域，这种开创性的贡献恐怕非顾夫子的自负即可轻易撼

全蜀江河诗钞(岷江卷)

动的。

〔2〕银床：指井栏。金雁：用蜀中历史典故，指金雁桥，在成都西南隅，相传张仪筑城时，"水中出金雁，因谓之雁桥"（《方舆胜览》五十一）。成都西南之金雁桥，这个信息再次印证本诗是在写浣花溪之古井。

〔3〕"桃花"句：化用唐代崔护《题都城南庄》："去年今日此门中，人面桃花相映红。人面不知何处去，桃花依旧笑春风"。

〔4〕司勋：指杜牧。作者这里自比风流才子杜牧，说自己在成都也曾处处留情。当然，这里也再次表现出顾复初对自己才艺的自负。

早发新津至眉州

坡公旧桑梓，人说古眉州。[1]
买宅居阳羡，题诗寄子由。[2]
江南吾故里，巴水几归舟。
日暮巡檐立，微茫认女牛。[3]

题 解

此诗写于1855年春初。顾复初随同何绍基按试出游眉州、嘉州等地。他早发新津，舟行到达眉山，触景生情，想到出生于眉山的偶像苏东坡，想到东坡卜居自己的故乡附近的无锡宜兴。作者在大诗人的故里，大诗人在作者的故里。对偶像的崇敬之情、对苏氏兄弟的羡慕之情、对长洲的思乡之情、对爱人的想念之情，一时俱出，恰如一江春水绵绵不绝。

诗歌现场

眉山三苏祠。（地图编号：2902）

注 析

[1] 坡公：对苏东坡的敬称，四川眉山即古眉州，为苏公故里。桑梓：桑树和梓树。古时住宅旁常栽桑树以养蚕，种梓树以制器具。《诗经·小雅·小弁》有云："维桑与梓，必恭敬止。"后借指故乡家园。

[2] 阳羡：地名，在今江苏省无锡宜兴市南。东坡对阳羡山水情有独钟，元丰七年（1084）写诗《次韵蒋颖叔》有自注云："蒋诗记及第时，琼林苑宴坐中所言，且约同卜居阳羡。"元丰八年他果然在宜兴买得庄田，作词《菩萨蛮》云："买田阳羡吾将老，从来只为溪山好。"又在《与王定国书》中写道："近在常州宜兴，买得小庄子，岁可得百余石，似可足食。"子由：苏轼

307

全蜀江河诗钞(岷江卷)

弟苏辙，字子由。

[3] 女牛：指牵牛星与织女星，用典牛郎织女的神话，写自己对远在老家的发妻董霄（咸丰辛酉1861年病故）的想念。

谒三苏祠次东洲旧韵

寒梅破春色，痛饮浣花里。
别来才几日，乱莺声到耳。[1]
吁嗟古之人，相隔仅尺咫。
尚友属后贤，滔滔看江水。[2]
把杯池上酌，奇怀为公起。
却忆青莲乡，屹此三诗垒。[3]
才人例游蜀，绝调乃有几？
要矢忠孝心，勖哉为桀士。[4]

题 解

此诗写于1855年春初。顾复初随同何绍基按试出游眉州、嘉州等地。咸丰癸丑（1853）五月，何绍基第一次按试眉州，有组诗《眉州试毕，敬谒三苏祠》（其四）云："冒雨来眉州，驻节三苏里。西岭木假山，中隔一垣耳。开径仍设门，古贤接尺咫……鸿爪太匆匆，勉矣邦人士。"顾诗题中的"次东洲旧韵"由此而来；当然顾诗也在告诉何绍基"我是亦步亦趋在向您学习"。另外，何绍基对自己的组诗也很满意，咸丰乙丑（1855）四月被解职，七月游峨眉、瓦屋山后再至眉州，又写组诗《至眉州宿三苏祠》，诗题自注云："用癸丑夏初谒苏祠韵。"

诗歌现场

眉山三苏祠。（地图编号：2903）

全蜀江河诗钞（岷江卷）

注析

[1] 前四句讲作者与何绍基交游，才在成都浣花溪看梅痛饮，没过几天又同行到了眉山，大好春光，处处莺声。

[2] 尺咫：《清代诗文集汇编》本为"赤只"，有误，这里据何绍基作品用韵改。尚友：即与古人为友。孟子谓万章曰："以友天下之善士为未足，又尚论古之人。颂其诗，读其书，不知其人，可乎？是以论其世也。是尚友也。"属：应为"嘱"。四句诗信息量大，记二人之间就"东坡和陶"的诗艺进行了探讨。两人都十分推崇敬重苏东坡，而苏东坡又推崇陶渊明，和陶诗为其首创，刘克庄《宋吉甫和陶诗》云："和陶自二苏公始。"舒岳祥《刘正仲和陶集序》云："东坡苏氏和陶而不学陶，乃真陶也"。四句诗表达的意思是：此时此刻，我们与敬仰的古贤相隔如此之近。东坡尚友古人的精神与诗艺精髓被何先生继承了，我对你们的敬仰如这滔滔岷江水。何绍基年长顾氏十多岁，又得其赏识重用，顾氏自然对其敬重。

[3] 青莲：指李白。三诗垒：指苏洵、苏轼、苏辙父子三人。

[4] 才人例游蜀：承继李调元"自古诗人例到蜀"之说。该说法是对四川诗学魅力的高度肯定。类似说法有唐代韩愈的"蜀雄李杜拔"，宋代王之望的"入蜀词人多妙句"等。矢：即誓，如矢志不渝。勖：勉励。桀：同"杰"，杰出的人。后四句表达自己要向古人学习，要向何先生学习，努力成为入蜀的杰出人才。从诗意看得出，顾氏在才情上是比较自负的。

浣花草堂同眉君作

文书如山铃阁清，乍喜今朝能出城。[1]

初江已具海意思，小梅饶有春风情。

野寺撞钟锦官晓，乱云拥日雪山晴。[2]

同君酣醉莫归去，散发披襟歌濯缨。[3]

题解

诗歌写作时间当在 1855 年春初，其时顾复初尚未跟随何绍基按试出城。到眉山时有作品《谒三苏祠次东洲旧韵》云："寒梅破春色，痛饮浣花里。"这首诗"小梅饶有春风情"，物候上相近，地点同在浣花溪。眉君：即其挚友朱鉴成，字眉君，四川富顺人，同治三年举人。顾、朱在当时皆受四川学政何绍基器重。这首诗属于酒席间的唱酬之作，但是也多清新、别致，把初春的锦江水涨，远处的西岭雪山，近处的野寺、寒梅，还有钟声等尽皆带入。天气喜人，水光山色喜人，梅花朵朵亦喜人；繁忙的文牍事务暂搁一边，这种忙里得闲的日子更是喜人。

诗歌现场

成都杜甫草堂。（地图编号：2904）

注析

[1] 铃阁：本为将帅等官的仪仗，后用以指将帅或州郡长官之衙署。这里指何绍基的官署。

[2] 锦官：即锦官城，指成都。乱云拥日雪山晴：妙在把成都东山与西山的晨景生动作了描述。

[3] 散发披襟：是随意自在、无拘无束的作派。《世说新语·德行》注引

王隐《晋书》云:"阮籍嗜酒荒政,露头散发,裸袒箕居。"又《世说新语·文学》云:"王(逸少)披襟解带,留连不能已。"濯缨:洗涤帽子上的缨带,比喻清高自守,或隐居避世。典出《孟子·离娄》:"有孺子歌曰:'沧浪之水清兮,可以濯我缨;沧浪之水浊兮,可以濯我足。'"

嘉定·群山绿绕舟

群山绿绕舟，云树乱春愁。
石势窥人落，江声抱佛流。[1]
古传海棠国，今上读书楼。[2]
缥缈三峨影，飞仙不可求。[3]

题解

此诗为1855年春，作者随何绍基按试乐山时所写。嘉定府，治所在乐山县。今之省属乐山市辖区，基本上是清代嘉定府境。

诗歌现场

四川乐山市。（地图编号：2905）

注析

[1] 春愁：点明时间确实在春日。山、树、石、水全拟人化，使用"绕""乱""窥""抱"四个动词，刻画生动，各尽其妙。前四句显示出顾复初语言的确出神入化，耐人寻味。

[2] 海棠国：典出《酉阳杂俎》，书中云："嘉州海棠色香并胜，犹如香海棠国。"读书楼，即乐山东坡楼，为苏轼当年读书处，在大佛后凌云山顶。

[3] 三峨：指大峨山、中峨山、小峨山，皆在四川峨眉县南。大峨山即峨眉山，其他两山均与峨眉山相连。苏东坡有诗云："三峨吾乡里，万马君部曲。"陆游有诗云："赖有三峨梦，时时到枕中。"

全蜀江河诗钞(岷江卷)

嘉定·复向嘉州载酒游

复向嘉州载酒游,青衣江上放轻舟。[1]

双鸥影里碧山暮,一雁声中黄叶秋。

心与孤云同淡荡,客如残梦小勾留。[2]

东坡已死东洲别,天际峨眉画远愁。[3]

题解

此诗写秋天暮色中的乐山。从诗句看,当为第二次到嘉州。第一次是随何绍基(字东洲)按试乐山,这次到来,何绍基已被免官出川。不同时间,不同人相伴,心境亦大不同。

诗歌现场

四川乐山市。(地图编号:2906)

注析

[1] 嘉州:《清代诗文集汇编》本为"嘉陵"。明显错误。载酒游:用典东坡诗:"生不愿封万户侯,亦不愿识韩荆州。但愿身为汉嘉守,载酒时作凌云游。"

[2] 淡荡:原指春风和煦,这里却包含有淡淡的忧伤和孤独之义。"客如残梦"句:表达的意思是再来嘉州作客,当年的热闹不再,江山依旧,只如残梦一般。

[3] 两句诗继续在追怀第一次来嘉州的热闹,当时与何绍基等性情相同,热议共同的偶像苏东坡,同登读书楼,但是现在何绍基已出川,远在天边。美丽的峨眉绵延到远方,恰如女子修长的眉毛,正是我心中淡淡的忧愁。对照李煜的"恰似一江春水向东流",顾氏的"天际蛾眉画远愁"可谓一种绝妙的翻新。

犍为途次

乍见秋云拥竹关，俄惊凉气到芦湾。
一江带雨全吞岸，万树摇风欲下山。[1]
苍鹘健蹲僧阁住，白鸥乱趁钓舟还。[2]
从知随处皆堪适，只在从容系缆间。[3]

题解

此诗写行舟岷江下游，突然变天，秋雨忽至的景象。犍为：地处四川省乐山市区东南部。途次：旅途半路上，旅途中的住宿处。

诗歌现场

四川乐山市犍为县。（地图编号：2907）

注析

[1] 竹关：用竹子做的拱门，以迎宾。宋代戴复古诗云："昨日分携后，回头望竹关。相亲唯白水，所见但青山。"清代施闰章诗云："出每留僧寺，归应闭竹关。"芦湾：地名。四句诗描绘的情景：秋天大江上，突然之间云垂下来，狂风大作，暴雨忽至。雨濛濛的，很快便看不到江岸。气温也陡降，凉意侵人。

[2] 鹘：鸟名，一种鹰类猛禽。清代俞讷诗云："高台蹲健鹘，荒碛卧明驼。"文孚诗云："原荒蹲健鹘，山暝下牦牛。"僧阁：寺院楼阁，表明作者躲雨住宿的江岸有寺庙。两句诗中心词的顺序应为：僧阁蹲健鹘，钓舟趁乱鸥。因照顾格律对仗，变成"苍鹘健蹲僧阁住，白鸥乱趁钓舟还"。描述的情景是：大雨当中，江边寺庙阁楼上蹲有健鹘，钓鱼船归，群鸥翻飞左右。

[3] 随处皆堪适：即万事随缘、用行舍藏、随遇而安之义，是旧时士大

全蜀江河诗钞(岷江卷)

夫处世态度。《论语·述而》云:"子谓颜渊曰:'用之则行,舍之则藏。唯我与尔有是夫。'"

汶 川

绵虒西去导江东，土俗华夷控御同。[1]

山色秾堆牛背上，溪声乱入马蹄中。[2]

绳桥官路通区脱，板屋人家似小戎。[3]

今日车书皆混一，无人更说赞皇功。[4]

题解

此诗应为作者去汶川办理边事时作，写清代后期岷江上游景致及风土民情。当时的松茂古道，交通仍以马帮为主。顾氏 1861 至 1871 年为成都将军完颜崇实幕僚，松潘建昌道文武大权归将军管理。

诗歌现场

四川阿坝州汶川县。（地图编号：2908）

注析

[1] 绵虒：今四川汶川县西南绵虒镇。土俗：风土习俗。控御：亦写作"控驭"，统治，驾驭。

[2] 秾：花木厚。牛背：这里应指山体如牛背。

[3] 区脱：亦作"瓯脱"，读音同，汉时匈奴筑土室以守边，叫区脱，此指沿途的哨所。张孝祥词《六州歌头》云："隔水毡乡，落日牛羊下，区脱纵横。"板屋：木板搭建的房子。《汉书·地理志》云："天水、陇西山多林木，民以板为室屋。"明王士性《广志绎》云："宝鸡以西盖屋咸以板，用石压之，《小戎》曰'在其板屋'，自古西戎之俗然也。"清代岷江上游，板屋也多。小戎：车厢较小的兵车。

[4] 车书皆混一：意指"车同轨书同文"。两句诗对清代实行的"改土归流"实现民族融合给予了赞赏。

全蜀江河诗钞（岷江卷）

灌　口

西上岷峨路百盘，筹边楼倚碧云端。[1]

满城山翠泊朝爽，入市江声生暮寒。[2]

井络星辰萦白帝，离堆祠庙列苍官。[3]

膏腴开出华阳国，嗣禹神功古不刊。[4]

题解

此诗应为作者去汶川办理边事过灌口（今日都江堰市）时所作。当时顾氏为成都将军完颜崇实幕僚，松潘建昌道文武大权归将军管理。

诗歌现场

四川都江堰市。（地图编号：2909）

注析

[1] 筹边楼：唐文宗大和四年（830）十月李德裕出镇西川节度使，次年秋在成都西郊修建专为筹划边事的楼阁，故名。后泛指与边事相关的楼阁为筹边楼。

[2] 爽：明朗，清凉。两句诗写当时都江堰明亮清朗的晨景与晚吹江风的凉爽。

[3] 井络：井宿的区域，按星宿分野在岷山。《河图括地象》云："岷山之精，上为井络。帝以会昌，神以建福。"白帝：五天帝之一，主西方。《灵枢·阴阳二十五人》云："金形之人，比于上商，似于白帝。"苍官：松柏的拟人称谓。典出唐代樊宗师《绛守居园池记》："又东骞穹角池，研云曰柏，有柏苍官青士拥列，与槐朋友。"后人用为典实，如辛弃疾有词句云："门外苍官三百辈，尽堂堂、八尺须髯古。"

[4] 嗣：继也。不刊：指不容更动和改变，引申为不可磨灭。两句诗称赞李冰开凿都江堰造就天府之国，是承继大禹治水而成的伟业，从古到今永不可磨灭。

双流道中

雨后春鸠不住啼，桃花开遍笮桥西。[1]
都官正放离堆堰，一路秧针绿斩齐。[2]

题解

从诗句判断，此诗写于农历三月桃花开的时期。顾氏对当时都江堰水利工程灌区的认知是到位了的。诗歌写成都平原雨后景，把水利史带入，纵向横向开阔，有感慨，有称赞，有对当下的满足，有对美好未来的憧憬。

诗歌现场

成都双流区。（地图编号：2910）

注析

[1] 春鸠：即斑鸠，又作班鸠，是各类斑鸠属鸟的通称，这里应专指杜鹃。笮桥：以竹索为之，主要用在河流绝壁无以渡越之处，起源甚古，与笮人有关。这里是成都平原野外见到的。成都锦江之上旧时也有叫"笮桥"的，《太平寰宇记》云："桥在州西四里，亦名夷里桥，又名笮桥，以竹索为之，因名。"陆游《夜闻浣花江声悲壮》云："浣花之东当笮桥。"

[2] 都官：即都水官，专管水利事务。这个职位从秦时开始设立，不仅朝廷中设有，郡府中也设有。都江堰出土的东汉时期李冰石像，现陈列在伏龙观，该石像铭文中即有"都水掾尹龙"。此人即是蜀郡太守府内专门负责水利的掾吏。离堆堰，即现在所称的都江堰水利工程。斩齐：很整齐的意思。

离堆谒伏龙观

蜀西无地但有山，江出灌口如堕悬。
奔雷轶电不可遏，离堆正屹咽喉间。[1]
离堆之大不数亩，江水洄漩入其口。
有若怒马受衔，杵投臼。
长箭在筈，户安纽。
树有枝柯，人股肘。[2]
大逾池沼小瓮缶，左则左之右则右。[3]
漫以堤堰使水匀，泄以湃阙令水走。[4]
酌盈剂虚分寸间，万古神功祠太守。[5]
太守有儿号二郎，才能佐父皆封王。[6]
父老犹能说遗事，虞初大半成荒唐。
堆上巍峨伏龙观，岂有孽龙烦逐窜。
君看江水大奔腾，何异蜿蜒下云汉。
乃知伏水即伏龙，水归其壑龙藏宫。[7]
英豪有时待驾驭，恩害自古相雌雄。[8]
遂使华阳作天府，只有丰稔无荒凶。
暮雨灵旗互出没，前弓后种来雍容。[9]
百年黔首苦秦暴，三尺元珪继禹功。[10]
球马至今犹拱北，铁犀终古不朝东。[11]
跻堂祈谷岁时遍，叠鼓传芭士女同。[12]
我来凭高一纵览，古事茫茫生百感。
是谁浪凿象鼻崖，太息狂澜岁劳撼。[13]

全蜀江河诗钞（岷江卷）

题 解

原题下有作者自注："时新筑堤堰，计糜帑十二万金"。根据史实，晚清都江堰的大修发生在光绪三年（1877）十二月初到次年三月中旬，主持该项工程的是丁宝桢，工程包括全河工段"七十里"、鱼嘴、人字堤、桥梁等，共耗银129945余两。其时，顾氏虽然不再是总督幕府，但对整个工程的修建、引发的质疑与争论及丁宝桢所遭受的各种委屈应该非常清楚。此诗当写于光绪六年（1880），因为此年丁宝桢有奏章提及象鼻崖被凿事。

诗歌现场

都江堰景区伏龙观。（地图编号：2911）

注 析

[1] 写岷江出山，因地势有落差，故水势浩大，水声如奔雷，水急如闪电。

[2] 写离堆面积不大，但是作用很关键。水到这里，好比怒马愿意戴笼头和水勒接受控制，好比把杵与臼相配能自由发挥其作用。好比已把长箭固定在拉开的弦上一样，好比把门轴安插在臼形器可自由转动。好比大树分出枝柯，好比人体分出股和肘。

[3] 写进入宝瓶口的水任意再分，大水门如池如沼，小水门如瓮如缶。

[4] 漫：水满向外流。匀：调匀、分让。泄：排泄。湃阙：指内江河道旁侧开的泄水口。

[5] 酌：舀取。欧阳修《归田录》云："以杓酌油沥之。"济：《清代诗文集汇编》刻本为"剂"，有误。太守：指李冰。

[6] 皆封王：因开凿都江堰治水功高，宋代封李冰为"广济王"，增塑其子李二郎像，元时封其父子为"圣德广裕英惠王"和"英烈昭惠显圣仁佑王"，清代封其父子为"敷泽兴济通佑王"和"承绩广惠显英王"。二王庙亦由此而来。

[7] 虞初：西汉小说家，河南洛阳人。其所作《周说》据应劭说"以《周书》为本"，共计943篇，原书失传。《太平御览》引应劭《风俗通》三则，其中有讲李冰"斗江神"的神话故事，清代初期人认为是虞初佚文。蜿蜓：《韵会》云："蜿蜿，龙状也。"《类篇·虫部》云："蜿蜓，龙貌。"顾氏在这里认为虞初之流的小说家之言，包括李冰"擒孽龙"的神话并不可靠；那奔腾的岷江水，才是天上来的龙，所谓伏龙就是治水。八句诗表现出诗人广博的知识、丰富的想象力与朴素的唯物史观。

[8] 雌雄：表示是相对的。两句诗的意思是，水好比英雄豪杰，有时需要更好地驾驭才好，水利水害自古以来就是相对的。

[9] 灵旗：指李冰祠内的旗帜，伏龙观内也有。《灵异记》卷四云："蜀朝庚午年夏，大雨……灌口堰上，夜闻呼噪之声，若千百人……李冰祠中，所立旗帜皆湿。"前胥后种：胥，指伍子胥；种，指文种。《吴越春秋》有云："吴王赐子胥剑，遂伏剑而死。吴王乃取子胥尸，盛以鸱夷之器，投之于江中……子胥因随流扬波，依潮来往，激荡崩岸。"又云："越王葬（文）种于国之西山……葬七年，伍子胥从海上穿山胁而持种去，与之俱浮于海。故前潮水潘侯者子胥也，后重水者大夫种也。"这里用以形容眼前的岷江波涛汹涌。两句诗表达的意思是有李冰神一样佑护，波涛汹涌的岷江水到了这里变得雍容大方。

[10] 黔首：古代对老百姓的称呼。秦统一六国后，决心使域内百姓服从于中央的一切号令，曾规定以十月朔为岁首，衣服旗饰崇黑，纪数尚六，庶民以黑巾包头，号为"黔首"。元珪：《史记·夏本纪》云："帝（舜）赐禹玄珪，以告成功于天下。"《竹书纪年》沈约附注云："禹治水既毕，天赐元珪，以告成功。"

[11] 球马：《堤堰志》云："都江口旧有石马埋滩下，凡穿淘必以离堆石为准，号曰水则"。铁犀：古人用以镇水之物，最初是石犀。《华阳国志·蜀志》记载李冰治水"作石犀五头以厌水精"。明代弘治年间，都江堰分水处亦铸铁犀，《铁牛记》云："牛凡二，各长丈余，首合尾分，如人字状，以其锐迎水之冲。"

[12] 跻堂：登堂。《诗经·豳风·七月》云："跻彼公堂，称彼兕觥，

万寿无疆。"叠鼓：指轻轻地快速击鼓或击鼓声。《文选·谢朓〈鼓吹曲〉》云："凝笳翼高盖，叠鼓送华辀。"李善注云："小击鼓谓之叠。"传芭：古代祭祀时，舞者手执香草，相互传递。《楚辞·九歌·礼魂》云："传芭兮代舞。"王逸注云："芭，巫所持香草名也……巫持芭而舞讫，以复传与他人更用之。"

[13] 句后有自注："某观察凿象鼻崖，今水直啮堆跟，势将崩裂。近大兴工作在对面堤上筑小坝七，以缓水势，将来当岁为防制，不可废矣。"这里所谓"象鼻崖"指今日玉垒山斗犀台下的三道绝壁，其下山石被某观察凿去，顾氏在这里没有点名，经考证指的是同治三年署成绵道的何咸宜修工时所为。丁宝桢光绪六年四月的奏章中谈起过此事。

泛玻璃江

初秋木落水增波，载酒人来发棹歌。[1]
小艇凌风吹玉笛，大江受月似银河。
但余云树微微影，疑有星辰一一过。
我欲乘风便归去，人间回首太情多。[2]

题解

玻璃江：《嘉庆四川通志》卷十九《舆地志·山川》有云："眉州直隶州：玻璃江，在州东门外，即岷江，一名蟆颐津。"本诗为作者初秋夜舟行过眉州时所写。作者仿佛置身天上，这种浪漫主义的体验与写法在清诗中并不多见。

诗歌现场

四川眉山市。（地图编号：2912）

注析

[1] 载酒人：用典东坡诗："生不愿封万户侯，亦不愿识韩荆州。但愿身为汉嘉守，载酒时作凌云游。"诗句从侧面看出，作者是顺江而下，去往乐山。棹歌：行船时唱的歌。

[2] 两句诗直接用东坡词句"我欲乘风归去，又恐琼楼玉宇，高处不胜寒"。两人都是热爱人间烟火味的，真是隔代知音。

全蜀江河诗钞（岷江卷）

伏龙观作

伏龙观下伏龙桩，终古涛声万马撞。[1]
无数青山拦不住，放他东去作长江。[2]

题解

从《清代诗文集汇编》刻本信息看，此诗系咸丰同治年间作者去汶川办理边事归来过都江堰时所作。光绪四年（1878）三月中旬之后所写《离堆谒伏龙观》，有承继此诗的地方，如"伏水即伏龙"。在顾氏看来，所谓"龙"就是指岷江。

诗歌现场

都江堰景区伏龙观。（地图编号：2913）

注析

[1] 伏龙桩：从李冰降服孽龙之神话而来，全属诗人臆想。两句诗看似平淡，实则写了神话，写岷江就是那被拴在离堆下的孽龙，千百年来它野性尚在，波涛汹涌回旋在伏龙观下，犹如万马奔腾冲撞着一切。水声、水势、水工程、水景观、水利史都在其中。

[2] 两句诗的意思是，岷江这条龙穿越万重青山来到这里，它是拦不住的，最终我们还得放它滚滚东去。

归至灌口（三首）

其一

青城山翠过江来，灌口斜阳烟树开。
万叠暮云平到地，行人正上斗鸡台。[1]

其二

手凿离堆惠泽长，膏腴开出古华阳。
才能过父殊佳事，我愿生儿似二郎。[2]

其三

春树连山绿万重，人家都住水声中。
今季共道田禾好，多买鸡豚赛赵公。[3]

题解

此诗系咸丰同治年间作者去汶川办理边事归来过都江堰时所作。顾氏当时为成都将军完颜崇实的幕僚。

诗歌现场

都江堰景区斗犀台。（地图统一编号：2914）

注析

[1] 斗鸡台：《都江堰水利述要·游地纪略》云："斗鸡台，在灌县城西，传即李冰令士民挟弓矢助斩孽龙处。一称斗犀台。"

[2] 这首诗写到李冰父子的治水之功，笔调有些轻松，也联想到己身，

战乱带来的家难已过去多个年头,重组的家庭正温馨,又燃起顾氏香火续传的念想。

[3] 赵公:一说秦时得道的"赵公元帅",道教尊奉的财神,相传他能驱雷役电,除瘟禳灾,主持公道,求财如意;一说隋朝嘉州太守赵昱,有道术,斩蛟治水,被封川主。从诗句看,顾氏所谓赵公指财神。

清白江楼

卷帘来朝霞，俯槛纳秋爽。[1]

烟浮满城树，风落诸天想。[2]

沧洲望何遥，雪岭见或倘。[3]

悠悠怀赵公，清白符心赏。[4]

题 解

此诗选自顾氏所写组诗《新繁东湖园池诗》，原组诗有题注云："程小松大令祥栋所葺。"写作时间应在工程完工之后的1864年，时在初秋。程祥栋与顾氏皆为江苏人，二人走得很近。清白江楼：程祥栋创建此建筑，目的在于纪念宋代的赵抃。其治蜀政绩优异，曾行船湔江上说："吾志如此江清白，虽万类混淆其中，不少浊也。"于是湔江得名清白江。

诗歌现场

今成都新都区新繁镇东湖公园。（地图编号：2915）

注 析

[1] 秋爽：指秋日凉爽之气。骆宾王《送宋五之问得凉字》诗云："雪威侵竹冷，秋爽带池凉。"

[2] 诸天：为诸位护法天神之简称，是用以状写西山的，这个比喻顾复初是首创，而且他自己也很满意，十多年之后，他写《新繁道中》又将此再次进行发扬，诗云："大山纯作诸天色，落日如含万古情。"想：《清代诗文集汇编》刻本为"想"，有误，应为"像"。

[3] 沧洲：远离尘俗的山水清游之处，古时常用以称隐士的居处。陆游词《诉衷情》有云："心在天山，身老沧洲。"

全蜀江河诗钞(岷江卷)

[4] 赵公：对赵抃的敬称。诗句最后有自注："赵抃过此江，曰吾心清白亦如此江，江因以名。"

东湖观荷和黄子寿彭年兼简晓菘(选三首)

一

处处清渠细榖生,平畴雨足稻垂茎。
水车自转无人管,闲作风箮揭尾声。[1]

二

红衣翠盖影参差,侵晓被衿步曲池。
领受初秋清气味,满天风露落星时。[2]

三

凉波不动晚霞晴,剪烛西窗蟋蟀鸣。
恨少潇潇一夜雨,万荷叶上听秋声。[3]

题解

该组诗写在咸丰乙丑(1864),时在初秋。这里围绕水文化主题选读其中三首。黄彭年:字子寿,道光丁未进士,1862年随父入骆秉章戎幕,1865年5月入秦,后官至湖北布政使。晓菘:有写为"小松"者,即程祥栋,江苏泰州人。和:即唱和。

诗歌现场

今成都新都区新繁镇东湖公园。(地图编号:2916)

注析

[1]"风箮""揭尾":皆指乐器。揭尾,应为"焦尾",古琴名,相传汉

末蔡邕路过一地，闻有人焚烧桐木爆声音甚佳，遂求其余木作琴，因名焦尾琴。两句诗状写在新繁看到筒车扬水的景象，犹如风簧、焦尾琴发出的乐音。

[2] 侵晓：拂晓。这首诗写大清早步游东湖赏荷花，红花绿叶好不壮观。时在初秋，早凉，满天风露，须得披上衣襟才好。天边尚有残星可见。

[3] 剪烛西窗：用典李商隐《夜雨寄北》诗："何当共剪西窗烛，却话巴山夜雨时。"这首诗状写顾氏与朋友东湖相聚看荷花，境况与前贤李商隐所见多么相似，一汪秋池，知心友朋两三人，秉烛夜谈，何等快慰。所恨的是没有潇潇风雨声，如果有，那就雨落荷塘秋声更醉人。

龙藏寺纳凉赠雪堂和尚同子寿作（选一）

竹里危楼楼下江，江声绕竹响淙淙。[1]
绿荫深处红尘断，面面风来面面窗。[2]

题解

该诗写在咸丰乙丑（1864），时在初秋。当时龙藏寺多栽竹，溪水潺潺，水生态环境好。雪堂和尚（1824—1900），法名释含澈，俗姓支，龙藏寺名僧，与顾氏关系甚好。子寿，即黄彭年，道光丁未进士，1862年随父入骆秉章戎幕，1865年5月入秦，后官至湖北布政使。同：亦称同韵，和诗的一种，和诗与被和诗同属一韵，但不必用其原字。

诗歌现场

今成都新都区新繁镇龙藏寺。（地图编号：2917）

注析

[1] 危楼：高楼。淙淙：流水的声音。
[2] "面面风来"句：王安石《金山寺》诗云："数重楼枕层层石，四壁窗开面面风。忽见鸟飞平地起，始惊身在半空中。"

全蜀江河诗钞（岷江卷）

龙藏寺感旧有述赠雪堂禅师（选一）

诗僧云坞后，复读雪公诗。
设榻延居士，传衣得导师。[1]
水流花放处，风定月明时。
应有三生石，微吟某在斯。[2]

题解

诗题下有原注"时光绪元年三月"，点明了写作时间在1875年。雪堂禅师（1824—1900），法名释含澈，俗姓支，龙藏寺名僧。

诗歌现场

今成都新都区新繁镇龙藏寺。（地图编号：2918）

注析

[1] 作者自注云："雪公之师为云坞，今雪公之徒星槎、汉阶、竹生、月波诸人，复皆能诗，衍其宗风。"云坞和尚（1785—1848），名崇远，字性明，四川新繁（今新都）何氏子，道光年间主持龙藏寺，工诗善书。

[2] 作者自注云："余为内子觅地，蒙雪公以吉壤见赠，在寺之南原，筮期于今年十月用事，余亦并营生圹。"《华阳县志》记载："先是顾复初续娶凌波女史，颇极爱玩之乐，女史盛年凋谢，复初葬之新繁龙藏寺，自为生圹且题华表云：美人名士一抔土，西蜀东吴万里魂。闻者悲其意焉。"三生石：是用典唐代袁郊《甘泽谣》所讲的故事，表达生死轮回，因缘前定。故事长，恕不录。这种观念源自佛教，只不过到了唐代具化成了一块石头而已。光绪元年，顾氏夫人凌波女史去世，从这首诗看得出，二人情深，好在顾氏已看破生死，才有达观之想，但其对亡妻的思念依旧很浓。

题新繁费此度先生先世遗垅图（四首）

其一

湔江流水鸣溅溅，中有哭声如杜鹃。
两卷荒书读不得，那堪重到费家阡。[1]

其二

大江流汉直趋海，蜀客旅吴长忆家。
孤艇何年得归去，清明望断野桃花。[2]

其三

广汉升庵尚有祠，眉州不改瑞莲池。
都无孙子供香火，凭仗乡人为护持。[3]

其四

江南扰扰几烽烟，芜绝苏台好墓田。
自署饭庐山下客，离家我已廿三年。[4]

题解

费此度（1623—1699），名密，号燕峰，新繁（今属四川新都县）人。明末战火起，曾受聘为明将杨展的幕僚。1652 年费氏一家六人离蜀逃难，辗转多年，寓居扬州府泰州郊野。与江南文人学士广泛交游，王士禛曾读费氏《朝天峡》诗句"大江流汉水，孤艇接残春"，为之拍案叫绝，并诗赠费氏称赞这句诗"十字须千古"。费氏在外思乡情浓，请大画家石涛根据自己的描述画过一幅《繁川春远图》。康熙末期费锡璜（此度次子）回新繁拜扫祖墓，

全蜀江河诗钞（岷江卷）

了结祖孙三代这段感人至深的对故土的思念情。遗垅，即遗冢，元代孛术鲁翀《范坟》诗云："我来访遗垅，名姓存依稀。"经考证，这组诗写于同治壬申（1872）。诗题由编者裁剪，原题为"题新繁费此度先生先世遗垅图为雪堂禅师邓星梧上舍作"。

诗歌现场

今成都新都区新繁镇。（地图统一编号：2919）

注析

[1] 第一首：作者有自注云："荒书先生所作，载张献忠乱蜀本末。"这里提及的《荒书》，即费密所写的编年史《荒书》，起自明崇祯三年（1630），止于清康熙三年（1664），纪录张献忠乱蜀过程。阡：通往坟墓的小道，杜甫《敌武卫将军挽词》之三有云："哀挽青门去，新阡绛水遥。"这首诗写得哀怨沉痛，历史与现实的纠缠，湔江流淌千古，子规啼哭千古，历史不堪回首，尤其是兵荒马乱带来的伤痛与记忆最为沉重。四句诗，非常有力，带给后人以无尽的思考，我们身下这片热土，何处是归处？另外，顾氏也在借费氏家族的故事浇自家块垒，因为晚清的历史也极为不堪，顾氏江苏老家毁在战火中，两儿一媳一女丧生，夫人逃到上海也撒手西去，当年费氏一家离蜀逃难寓居江苏，而两百多年后的他呢？离苏避难入蜀寓居多年。两相对比，历史的血酬定律再现，顾氏的沉痛正在这里，他终究是无解的，故而哀怨。

[2] 第二首：作者有自注云："先生既迁吴，子虞廷尝返蜀省墓，有繁江春远图。"这里的"虞廷"有误，回乡省墓的费锡璜，字滋衡，号苏生；繁江春远图应为"繁川春远图"。费锡璜省墓后有诗《题繁川春远图》云："五十年前似此图，老亲泪眼记模糊。即今野草重兵火，留得桃花有几株。"其诗序云："《繁川春远图》写新繁先垅，自松柏之外，有桃花数里，春色烂漫，多游人车骑。乱后，祖父来江北，五十年无人拜扫，大人手布此图，石涛写色焉。"顾氏看《繁川春远图》，不仅写图中景，还化用了费密的名句"大江流汉水，孤艇接残春"。"大江流汉直趋海"既写费氏逃难出蜀路径，又表达了

对前贤的敬仰之情。当然，整首诗也寄寓了顾氏的思乡情在其中，只不过未挑明而已。

［3］升庵：即明代大诗人杨慎。瑞莲池：眉山三苏祠水景观，明代曾誉为眉州八景之首，这里用以借代纪念苏氏父子三人的三苏祠。

［4］这首诗在就个人身世、经历与费氏做对比。明末与清末，何其相似，顾氏江苏老家遭逢太平天国运动碾压，烽烟不绝，而且还是重灾区。芜绝：荒芜断绝。南朝江淹《恨赋》有云："望君王兮何期，终芜绝兮异域。"苏台：即姑苏台，相传为春秋时吴王阖庐所筑，这里用以借指苏州。"饭庐山下客"中的"庐"当指吴王阖庐，这几个字用得云淡风轻，实则沉痛，因为顾氏1850年就离家漂泊在外，咸丰初入蜀，持续十余年的太平天国运动爆发，江苏老家尽毁，二十多年间故乡反倒成了他乡。另外，由此诗推断，这组诗应写于同治壬申（1872）。

新繁道中

沱水潺潺绕县城，繁田漠漠与云平。[1]

大山纯作诸天色，落日如含万古情。[2]

版籍已更秦户口，牲牢犹奉禹神明。[3]

不须丁令归来语，愁听年年杜宇声。[4]

题解

此诗收在《乐余静廉斋诗稿续集》，应是光绪初年的作品，写沱江流域新繁黄昏景致。落日辉映下，远处一座座大山肃穆如护法天神，近处流水潺潺，原野水田漠漠。在杜鹃声声中，诗人感慨脚下这片神奇的土地千百年来养育了无数代人，文化璀璨夺目，虽然不是故乡又胜似故乡，正是安身之所在。诗中还蕴含水利史水文化信息两处，一是大禹"岷山导江，别水为沱"；二是文翁治水，拓展都江堰灌区。

诗歌现场

今成都新都区新繁镇。（地图统一编号：2920）

注析

[1]漠漠：形容广大空旷而沉寂。繁田：出自文翁治水历史故事"穿湔江口，溉灌繁田千七百顷"。由此可见，新繁作为都江堰灌区重要组成部分的历史是非常悠久的。

[2]诸天：为诸位护法天神之简称，佛教用语。成都平原地理结构独特，一座座大山横亘在西边，水出高原，青白江由西向东穿过新繁大地。作者在这里把所见的黄昏景致描绘成了大美的西天极乐世界，晚霞如佛光，山如诸天神，他为此感慨此地正是自己的归宿之处。另外，这从侧面反映了此时此

刻诗人已经醉心佛教多年。

［3］版籍：古代户口册籍通称。《周礼·秋官·司民》云："司民，掌登万民之数，自生齿以上，皆书于版。"郑玄注曰："版，今户籍也。"上古时无纸，户口登记只好在写木板上，故户口册籍称"版""版籍"或"板籍"。贾岛《送南康姚明府》诗云："版籍多迁客，封疆接洞田。"牲牢：祭祀用的牲畜。《诗经·小雅·瓠叶》毛序云："上弃礼而不能行，虽有牲牢饔饩，不肯用也。"郑玄注曰："牛羊豕为牲，系养者曰牢，熟曰饔，腥曰饩，生曰牵。"

［4］丁令归来语：是在讲杜鹃叫声像"不如归去"。两句诗表达的意思是，自己已认新繁为故乡，现在身心都已归来，杜鹃就不必再反复催促"不如归去"了。

清明至龙藏寺

巷陌家家插柳枝，幽人不厌踏青迟。[1]

僧窗听雨初无梦，野服寻春合有诗。[2]

药径花台流水外，云容山态晚清时。[3]

天然便是安心法，妙义拈来问导师。[4]

题解

诗题下有作者原注"丙子"，点明了写作时间在光绪二年（1876）。作者此行是来龙藏寺为凌波女史扫墓。凌波女史，范氏，光绪乙亥（1875）正月去世，五月六日安葬在龙藏寺。

诗歌现场

今成都新都区新繁镇龙藏寺。（地图统一编号：2921）

注析

[1] 插柳枝：是中国民间清明时避邪驱鬼的习俗。《齐民要术》卷五中说："正月旦取杨柳枝著户上，百鬼不入家。"佛经中称柳为"鬼怖木"。《灌顶经》称观音以柳枝沾水普度众生。民谚有云："清明不戴柳，红颜变皓首。""清明不戴柳，死后变黄狗。"柳条既可插于门楣，亦可装饰在其他地方，如轿顶、头顶等。清人杨韫华《插柳枝》诗云："清明一霎又今朝，听得沿街卖柳条。相约比邻诸姊妹，一枝斜插绿云翘。"幽人：即隐士、君子，《周易·履卦》云："履道坦坦，幽人贞吉。"又孔稚珪《北山移文》云："或叹幽人长往，或怨王孙不游。"这里是在说自己，当然也有自勉的成分在，这种做法在古诗词中多有，如苏轼"惟见幽人独往来，缥缈孤鸿影"。

[2] 野服：乡野之人的衣服，便服。马戴《寄广州杨参军》有云："身

方脱野服,冠未系朝簪。"

[3] 两句诗写龙藏寺及周边环境,适合出世隐居。近处的"药径花台",流水潺潺,远处清幽的山色与天色,这一切既是写实,也是在写顾氏的心中景,表明他已愈发钟情于脚下的这片土地。

[4] 安心法:达摩祖师所传禅宗又叫心宗,世人称其为安心法门。苏轼《次韵子由寄题孔平仲草庵》诗云:"逢人欲觅安心法,到处先为问道庵。"苏辙《雪中会饮李悴钧东轩三绝》诗云:"欲求初祖安心法,笑我醺然已半酣。"妙义:微妙的义理。梁简文帝《请幸同泰寺开讲》云:"被微言于王舍,集妙义于宝坊。"清吴伟业诗云:"稽首香花岩,妙义足今古。"导师:这里指龙藏寺主持雪堂禅师。

又一绝

天彭晴色晓崔嵬,百道溪声绕足来。[1]

行到寺门人不见,一株山杏倚墙开。[2]

题解

此诗与光绪丙子所作《清明至龙藏寺》为同期作品,紧跟其下,故称"又一绝"。诗写新繁龙藏寺清明晨景,朝阳中远可见高高的西山,寺庙周围的田野,流水潺潺,水系发达;寺庙墙边的杏花,正开得热闹。

诗歌现场

今成都新都区新繁镇龙藏寺。(地图统一编号:2922)

注析

[1] 天彭:即天彭山,又称彭门,在今四川彭州市西北。崔嵬:高峻、高大之义。李白《蜀道难》有云:"剑阁峥嵘而崔嵬,一夫当关,万夫莫开。"

[2] 寺门:指龙藏寺庙门。

附录

《茅屋为秋风所破歌》新解

谢祥林

[摘要] 文章从杜诗名篇《茅屋为秋风所破歌》旧解读体系存在的硬伤说起，通过将史实与诗文的象征意义进行比对，讲清文中的典故，指出《茅屋为秋风所破歌》本质是记事诗，所记的是唐玄宗上元元年秋被幽禁西内的政治事件。文章还就可能会引发的学术争议，进行了阐释；并明确指出对"茅屋秋风破"做出新解，不仅于诗人"诗圣""诗史"的形象毫发未损，反倒更能彰显出杜甫草堂精神的可贵，更能看出其不朽的价值。

[关键词] 唐诗；杜甫；草堂；茅屋；新解

《茅屋为秋风所破歌》（本文所引杜诗皆出自：谢思炜：《杜甫集校注》，上海古籍出版社 2015 年版），是流传千古的杜诗名篇。千百年来，研究者甚多，主流看法都以为这是由己推人，讲诗人对劳苦大众深表同情的一首作品。迄今为止尚未有人能够联系当时的史实、政治冲突、诗人的处境以及家国情怀来解透过此诗。笔者不揣谫陋，斗胆对该诗进行全新解读。主张该诗为事而作，所写为上元元年发生的一起政治事件——唐玄宗被幽禁西内。面对肃宗政治集团公然破坏人伦、纲纪，诗人在痛愤中发出国将不国的呐喊，祈祷大唐的文化精神"风雨不动安如山"，寄希望于更多人才（即"士"阶层）得到重用，推动风雨飘摇的大唐重新走向复兴。

一、千年旧解读体系的两大硬伤

旧解读体系的第一硬伤：存在对村野孩童的极端否定态度。诗中云："南村群童欺我老无力，忍能对面为盗贼。""欺""忍""对面""盗贼"这样刺眼的词语，用于特殊主客体之间，以表现有慈爱之心的大人对儿童的关照，令人费解。诗歌表达出来的对立性，与矛盾的不可调和性非同一般，诗人对"南村群童"极端厌恶，简直是在破口唾骂。这与杜诗其他篇章，所表现大人对儿童的态度完全两样，如对待自家儿女，有"平生所娇儿，颜色白胜雪"（《北征》），"老妻画纸为棋局，稚子敲针作钓钩"（《江村》），"昼引老妻乘小艇，晴看稚子浴清江"（《进艇》），"休怪儿童延俗客，不教鹅鸭恼比邻"（《将赴成都草堂，途中有作，先寄严郑公五首》）等，慈爱舔犊之情，溢于言表。对待别人家的儿女，"昔别君未婚，儿女忽成行。怡然敬父执，问我来何方"（《赠卫八处士》），"惯看宾客儿童喜，得食阶除鸟雀驯"（《南邻》），幼吾幼以及人之幼，亦多柔情似水。另外，本诗中还有"布衾多年冷似铁，娇儿恶卧踏里裂"，"恶""踏"之用字，分明少了慈爱舔犊之情味。

旧解读体系的第二硬伤：诗人只是在同情和关怀区区寒士。在中国古代，士归士，农归农，商归商，管子曾讲到"士农工商四民者，国之石民也"[①]，荀子亦云"大儒者，天子三公也。小儒者，诸侯大夫士也。众人者，工农商贾也"[②]。对于诸子言论谈及的民众常识，杜公应该非常清楚，但为何其诗会写成"安得广厦千万间，大庇天下寒士俱欢颜"？只是把其广博的同情心和怜惜之情，献给了那个时代极为小众的"寒士"？

如何看待千年旧解读体系存在的这两大硬伤呢？那就至少有一种可能，当前相沿成习的解读和看法并不可靠，确有必要重新审视解读此诗。杜诗难解，这是不言而明的。杜甫本人在世时，也曾担心他的诗被当时人轻易读懂。他在草堂诗《晚情》篇中讲到"村晚惊风度，庭幽过雨沾。夕阳薰细草，江色映疏帘。书乱谁能帙，杯干可自添。时闻有余论，未怪老夫潜"。这首诗首联讲"惊风度"，意味深长。到底是什么风吹过，能让他感到大吃一惊？诗人在尾联说出答案："时闻有余论，未怪老夫潜"。这是在用典《后汉书·王符传》说话，王符"志意蕴愤，乃隐居著书三十余篇，以讥当时失得，不欲彰

[①] 黎翔凤撰，梁运华整理：《管子校注》，北京：中华书局2004年版，第400页。
[②] 王先谦撰，沈啸寰、王星贤点校：《荀子集解》，北京：中华书局1988年版，第172页。

显其名，故号曰《潜夫论》。其指讦时短，讨谪物情，足以观见当时风政。"[1]杜公写这首诗是在761年，他已经察觉到自己来成都后所写的诗篇，包括《茅屋为秋风所破歌》在内，在当时已引起议论，并传到了他耳边。难怪他会大吃一惊，因为他最担心人家懂得背后的真正含义是在"讥当时失得"。事实上，他的成都草堂诗大多应该是用以记事的，只不过许多秘密尚有待破解而已。可以这样讲，杜甫当年的草堂诗，因为特殊的人生遭遇和处境，他在写作时必须"潜"下去，故意让人不能轻易读懂。他的草堂诗是写给自己和有缘人看的，是写给千百年之后的读者看的。五百年不遇知音，那就再等五百年，等到地老天荒也在所不惜，这应该就是杜公当时的写作心态。一个能耐得住如此天大寂寞的灵魂，不服不行。

二、新解《茅屋为秋风所破歌》

茅屋为秋风所破歌

八月秋高风怒号，卷我屋上三重茅。茅飞渡江洒江郊，高者挂罥长林梢，下者飘转沉塘坳。南村群童欺我老无力，忍能对面为盗贼。公然抱茅入竹去，唇焦口燥呼不得，归来倚杖自叹息。俄顷风定云墨色，秋天漠漠向昏黑。布衾多年冷似铁，娇儿恶卧踏里裂。床头屋漏无干处，雨脚如麻未断绝。自经丧乱少睡眠，长夜沾湿何由彻！安得广厦千万间，大庇天下寒士俱欢颜，风雨不动安如山。呜呼！何时眼前突兀见此屋，吾庐独破受冻死亦足！

笔者在这里拟采用中国传统学术方法对该诗展开解读。先谈笔者观察到的历史事件，再进行题解，再进行文本分析。

---

[1] 范晔撰，李贤等注：《后汉书》，北京：中华书局1965年版，第1630页。

全蜀江河诗钞（岷江卷）

【历史事实】唐玄宗上元元年秋被幽禁西内

（一）《旧唐书·肃宗纪》：

> 七月己丑朔。丁未，上皇自兴庆宫移居西内。丙辰，开府高力士配流巫州；内侍王承恩流播州，魏悦流溱州；左龙武大将军陈玄礼致仕。①

（二）《新唐书·肃宗纪》：

> 七月丁未，圣皇帝迁于西内。②

（三）《资治通鉴·唐纪》：

> 上皇爱兴庆宫，自蜀归，即居之。上时自夹城往起居，上皇亦间至大明宫。左龙武大将军陈玄礼、内侍监高力士久侍卫上皇。上又命玉真公主、如仙媛、内侍王承恩、魏悦及梨园弟子常娱侍左右。上皇多御长庆楼，父老过者往往瞻拜，呼万岁，上皇常于楼下置酒食赐之；又尝召将军郭英义等上楼赐宴。有剑南奏事官过楼下拜舞，上皇命玉真公主、如仙媛为之作主人。
>
> 李辅国素微贱，虽暴贵用事，上皇左右皆轻之。辅国意恨，且欲立奇功以固其宠，乃言于上曰："上皇居兴庆宫，日与外人交通，陈玄礼、高力士谋不利于陛下。今六军将士尽灵武勋臣，皆反仄不安，臣晓谕不能解，不敢不以闻。"上泣曰："圣皇慈仁，岂容有此！"对曰："上皇固无此意，其如群小何！陛下为天下主，当为社稷大计，消乱于未萌，岂得徇匹夫之孝！且兴庆宫与闾阎相参，垣墉浅露，非至尊所宜居。大内深严，奉迎居之，与彼何殊，又得杜

---

① 刘昫等：《旧唐书》，北京：中华书局1975年版，第259页。
② 欧阳修、宋祁：《新唐书》，北京：中华书局1975年版，第163页。

绝小人荧惑圣听。如此，上皇享万岁之安，陛下有三朝之乐，庸何伤乎！"上不听。兴庆宫先有马三百匹，辅国矫敕取之，才留十匹。上皇谓高力士曰："吾儿为辅国所惑，不得终孝矣。"

辅国又令六军将士，号哭叩头，请迎上皇居西内。上泣不应。辅国惧。会上不豫，秋，七月丁未，辅国矫称上语，迎上皇游西内，至睿武门，辅国将射生五百骑，露刃遮道奏曰："皇帝以兴庆宫湫隘，迎上皇迁居大内。"上皇惊，几坠。高力士曰："李辅国何得无礼！"叱令下马。辅国不得已而下。力士因宣上皇诰曰："诸将士各好在！"将士皆纳刃，再拜，呼万岁。力士又叱辅国与己共执上皇马鞚，侍卫如西内，居甘露殿。辅国帅众而退。所留侍卫兵，才尪老数十人。陈玄礼、高力士及旧宫人皆不能留左右。上皇曰："兴庆宫，吾之王地，吾数以让皇帝，皇帝不受。今日之徙，亦吾志也。"是日，辅国与六军大将素服见上，请罪。上又迫于诸将，乃劳之曰："南宫、西内，亦复何殊！卿等恐小人荧惑，防微杜渐，以安社稷，何所惧也！"刑部尚书颜真卿首帅百寮上表，请问上皇起居。辅国恶之，奏贬蓬州长史。

癸丑，敕天下重稄钱皆当三十，如畿内。

丙辰，高力士流巫州，王承恩流播州，魏悦流溱州，陈玄礼勒致仕；置如仙媛于归州，玉真公主出居玉真观。上更选后宫百余人，置西内，备洒扫。令万安、咸宜二公主视服膳；四方所献珍异，先荐上皇。然上皇日以不怿，因不茹荤，辟谷，浸以成疾。上初犹往问安，既而上亦有疾，但遣人起居。其后上稍悔寤，恶辅国，欲诛之，畏其握兵，竟犹豫不能决。[1]

按：除上面所引三则史料外，在李辅国、高力士、张皇后等人的传记中也有对此事的记载。张皇后也是该历史事件的幕后人之一。这在唐代历史中，

---

[1] 司马光撰：《资治通鉴·唐纪三十七》，北京：中华书局2007年版，第2729 - 2730 页。

全蜀江河诗钞（岷江卷）

绝对算得上一起政治大事件，是新老皇帝两派政治势力之间的公开对抗，而且诉诸武力，动了干戈，作为有"诗史"称谓的杜甫，不可能不记一笔；从人伦角度来讲，肃宗将老皇帝打入冷宫，是为大不孝，有违儒家道统，作为有"诗圣"称谓的杜甫，不可能视而不见。

【题解】该诗写于上元元年（760）八月。茅屋，乃解题之关键，这里是在用典尧帝"茅茨不翦"的故事。《韩非子·五蠹》云："尧之王天下也，茅茨不翦，采椽不斫。"①《史记·太史公自序》云："墨者亦尚尧舜道，言其德行曰：堂高三尺，土阶三等，茅茨不翦，采椽不刮。"② 杜公一生"致君尧舜上"，在该诗中即以尧之"茅茨"为秋风破，来说唐玄宗从自己的"王地"兴庆宫，被胁迫迁居西内之事。全诗以玄宗口吻讲这一政治事件。当然，"茅屋"在全诗中必然有更深的象征喻义在其中，代表儒家道统、先王法度、国家神器等。茅屋为秋风破，即常说的"礼乐崩坏"。

【注析】

八月秋高风怒号，卷我屋上三重茅。茅飞渡江洒江郊，高者挂罥长林梢，下者飘转沉塘坳。

"八月秋高"句：八月，讲成都时间，非长安时间。唐玄宗被迫迁西内，时在七月丁未，即760年7月19日。成都获知该消息，一般要滞后一个月左右。以安史之乱后一事为例，据史料，756年七月甲子肃宗灵武登基，八月癸巳灵武特使到成都，玄宗"始知皇太子即位"。灵武到成都，特使单程费时整整三十天。杜甫写"八月秋风"既是事实，又有意在制造错觉，以免让人直接产生联想。

"茅飞渡江"句：茅飞渡江，喻指玄宗被迫迁西内之事，闹得纷纷扬扬，

---

① 高华平等译注：《韩非子》，北京：中华书局2015年版，第200页。
② 司马迁：《史记》，北京：中华书局2006年版，第759页。

全国皆知。这里的两个"江"字,非实指成都浣花溪,而是代指全国上下。这个特殊的喻义,在杜甫诸多草堂诗篇中皆可看出端倪,笔者另有专论。

长林:非指所谓高大树木,而是在综合用典司马相如《长门赋》与《上林赋》,喻指老皇帝玄宗被幽居西内,等同被丢进冷宫。高者:代指玄宗。罥:系捕捉鸟兽之网,喻指玄宗被幽禁。

下者飘转:喻指侍奉玄宗的高力士、王承恩、魏悦被流放,陈玄礼被强制致仕,如仙媛被置归州,玉真公主出居玉真观,旧宫人被解散;刑部尚书颜真卿也受牵连被贬四川蓬州。

> 南村群童欺我老无力,忍能对面为盗贼。公然抱茅入竹去,唇焦口燥呼不得,归来倚杖自叹息。

"南村群童"句:南村,非指成都草堂附近的村落,而是直指唐朝尚书省(别称南省)。《新唐书》讲述宦官李辅国胁迫玄宗迁居西内后:"以功迁兵部尚书,南省视事,使武士戎装夹道,陈跳丸舞剑,百骑前驱,府衙设食,太常备乐,宰相群臣毕会。"[①] 何等的风光与不可一世!这从侧面印证该政治事件,确是李辅国邀功固宠所为,且尚书省也有染。群童,此处代指这群小人,这群乱臣贼子,非真正乡村顽童也。难怪宅心仁厚的杜甫会非常愤怒,骂他们为一群"盗贼"。我,表明诗人确实在以玄宗口吻说事。此年杜甫49岁,失去皇权的老皇帝玄宗76岁,真是老了,再无回天之力。

"公然抱茅"句:茅,此处是在用典《诗经·小雅·白华》[②],以玄宗口吻诉说被幽禁西内的哀怨,诗云:"白华菅兮,白茅束兮。之子之远,俾我独兮。英英白云,露彼菅茅。天步艰难,之子不犹。"诗中还云:"鼓钟于宫,声闻于外。念子懆懆,视我迈迈。有鹙在梁,有鹤在林。维彼硕人,实劳我心。"这就引申开来了:"有鹙在梁"喻小人当道,"有鹤在林"喻忠臣被贬。当然,"茅"还象征国家公器,因为在古代"茅"为祭祀宗庙所用,《周礼·

---

① 欧阳修、宋祁:《新唐书》,北京:中华书局1975年版,第5881页。
② 程俊英、蒋见元:《诗经注析》,北京:中华书局1991年版,第729-733页。

春官》："男巫"条有云：旁招以茅"①；《史记·宋微子世家》讲微子献祭周武王"左牵羊，右把茅"②。

最后两句写老皇帝玄宗诉说自己在这场公开的、动了干戈的政治斗争中，差点自身难保；只有认栽，倚杖叹息。上引《资治通鉴》有云："上皇日以不怿，因不茹荤，辟谷，浸以成疾。"

  俄顷风定云墨色，秋天漠漠向昏黑。布衾多年冷似铁，娇儿恶卧踏里裂。床头屋漏无干处，雨脚如麻未断绝。自经丧乱少睡眠，长夜沾湿何由彻！

"俄顷风定"句：是在讲述玄宗被迫迁西内政治事件犹如疾风暴雨，来得快去得也快。当年七月丁未发生武力胁迁事，丙辰高力士、王承恩、魏悦等被流放，前后仅仅十天时间。由此可见，李辅国预谋此事，显非一日之功。这起政治事件发生之后，李辅国势力在朝中一手遮天，整个大唐昏黑一片。

"布衾多年"句：布衾，用典黄香"扇枕温席"的故事，批评肃宗对玄宗不孝。黄香温席，后来入《三字经》，成为"二十四孝"之一，家喻户晓。其原典出自《东观汉记·黄香传》："（香父）况举孝廉，贫无奴仆，香躬亲勤苦，尽心供养，冬无裤被，而亲极滋味。暑即扇床枕，寒即以身温席。"③"多年"是老账新账一并算，肃宗当初灵武私自登基已属大不孝，后来排斥玄宗旧臣房琯等，现在又怂恿李辅国胁迫老皇帝迁西内，这些都是严重背离儒家道统的做法。《孝经·孝治章》有云："子曰：昔者明王之以孝治天下也。"④肃宗贵为天子，与先贤黄香相比差得太远，这种公然不守儒家道统的做法，杜甫岂能忍受，岂能视而不见！"娇儿"分明代指唐肃宗。杜公在痛斥肃宗作恶，肆意践踏礼法制度。杜公当初千里流放成都，就因为他坚守儒家

---

① 孙诒让：《周礼正义》，北京：中华书局1987年版，第2072页。
② 司马迁：《史记》，北京：中华书局2006年版，第233页。
③ 刘珍等撰：《东观汉记》，北京：中华书局1987年版，第763页。
④ ［唐］李隆基注，［宋］邢昺疏：《孝经注疏》，上海：上海古籍出版社2009年版，第83页。

道统，质疑肃宗政权的合法性，肃宗自然对其恨之入骨。

"床头屋漏"句：屋漏，非指一般意义上的房屋漏雨，而是指古代室内西北角供神位的地方。《尔雅·释宫》云："西北隅谓之漏。""释曰：云'诗曰：尚不愧于屋漏'者，《大雅·抑》篇文也。《郑笺》云'尚无肃静之心，不惭愧于屋漏，有神见人之为也。屋，小帐也。漏，隐也。礼：祭于奥，既毕，改设馔于西北隅，而厞隐之处，此祭之末也。'"① 这里的意思很明显，是在谴责肃宗不孝，破坏纲常，愧对列祖列宗。

雨脚如麻：亦非指一般意义上的雨下得密集，而是继续在谴责肃宗放逐贤臣。雨，是"旧雨新知"之"雨"，熟典，出自"魏文侯期猎"的故事。杜甫流放成都前，已经用过此典，杜诗《述怀》序云："秋，杜子卧病长安旅次，多雨生鱼，青苔及榻，常时车马之客，旧，雨来，今，雨不来。"成语"旧雨新知"由此诞生。"麻"字，极关键，用典《诗经·王风·丘中有麻》②，诗云："丘中有麻，彼留子嗟。彼留子嗟，将其来施施。"《毛诗序》云："思贤也。庄王不明，贤人放逐，国人思之而作是诗也。"连起来讲，是在谴责多年来肃宗对玄宗旧臣房琯、张镐、严武、贾至等人进行排斥和打击，包括本次西内事件遭贬的颜真卿。他们的被贬，就如雨点一般从天落地，一个接着一个。他们都是杜甫的旧相识，性情志趣相投。

"自经丧乱"句：丧乱，指安史之乱。老皇帝玄宗安史之乱后，从成都回到长安，肃宗表面上对父亲极尽孝道，实则处处防范老皇帝及其旧势力，其处境一直不好。被迁西内，更受打击，这个情况大概在当时是人尽皆知的，并口耳相传到后世。近半个世纪之后，白居易写《长恨歌》时即云："西宫南苑多秋草，宫叶满阶红不扫。梨园弟子白发新，椒房阿监青娥老。夕殿萤飞思悄然，孤灯挑尽未成眠。迟迟钟鼓初长夜，耿耿星河欲曙天。鸳鸯瓦冷霜华重，翡翠衾寒谁与共？"③ 这段诗句，可谓对玄宗幽禁西内的生活作了最为

---

① [晋]郭璞注，[宋]邢昺疏，十三经注疏整理委员会整理：《尔雅注疏》，北京：北京大学出版社2000年版，第138页。

② 程俊英、蒋见元：《诗经注析》，北京：中华书局1991年版，第216-218页。

③ 白居易著，朱金城笺校：《白居易集笺校》，上海：上海古籍出版社1988年版，第660页。

生动、细致、形象的描述。当然，这里的"长夜"漫漫，诗人还赋予了它更深层次的喻义，他是在感慨整个大唐、整个国家自安史之乱以来，便陷入茫茫的长夜之中，根本不知道何时是个尽头！

> 安得广厦千万间，大庇天下寒士俱欢颜，风雨不动安如山。呜呼！何时眼前突兀见此屋，吾庐独破受冻死亦足！

"安得广厦"句：广厦，是在灵活用典"野人献曝"的故事。《列子·杨朱》云："昔者宋国有田夫，常衣缊黂，仅以过冬。暨春东作，自曝于日，不知天下之有广厦隩室、绵纩狐貉。顾谓其妻曰：'负日之暄，人莫知者，以献吾君，将有重赏。'里之富室告之曰：'昔人有美戎菽，甘枲茎芹萍子者，对乡豪称之。乡豪取而尝之，蜇于口，惨于腹，众哂而怨之。其人大惭。子此类也。'"[①] 这个典故，后世衍生出"美芹""曝芹""献芹""炙背""负暄"等词语；在杜诗中多有运用，成为熟典。如"献芹则小小，荐藻明区区"（《槐叶冷淘》），"凛冽倦玄冬，负暄嗜飞阁"（《西阁曝日》），"炙背可以献天子，美芹由来知野人"（《赤甲》），等等。这里杜甫是在借用老皇帝玄宗的口吻说事，自然不能等同于"野人献曝"，而应直奔主题，强调如何帮助国家走出困境，走出漫漫长夜，救民间疾苦于危难之中。老皇帝所献的，就应该是"广厦隩室、绵纩狐貉"，为对应"茅屋"，故单取"广厦"一词。由此可见，"广厦"不应拘泥理解为建筑物，而是指建设性意见，意见的宗旨就是：千万千万要重视人才，重用当时"士"这类人。要用好他们，而不是排挤他们，那么大唐就有复兴的希望，国家才会"风雨不动安如山"。

"呜呼"句：依旧借用老皇帝的口吻说话：如果我的愿景能够实现，大唐走向复兴，国家重新兴盛起来，那么我幽居西内受点委屈又算得什么呢？史料显示，老皇帝玄宗与肃宗之权斗，玄宗的确要深明大义得多，大局观更强。这次被迫迁居西内，他说过一段话："兴庆宫，吾之王地，吾数以让皇帝，皇

[①] 杨伯峻撰：《列子集释》，北京：中华书局2012年版，第226-227页。

帝不受。今日之徙，亦吾志也。"①息事宁人，以安抚左右。至德元年，七月甲子肃宗私自灵武登基，八月癸巳玄宗才知此事，但是远在成都的老皇帝却能以大局为重："喜曰：'吾儿应天随人，吾复何忧！'"事后第四日（丁酉）即下制天下，改称太上皇；事后第六日（己亥），他又"命韦见素、房琯、崔涣奉传国宝玉册诣灵武传位"②。

三、有关本次新解的相关问题阐释

《茅屋为秋风所破歌》新解一出，定会引起争议，现就相关问题阐释如下，敬请方家批评指正。

（一）如何看待杜甫草堂诗"真事隐"风格

杜诗"真事隐"风格，不完全体现在草堂诗中，只是草堂诗体现得更明显更集中更突出而已。这种诗风，沿袭和传承的是《诗经》《楚辞》之技法。给读者所见的只是冰山一角而已，真正的事实真相全在诗文背后。在笔者目前的视野中，杜甫草堂诗许多篇章皆可做出新解，如《杜鹃行》《石犀行》《石笋行》《卜居》《草堂即事》《楠树为风雨所拔叹》等。且看《草堂即事》，诗云："荒村建子月，独树老夫家。雾里江船渡，风前径竹斜。寒鱼依密藻，宿鹭聚圆沙。蜀酒禁愁得，无钱何处赊。"该诗写于上元二年十一月。所记何事呢？其实杜公在首联下即有自注："上元二年建子月壬午朔，上受朝贺，如正旦仪，以其月为岁首。"由此可见，此诗所记就是朝廷的改元改历事，《新唐书》载，九月壬寅下诏"去'上元'号，称元年，以十一月为岁首"③。也就是说杜公早知此年十一月初一朝中会有改历大典。新历新年当天，他的心情寥落，即兴写下此诗。推断这个自注是后来收到长安消息才补注的。许多注家研究此诗，没看见自注，都不知道全诗在讲何事。清代黄生点评"题曰'即事'，诗中竟无一事，不过借一诗以纪'建子月'三字耳"，"全诗

---

① 司马光撰：《资治通鉴·唐纪三十七》，北京：中华书局2007年版，第2729－2730页。

② 司马光撰：《资治通鉴·唐纪三十四》，北京：中华书局2007年版，第2691－2692页。

③ 欧阳修、宋祁：《新唐书》，北京：中华书局1975年版，第164页。

觉得字字冰冷","极写其寥落之概,含蓄深永,抱慨无穷"①。显然黄生未见作者自注,即使见了,估计也会不明诗中到底在写何事。结合史实、杜甫自注与其处境看,当时朝廷改元改历,绝对大事一件。从"自注"看长安确有盛典,而且热闹非凡,极其隆重,而他却偏处成都郊外,冰冷独处,"抱慨无穷"确是真实的心理写照。但冰冷之中,依旧有寄寓在其中。理解此诗,最关键在第三联"寒鱼依密藻,宿鹭聚圆沙",表面写景,实则在献祭与祝福朝中的"建子月"大典。寒鱼密藻,用典周天子献鱼求福、祭祀于宗庙的乐歌《诗经·周颂·潜》②,诗云:"猗与漆沮,潜有多鱼……以享以祀,以介景福。"《毛诗序》云:"冬荐鱼,春献鲔也。"郑《笺》云:"冬鱼之性定;春鲔新来。荐献之者,谓于宗庙也。"时在十一月,正是冬季,杜公的祝福所可献者,恰为"寒鱼"。另外,还用典周天子建都镐京宴饮天下的乐歌《诗经·小雅·鱼藻》③,诗云:"鱼在在藻,有颁其首。王在在镐,岂乐饮酒。"鹭聚圆沙,另有版本为"雁聚圆沙"。这里以"鹭"讲才合诗人本意,因为杜公此处是在用典《诗经·周颂·振鹭》之"振鹭于飞,于彼西雝"④,讲宋微子朝周助祭之事,以鹭之纯白与优雅比微子,美其仁德,亦以此喻自己,勉励自己。《史记·宋微子世家》云:"微子曰:'父子有骨肉,而臣主以义属。故父有过,子三谏不听,则随而号之;人臣三谏不听,则其义可以去矣。'于是太师、少师乃劝微子去,遂行。周武王伐纣克殷,微子乃持其祭器造于军门,肉袒面缚,左牵羊,右把茅,膝行而前以告。于是武王乃释微子,复其位如故。"⑤ 由此看来,杜甫多次因谏触怒肃宗,终被流放,但他对于君臣关系的和解是抱有幻想的。他甚至幻想可以像微子一样在京城举行大典时肉袒请罪,君臣重归于好。

(二)杜甫入蜀真相:非辞官而是被流放

要洞悉杜甫草堂诗"真事隐"风格形成的根本原因,就必须懂得杜甫入

---

① 黄生撰,徐定祥点校:《杜诗说》,合肥:黄山书社1994年版,第143页。
② 程俊英、蒋见元:《诗经注析》,北京:中华书局1991年版,第963-964页。
③ 程俊英、蒋见元:《诗经注析》,北京:中华书局1991年版,第702-704页。
④ 程俊英、蒋见元:《诗经注析》,北京:中华书局1991年版,第958-959页。
⑤ 司马迁:《史记》,北京:中华书局2006年版,第233-234页。

蜀的真相：非辞官也，而是被流放。流放之人，属于戴罪之身，随时可能小命不保，杜公不曲写，不"真事隐"，又将如之何？关于杜甫入蜀流放论，笔者不敢掠美，国内目前已有学者破了此题。论文题为《杜甫华州去官是弃官还是流放》[1]，作者张起、邱永旭。在二位教授的考证过程中，笔者有幸参与相关细节讨论。文章亮点甚多，讲清了研究杜甫，如果对"华州事件"的认知"上升不到'流放'的程度，则难以解释透彻杜诗，难以解释清楚杜诗前后诗风的重大转变"。文章举例《草堂即事》，其详解由笔者完成，已在前文给出。文章揭示了杜甫华州去官的真相，揭示了杜甫与肃宗的君臣恩怨，文章最重要的结论是：杜甫在房琯事件中，"从儒家伦理出发，反对肃宗清洗旧臣，以疏救房琯表达对玄宗的支持，继而引发对肃宗擅自继位的质疑。因此，杜甫被肃宗罢官，再流放陇蜀，直至代宗继位，才得以复官。"这个结论，虽然尚有可商榷之细节，但是"流放陇蜀"之说是可靠的。

支撑杜甫"流放陇蜀"说，还可以参看邓小军教授的《杜甫疏救房琯墨制放归鄜州考》（分上下篇载《杜甫学刊》2003 年一二期）。邓文亦亮点颇多，一是讲清了肃宗朝士大夫清流与浊流之争；二是讲清了唐代"三权分立"的政治制度设计，即"中书起草权、门下审查批准权、皇帝审查批准权"。三是讲清了肃宗墨制放归杜甫的实质。邓文虽然没有明确说出华州之后也是放逐，但是讲清了肃宗第一次对杜甫的处罚已相当严重，"诏三司推问杜甫一事的性质和实情是，杜甫疏救房琯已经构成肃宗交付三司会同审问的大案……杜甫本人已经成为肃宗交付三司会审的囚徒"，"肃宗已经表示了要杀杜甫的旨意"。第二次处罚即为墨制放归鄜州。第三次处罚是出为华州司功参军。第四次处罚即为"流放陇蜀"，这次处罚可能也是肃宗"墨制"所为，不具有合法性，故不见于正史。

支撑杜甫"流放陇蜀"说，还可以从情理上来分析。一，杜甫如果是辞官避乱，完全可以就地躲入秦岭，隐在深山，毋需千里迢迢拖家带口到成都。二，杜甫如果是辞官避乱，他入蜀，完全可以直接投靠时在彭州的高适或者

---

[1] 张起、邱永旭：《杜甫华州是弃官还是流放》，《中州学刊》2022 年第 11 期，第 137－146 页。

汉州的房琯。如果要独立，居成都城内不是更好、更安全么？何必自讨苦吃幽居城外浣花溪。恰恰是流放，是戴罪之人，他身不由己，得听从当局安排，不准其住城内，只能荒居郊外以便定时点卯。三，杜甫如果是辞官避乱，则生计应与普通百姓一样，早出晚归耕读传家，种豆南山，而事实却不是这样。草堂诗中题为《为农》者，却与农事不相干。还有诗句"衰年催酿黍，细雨更移橙"，貌似与农事相关，实则另有所托。这里的"黍"用典"黍离之悲"，表杜公许多年来的忧国忧民，表自己对大唐王朝受重创的伤心，不为人理解，"知我者，谓我心忧；不知我者，谓我何求"（《诗经·王风·黍离》）①。这里的"橙"属柑橘类水果，用典屈原《橘颂》，以橘自比，表自己一心忠君爱国，"深固难徙""独立不迁"②。两句诗所讲之事为：国难当头，黍离之悲催人老；风雨飘摇，流放未改我初心。

（三）"茅屋秋风破"新解更能彰显草堂精神

　　杜甫草堂诗"真事隐"风格，是本人有意为之。他的精神世界真是太隐蔽了，上面的鸟兽草木鱼虫，虽非事实真相，但已足够迷醉世人千万年。今天我们来揭秘杜甫的精神世界，还原《茅屋为秋风所破歌》所记的真实事情，这不仅于"诗圣""诗史"的形象毫发未损，反倒更能彰显杜甫草堂精神的可贵，更能看出其不朽的价值。

　　杜甫被流放成都，这种政治打击是致命的，对于他的人生来讲毫无疑问是至暗时段。一、他由皇帝肃宗的近臣一夜之间变为戴罪之身，从天堂滑入地狱，落差极大，而且是硬着落；二、打击他的人地位至高无上，一言九鼎，君要臣死，臣不得不死，他不仅身不由己，而且无力反抗，无力回避；三、他和皇帝肃宗的恩怨不可解，他的活着与存在，直指肃宗的人伦大节问题，直指肃宗政权的合法性问题；四、按照张起、邱永旭教授《杜甫华州去官是弃官还是流放》的结论——"杜甫被肃宗罢官，再流放陇蜀，直至代宗继位，才得以复官"，换句话说，肃宗到死都没有原谅杜甫，如果该结论属实，肃宗

---

① 程俊英、蒋见元：《诗经注析》，北京：中华书局1991年版，第194页。
② 朱熹撰，黄灵庚点校：《楚辞集注》，上海：上海古籍出版社2015年版，第125页。

流放杜甫到成都相当于判他无期徒刑，这一处罚可称得上绝对的高维打击。杜甫离开成都到夔州前，官阶"检校工部员外郎"，已经升官而不是复官，已经彻底走出人生的至暗时段。至于到云安，糖尿病发，最后出蜀飘零至死，那是病痛的折磨问题，需另当别论。

通过新解杜甫草堂诗代表作《茅屋为秋风所破歌》，笔者认为提炼草堂精神大有必要。成都经历是杜公人生至暗时刻，他身不由己，无法选择，无法逃避。他勇敢面对现实，面对绝境，经历了非一般的精神折磨，最终实现了凤凰涅槃，成就了中国诗歌的第一高峰。成都才是他的封圣之地，草堂诗才是他的巅峰之作，这一点是毋庸置疑的，这一点也是他自己谈出来的，他在成都新津有感而发"诗应有神助，吾得及春游"（《游修觉寺》），说明当时写作状态非常之棒；他在草堂看水，脱口而出"为人性僻耽佳句，语不惊人死不休"（《江上值水如海势聊短述》），说明当时个人创作的语言艺术境界，已经达到他认为的最高层次；他飘在成都之外想念家人，又有诗云"诗是吾家事，人传世上情"（《宗武生日》），如果杜公当时的写作状态和作品质量不高，能自信自豪到如此程度么？

关于杜甫的草堂精神，这里作一初步的归纳与提炼，求教于方家。

一是杜甫在人生至暗时刻，坚持勇毅前行。在唐代，流放官员，半途自杀者多有。杜甫遭受高维打击，等同于被宣判无期徒刑，但是他不悲观，不绝望，不轻生，勇敢面对，勇毅前行。"窃攀屈宋宜方驾"，他诗学屈原的香草美人技法，并推陈出新，但是没有走到屈氏投江的绝路上去。他在草堂时，精神世界受到的折磨非同一般，但是他留给我们的诗句，就普通人懂得的字面意义上讲绝对是美的，比如"晓看红湿处，花重锦官城"（《春夜喜雨》），"两个黄鹂鸣翠柳，一行白鹭上青天"（《绝句四首》），"细雨鱼儿出，微风燕子斜"（《水槛遣心二首》），"云掩初弦月，香传小树花"（《遣意二首》），"无数蜻蜓齐上下，一双鸂鶒对沉浮"（《卜居》），"风含翠筱娟娟净，雨裛红蕖冉冉香"（《狂夫》），等等。他在草堂的人情世故也很美，有"黄四娘家花满蹊，千朵万朵压枝低"（《江畔独步寻花七绝句》），"惯看宾客儿童喜，得食阶除鸟雀驯"（《南邻》），"肯与邻翁相对饮，隔篱呼取尽余杯"（《客至》），"昼引老妻乘小艇，晴看稚子浴清江"（《进艇》），"戏假霜威促山简，须成一醉习池回"(《王十七侍御抡许携酒至草堂奉寄此诗》),"老妻画纸为棋局,稚子敲针作钓钩"(《江村》),等等。

二是杜甫在人生至暗时刻,赤子之心不改。杜甫流放成都,遭受致命的政治打击。他最初也难以接受,有失魂落魄的时候,他从屈原《招魂》诗吸取营养,让自己的身心安顿下来,写出富有纪念意义的诗句"三月桃花浪,江流复旧痕"(《春水》)。桃花浪,一说桃花水。徐坚《初学记》卷三引《韩诗章句》云:"'溱与洧,方涣涣兮。'谓三月,桃花水下时。郑国之俗,三月上巳,此水招魂续魄,袚除不祥之故也。"①《后汉书·礼仪上》云:"是月上巳,官民皆洁于东流水上,曰洗濯袚除,去宿垢疢,为大洁。"② 两句诗的意思是,又到三月上巳节,桃花水来,河道旧痕(水利学上称为"消落区")重新被淹没。流放幽居的日子,让我失魂落魄,现在终于借桃花水为自己招了魂续了魂。他一生要"致君尧舜上,再使风俗淳"。在草堂诗中,他明确表示不做"迎风燕""逐浪鸥",他自比"稷"与"契",自比陈仲子、宋微子、陆通、傅咸等贤人,他对儒家精神与道统的坚守,即使人生落到最低处,也没有放弃。在《茅屋为秋风所破歌》中,他说"床头屋漏无干处",用典"不愧屋漏"批评肃宗,说明他本人也是无愧于心的。

三是杜甫在人生至暗时刻,位卑不忘忧国。自安史之乱以来,一直到这次玄宗被幽禁西内,大唐可谓内忧外患不断,不可阻挡地滑入一百多年未遇之大变局的泥沼,整个国家处于风雨飘摇之中。杜甫的反应,不是王维、张钧、张垍等人的那种变节,也从未干过助纣为虐的事情。

杜公是非分明,恩怨分明,有敢为大义献身的精神,流放到成都后,已是戴罪之身,但做人的本色不改,位卑不忘忧国。为了大唐的复兴,他可以献身,他并非贪生怕死之人,他在《茅屋为秋风所破歌》中讲到"吾庐独破受冻死亦足",也就是说,"苟利国家生死以"之宝贵精神,从来就不是后世英杰才有的品质。段子璋叛乱,他坚决反对;曾有恩于他的徐知道叛乱,他坚决谴责。他反对当时的一切乱臣贼子,在《茅屋为秋风所破歌》中,他痛

---

① 徐坚等著:《初学记》,北京:中华书局1962年版,第46页。
② 范晔撰,李贤等注:《后汉书》,北京:中华书局1965年版,第3110页。

骂李辅国等人为"小人"与"盗贼"。

他心心念念大唐的复兴，就连天子肃宗（《荀子》云："大儒者，天子、三公也。"）都已经不守儒家道统，整个国家的顶层都已乱透了，在如此糟糕的情况下，他也依旧没有放弃，而是在《茅屋为秋风所破歌》中借玄宗的口吻，呼喊千万千万要重视人才，重用当时"士"这类人。从新解的《茅屋为秋风所破歌》看得出，这首诗的层次非常清楚：第一段说玄宗被幽禁西内，第二段说干此蠢事的罪魁祸首，第三段说问题的严重性——肃宗不孝引发全面的"礼乐崩坏"，第四段呼吁解决问题，强调重视人才，大唐才有走出困境的可能，民众才会看到复兴的希望。杜公在这首诗中，表达出来的家国情怀，其基本逻辑是：国家安宁，则民众有望；危难之际，"士"不可倒。

当然，士要有士的精神，士要有士的担当。从古到今，那些危难之际缺乏家国情怀者，事到临头贪生怕死、唯利是图者，平常日子胸无大志、苟且营营者，等等，从来就不是杜公寄予希望的"士"，他们也不配称为"士"！

论白居易与水利建设

谢祥林

[摘要] 本文从史书、诗文、年谱和地方志等入手，对白居易一生参与和指挥完成的三个水利工程，即杭州西湖、苏州山塘河和龙门八节滩，进行了全面考察；考论了他的兴水治水行为对当时及后世产生的影响，并分析了《新唐书·地理志》没有记录他的治水事迹的原因。本文通过观察白居易与水利建设的关系，解读了诗人独特的人格魅力及现实主义精神。

[关键词] 唐代文学；白居易研究；水利建设

白居易（772—846），字乐天，号香山居士，在文学史上被誉为唐代伟大的现实主义诗人。根据后人的统计，唐诗传世作品最多的作者即为白居易，其传世作品量高达 2923 首①，远超李白和杜甫。白居易一生的建树和作为，在他的作品里都有反应。从一定意义上讲，他是在用诗歌记录他的人生和他所处的时代。通过他的作品，我们不仅可以称他为文学家，还可以称他为书法家、美食家、音乐家和园艺工程师等。除了这些美誉外，完全还可以称他为水利专家。白居易一生参与和指挥完成的惠及民生的水利工程有 3 个，一是治理杭州西湖，二是开筑苏州山塘河，三是开凿洛阳龙门八节滩。白居易是历代水利专家中最著名的诗人，又是历代诗人中极其出色的水利专家。

从水文化角度出发研究白居易，可以为白学研究提供新的视角，应该引起学界的重视。因为视角新颖，再加上存在跨学科特点，所以一直以来难以

---

① 王兆鹏、孙凯云：《寻找经典——唐诗百首名篇的定量分析》，《文学遗产》2008 年第 2 期，第 50 页。

见到更多相关论著①。通览截止目前面世的研究成果，学术价值较高的主要有《西湖白堤考》（乐祖谋，1982）、《诗篇遗爱留吴中——白居易与苏州》（高树森，1988）、《白居易与虎丘白公堤》（郭铮，1991），等等，但就内容而言，这些论文皆有一个共同点，即停留于一文一事，未能对白居易的治水功绩作全方位关照，这为我们开展综合及深入的研究留下了空间。水是生命之源，生产之要，生态之基。本文拟从史书、诗文、年谱和地方志等入手，全面细致观察白氏一生涉及的水利工程，包括他的兴水治水作为对当时及后世产生的影响。

一、白居易与杭州西湖

白居易 822 年七月十四日，除杭州刺史，十月到任。824 年五月除太子左庶子分司东都，月末离开杭州。仔细算来，他在杭州的时间不满 20 个月。他在离开杭州时曾写下两首诗，一首题为《西湖留别》（注：本文所引白氏诗篇，全部采自朱金城先生的《白居易集笺校》，上海古籍出版社 1998 年版。其他地方不再对诗作另行标注。）：

> 征途行色惨风烟，祖帐离声咽管弦。
> 翠黛不须留五马，皇恩只许住三年。
> 绿藤荫下铺歌席，红藕花中泊妓船。
> 处处回头尽堪恋，就中难别是湖边。

还有一首题为《杭州回舫》：

---

① 中国知网数据库专门涉及白居易兴水治水的文章大略如下：①《西湖白堤考》，乐祖谋，《浙江学刊》，1982.4；②《白居易与西湖水利》，刘浪，《中国水利》，1983.1；③《诗篇遗爱留吴中——白居易与苏州》，高树森，《苏州大学学报》，1988.3；④《白居易与虎丘白公堤》，郭铮，《苏州教育学院学报》，1991.6；⑤《白居易晚年修伊河》，张德珠，《水利天地》，1993.3；⑥《水利史上的一篇美文——白居易〈钱塘湖石记〉》，吴崇厚，《水利天地》，2004.2；⑦《白居易：唯留一湖水，与汝救凶年》，陈陆，《中国三峡》，2008.8。

自别钱唐山水后，不多饮酒懒吟诗。
欲将此意凭回棹，与报西湖风月知。

这两首诗乍看，好像仅仅在表达对杭州和美丽西湖风光的留恋而已，实则并非如此，其中还隐含了他对自己曾经的事业的眷恋之情。在有限的任期内，他曾完成一桩大事，带领杭州百姓治理了西湖。李商隐作《刑部尚书致仕赠尚书右仆射太原白公墓碑铭并序》专门记载了此事："既至，筑堤捍江，分杀水孔道。用肥见田。发故邺侯泌五井，渟储甘清，以变饮食。"①《新唐书》白居易本传对此作出呼应："（居易）为杭州刺史。始筑堤捍钱塘湖，钟泄其水，溉田千顷。复浚李泌六井，民赖其汲。"② 这件事情白居易一生都觉得很是快慰，并为此感到自豪，会昌元年（841），年满七十的他还写过《寄题余杭郡楼，兼呈裴使君》一诗念及此事：

官历二十政，宦游三十秋。
江山与风月，最忆是杭州。
北郭沙堤尾，西湖石岸头。
绿觞春送客，红烛夜回舟。
不敢言遗爱，空知念旧游。
凭君吟此句，题向望涛楼。

这里的"不敢言遗爱"分明是谦词，所谓的"不敢言"其实已经说出了治理西湖的全部事实，包括工程所在地、范围以及《钱塘湖石记》的石碑所在，在"北郭沙堤尾，西湖石岸头"里都作出了交代。白居易之所以对此念念不忘，并由衷感到自豪，原因在于他通过努力最终实现了自己的为政理想。他到任杭州时可谓踌躇满志，在写给皇帝穆宗的表书里就下定了决心，要

---

① 朱金城笺校：《白居易集笺校》，上海：上海古籍出版社1988年版，第3948页。
② 欧阳修、宋祁：《新唐书》，北京：中华书局1975年版，第4303页。

全蜀江河诗钞(岷江卷)

"夙兴夕惕,焦思苦心。恭守诏条,勤恤人庶。下苏凋瘵,上副忧勤"①。这里的"勤恤人庶"和"下苏凋瘵"在他初到杭州时的诗作里也有表现,比如822年11月所写的《醉后狂言酬赠萧殷二协律》即云:"我有大裘君未见,宽广和暖如阳春。此裘非缯亦非纩,裁以法度絮以仁。刀尺钝拙制未毕,出亦不独裹一身。若令在郡得五考,与君展覆杭州人。"他分明是有备而来杭州的,当然他的施政能选定治水兴水,还在于唐朝本来就有规定,刺史有"劝课农桑""务知百姓之苦"之责(《大唐六典·卷三十·三府督护州县官吏》)。当然,这与当时杭州年年闹旱灾也有关系,"大抵此州春多雨,夏秋多旱","予在郡三年,仍岁逢旱"②。其中,823年的旱情尤为严重:"去秋愆阳,今夏少雨,实忧灾沴,重困杭人。"③白居易为缓解旱情,曾带领属下为求雨一事"历祷四方"④,求天求地求龙神佑护,古人把这些步骤走完以后,即使一滴雨也没求来,但民众是被调动起来了的,此时发起兴修水利的号召,就很容易得到支持和拥护。

在兴水治理西湖上,白居易的具体所为和建树是多方面的,而且是成体系的,结合其散文《钱塘湖石记》我们可以作一简略概括。一是兴筑西湖大堤,增加了西湖的蓄水量。在兴筑大堤之前,湖边"不啻千余顷"的"公私田",以及"自钱唐至盐官界"的官河两岸之良田,其灌溉是没有保障的,白堤修筑完工后,湖堤"高加数尺,水亦随加,即不啻足矣"⑤。二是就西湖的泄洪问题做出了完整的解决方案,并预留了泄洪道。三是就防止"盗泄湖水,以利私田"提出解决方案,主张"其石函、南笕,并诸小笕闼,非浇田时,并须封闭筑塞,数令巡检,小有漏泄,罪责所由,即无盗泄之弊矣"⑥。四是配套完成杭州城的饮水工程。改造杭州城的饮水工程,在《钱塘湖石记》里还只是构想,但最终是完成了的,此即《新唐书》白居易本传所谓"复浚李

---

① 朱金城笺校:《白居易集笺校》,上海:上海古籍出版社1988年版,第3428页。
② 朱金城笺校:《白居易集笺校》,上海:上海古籍出版社1988年版,第3668-3669页。
③ 朱金城笺校:《白居易集笺校》,上海:上海古籍出版社1988年版,第2671页。
④ 朱金城笺校:《白居易集笺校》,上海:上海古籍出版社1988年版,第2673页。
⑤ 朱金城笺校:《白居易集笺校》,上海:上海古籍出版社1988年版,第3668页。
⑥ 朱金城笺校:《白居易集笺校》,上海:上海古籍出版社1988年版,第3669页。

泌六井，民赖其汲。"《钱塘湖石记》写于长庆四年（824）三月十日，白居易除太子左庶子分司东都是在该年五月。可以说，白居易为了杭州百姓，他真是尽心尽力了，就在离任前的短短两个月时间里他都还在按照自己的构想做事。最终他是把好事办实办好了的，也就此为自己的杭州之行画上了圆满的记号。

白居易凭借自己的实干精神和爱民情怀赢得了杭州百姓的拥戴。824年五月末，他离开杭州时，杭州父老乡亲满含热泪赶来为他送行，为此他写下《别州民》一诗记载了当时的情形，诗云："耆老遮归路，壶浆满别筵。甘棠无一树，那得泪潸然？税重多贫户，农饥足旱田。唯留一湖水，与汝救凶年。"这一情形在他的《去岁罢杭州，今春领吴郡，惭无善政，聊写鄙怀兼寄》一诗中也有描述，诗句为"杭老遮车辙"。白居易全面治理西湖的德政影响久远，当时朝廷对他在杭州的表现给予了充分肯定，"在公形骨鲠之志，阖境有袴襦之乐"（出自《自到郡斋，仅经旬日，方专公务，未及宴游，偷闲走笔题二十四韵兼寄常州贾舍人湖州崔侍郎，仍呈吴中诸客》之自注）；到了北宋时期，苏东坡还曾在《钱塘六井记》里对白氏之所为大加赞赏："唐宰相李公长源始作六井，引西湖水以足民用。其后刺史白公乐天治湖浚井，刻石湖山，至于今赖之。"[①]

二、白居易与苏州三塘河

824年秋天，已过知天命之年的白居易从杭州回到东都洛阳后，置买了房产，打算安稳过日子。没料到次年三月四日即有除书下到洛阳，要他迅速赴任苏州刺史。他当即动身，于五月五日到达苏州。结合史料来观察，他在苏州任上只有十六七个月，有效工作时间只有一年多时间。826年早春他出游坠马，足伤未愈又添眼疾，他在诗作《酬别周从事二首》中讲到"腰痛拜迎人客倦，眼昏勾押簿书难"。为此他告了百日长假，九月初他自行休官，约在秋冬之交（九月底或十月初）离开苏州。

在短短一年多时间里，他的表现与杭州完全一致，依旧工作第一，恪尽

---

① 苏轼：《苏轼文集》，北京：中华书局1986年版，第379页。

职守。"今年五月至苏州，朝钟暮角催白头。贪看案牍常侵夜，不听笙歌直到秋。"（《霓裳羽衣歌·和微之》）"清旦方堆案，黄昏始退公。可怜朝暮景，消在两衙中。"（《秋寄微之十二韵》）"削使科条简，摊令赋役均。以兹为报效，安敢不躬亲……唯知对胥吏，未暇接亲宾。"（《自到郡斋，仅经旬日，方专公务，未及宴游，偷闲走笔题二十四韵兼寄常州贾舍人湖州崔侍郎，仍呈吴中诸客》）"经旬不饮酒，逾月未闻歌。岂是风情少，其如尘事多。"（《题笼鹤》）"歌声虽盈耳，惭无五袴谣。"（《西楼喜雪命宴》）他刚到苏州任上，也和做杭州刺史时一样对皇帝表了要勤于政事、关切民生之决心，"既奉成命，敢不誓心，必拟夕惕夙兴，焦心苦节，唯诏条是守，唯人瘼是求"①。他在写给好友和同僚的一首诗里表达了同样的想法，"襦袴提于手，韦弦佩在绅。敢辞称俗吏，且愿活疲民"（《自到郡斋，仅经旬日，方专公务，未及宴游，偷闲走笔题二十四韵兼寄常州贾舍人湖州崔侍郎，仍呈吴中诸客》）。

他在"削使科条简，摊令赋役均"的同时，也将水利建设作为大事来抓，因为当时苏州的旱情也很严重，"为郡已周岁，半岁罹旱饥"（《答白太守行》），他非常清楚搞好水利建设是他的职责所在，"出为差科头，入为衣食主。水旱合心忧，饥寒须手抚"（《自咏·五首》）。在任上他同样完成了一个工程，查看他的作品，我们看到相关的表述共有四处，一是"改号齐云楼，重开武丘路"（《吴中好风景二首》），二是"自开山寺路，水陆往来频"（《武丘寺路》），三是白氏就《武丘寺路》自己做了题注，"去年重开寺路，桃李莲荷，约种数千株"，四是"约略留遗爱，殷勤念旧欢"（《齐云楼晚望偶题十韵，兼呈冯侍御、周殷二协律》）。这里提及的"武丘"，即今日所云虎丘。唐代陆广微著《吴地记》云："虎丘山，避唐太祖讳，改为武丘山，又名海涌山。"② 这里的"约略留遗爱"与前文所引"甘棠无一树""不敢言遗爱"都是在用典，借西周名臣召公"甘棠遗爱"之德政佳话来检点自己的为政之举。《诗经·周南·甘棠》有云："蔽芾甘棠，勿翦勿伐，召伯所茇；蔽

---

① 朱金城笺校：《白居易集笺校》，上海：上海古籍出版社1988年版，第3672页。
② 陆广微：《吴地记》，南京：江苏古籍出版社1999年版，第62页。

芾甘棠,勿翦勿败,召伯所憩;蔽芾甘棠,勿翦勿拜,召伯所说。"①

从以上诗句和自注来看,再加上后人考证,我们约略知道,白居易一到苏州,即发动民众在虎丘山环山开河筑路,疏通了"山塘河"。北宋朱长文《吴郡图经续记》对此有记载:"乐天高行美才,其于簿领,宜不以屑意,然观其勤瘁,非旬休不设宴,见于题咏。尝作虎丘路,免于病涉,亦可以障流潦。"②明代皇甫汸等人所编写的《万历长洲县志》讲得更为清晰,"自吴国以来,山在平田中,一丘耳。是时游者率由阡陌以登。至唐白公居易来守是州,始凿渠以通南北而达于运河,由是南行北上无不便之,而习为通川,今之山塘是也。公又缘山麓凿水四周,溪流映带,别成仙岛,沧波缓溯,翠岭徐攀,尽登临之丽瞩矣"③。《清史稿·地理志五》之"苏州府条"也有关于开河的说法:"西有虎丘。唐白居易凿渠南达运河,今谓之山塘。"④这一水利工程功能多样,一是使苏州古城与大运河实现了水陆两路的南北贯通,以满足陆路交通和航运的需要,二是有助于水利灌溉和农业发展,三是使阊门城外直至虎丘山下一带成为当时苏州的一道靓丽的风景线,沿途可见"银勒牵骄马,花船载丽人。芰荷生欲遍,桃李种仍新"(《武丘寺路》)的壮观景象。另外,这些诗句还可确证白居易当时是做了山塘河工程绿化配套的,他在河堤上栽桃李,在塘中新种莲荷,总计有数千株。白居易自己对山塘河工程是满意的,他曾以游人的身份体验过泛舟山塘河夜游武丘寺带来的乐趣。为此他写了《夜游西武丘寺》一诗,诗云:"不厌西丘寺,闲来即一过。舟船转云岛,楼阁出烟萝。路入青松影,门临白月波。鱼跳惊秉烛,猿觑怪鸣珂。摇曳双红旆,娉婷十翠娥。香花助罗绮,钟梵避笙歌。领郡时将久,游山数几何。一年十二度,非少亦非多。"

白氏"山塘河"工程的影响同样极为深远,可谓功在当代,造福千秋。先看山塘河连接的虎丘山,白居易在世时即已成为当地的一大名胜,游人如织,盛况空前。到了明代,袁宏道还曾著文《虎丘》描绘其盛况,"虎丘去城

---

① 周振甫译注:《诗经译注》,北京:中华书局2002年版,第23页。
② 朱长文:《吴郡图经续记》,南京:江苏古籍出版社1999年版,第19页。
③ 皇甫汸等:《万历长洲县志》,台北:台湾学生书局1987年版,第282-283页。
④ 赵尔巽等:《清史稿》第八册,北京:中华书局1976年版,第1993页。

可七八里，其山无高岩邃壑，独以近城故，箫鼓楼船，无日无之。凡月之夜，花之晨，雪之夕，游人往来，纷错如织。而中秋为尤胜"①。同时代的张岱也曾著文《虎丘中秋夜》为袁宏道所谓"中秋为尤胜"作了注解，"虎丘八月半，土著流寓，士夫眷属，女乐声伎，曲中名妓戏婆，民间少妇好女，崽子娈童及游冶恶少、清客帮闲、傒僮走空之辈，无不鳞集"②。后人缘山塘河兴建了山塘街，极为繁华，曹雪芹在《红楼梦》中写道："当年地陷东南，这东南一隅有处曰姑苏，有城曰阊门者，最是红尘中一二等富贵风流之地。这阊门外有条十里街。"③ 山塘河之河道也是一道漂亮的景观，《清嘉录》之"游春玩景"有云："虎丘山下，白堤七里，彩舟画楫，衔尾以游……又杨韫华《山塘棹歌》云：'观音山笻最轻盈，柳侧花间好并行。侬是牡丹郎蛱蝶，相随一路到天平。'又云：'寻春刚遇落花时，好遣小蛮唱《柳枝》。癡绝乌篷裙屐客，新诗题满白公祠。'"④ 这段史料证明后人在观景看花时，也情不自禁会感念白居易的兴水功绩和"高行美才"。

白居易在苏州任上为时虽短，但由于他以民为本，政省刑宽，苏州民众对他也极为爱戴。当他经水路离开苏州时，当地官员和民众夹岸相送，呈现出"青紫行将吏，班白列黎氓。一时临水拜，十里随舟行"（《别苏州》）的依依难舍的盛大感人场面。这种融洽的吏民关系，在封建时代并不多见。白居易的好朋友，当时在和州刺史任上的刘禹锡，知晓此事后专门写了赠诗《白太守行》，称赞了他的德政，并表达了自己的见贤思齐之意。其诗云："闻有白太守，弃官归旧溪。苏州十万户，尽作婴儿啼……夸者窃所怪，贤者默思齐。我为太守行，题在隐起珪。"⑤

三、白居易与龙门八节滩

人老体健最重要，但是白居易的晚年并不顺利。开成四年（839）冬十

---

① 钱伯城笺校：《袁宏道集笺校》，上海：上海古籍出版社1981年版，第157页。
② 张岱：《陶庵梦忆》，北京：中华书局2008年版，第95页。
③ 曹雪芹：《红楼梦（上）》，北京：人民日报出版社1982年版，第7页。
④ 顾禄：《清嘉录》，上海古籍出版社1986年版，第57页。
⑤ 卞孝萱校订：《刘禹锡集》，北京：中华书局1990年版，第421页。

月，白居易"得风痹之疾，体瘴目眩，左足不支"（《病中诗十五首并序》）。此后他去长物"卖骆马"，放妓"别柳枝"，过"在家出家"的日子；会昌元年又因年高罢太子少傅停俸，会昌二年秋又遇老友刘禹锡去世。他自己的感受是"一枝蒲柳衰残身"（《感旧并序》），"死生无可无不可"（《达哉乐天行》）。按理说过这种风烛残年的日子，一般人连自身都顾不上的，哪还有心思管他人之事情！白居易的表现的确让后人不得不肃然起敬。会昌四年（844），他已73岁，此时离他去世仅有两年光景，他作出了一大举动，与悲智僧道遇一同发心，"经营开凿"洛阳伊河之八节滩、九峭石。这件事在《新唐书》白居易本传及元代辛文房的《唐才子传》里皆有记载，文字都是一样的，只四个字"凿八节滩"，非常简略。北宋陶穀著《龙门重修白乐天影堂记》把此事与杭州治水一并作了介绍，"杭州救旱，因农隙而积湖水；龙门通险，出家财而凿八滩"①。但是把事情的原委讲得最为清晰的，还得首推白居易本人。他在《开龙门八节石滩诗二首》的"序言"里讲到：

> 东都龙门潭之南有八节滩、九峭石，船筏过此，例反破伤。舟人楫师推挽束缚，大寒之月，裸跣水中，饥冻有声，闻于终夜。予尝有愿，力及则救之。会昌四年，有悲智僧道遇，适同发心，经营开凿，贫者出力，仁者施财。於戏！从古有碍之险，未来无穷之苦，忽乎一旦尽除去之，兹吾所用适愿快心，拔苦施乐者耳！岂独以功德福报为意哉？因作二诗，刻题石上，以其地属寺，事因僧，故多引僧言见志。②

八节滩是唐代由古阳洞乘船东渡伊河至香山必经之河道。这个地方石峭流急，不便舟楫，民间有鬼门关之说。白居易"早栖心释梵"（《病中诗十五首并序》），晚年更是香山寺的常客，来往皆须渡伊河，八节滩、九峭石的险

---

① 曾枣庄、刘琳主编：《全宋文》第002册，上海：上海辞书出版社、合肥：安徽教育出版社2006年版，第20页。

② 朱金城笺校：《白居易集笺校》，上海：上海古籍出版社1988年版，第2550页。

全蜀江河诗钞（岷江卷）

情以及过往船只上的舟人楫师所受的苦楚他是非常清楚的。他菩萨心肠，慈悲情怀，耳闻目睹"舟人楫师推挽束缚，大寒之月，裸跣水中，饥冻有声，闻于终夜"的情景，他心里难以平静，所以早就有愿"力及则救之"。但是，他晚年的身份不比刺史苏杭一般，自然没有足够支撑这一水利工程的人力、财力与物力供他调用和发动，他只能等待机缘巧合。幸好他遇见悲智僧道遇，再加上香山寺僧众及时作出响应，这才成就了他们合力"开得龙门八节滩"之善举。

以下是白居易为"开龙门八节滩"所作的两首诗：

其一

铁凿金锤殷若雷，八滩九石剑棱摧。
竹篙桂楫飞如箭，百筏千艘鱼贯来。
振锡导师凭众力，挥金退傅施家财。
他时相逐西方去，莫虑尘沙路不开。

其二

七十三翁旦暮身，誓开险路作通津。
夜舟过此无倾覆，朝胫从今免苦辛。
十里叱滩变河汉，八寒阴狱化阳春。
我身虽殁心长在，暗施慈悲与后人。

结合诗句和序文来看，写作的时间当在该工程完工后。施工期间的场面是热火朝天的，"铁凿金锤殷若雷"，工程完工后，"十里叱滩变河汉"，"竹篙桂楫飞如箭，百筏千艘鱼贯来"，达到了工程的预期。于是，"从古有碍之险，未来无穷之苦，忽乎一旦尽除去之"。老百姓当然是最直接的受益者，"夜舟过此无倾覆，朝胫从今免苦辛"。在整个工程的建设中，悲智僧道遇、香山寺僧众及普通民众是主要的出力者，白居易带头"施家财"负责资金筹措。这一工程的完工，白居易是非常欢喜的，他除了写成《开龙门八节石滩诗二首》外，还写过《欢喜二偈》提及过此事，"心中别有欢喜事，开得龙门八节滩"。

白居易之所以有此善举，的确不单以"功德福报为意"，应该还与他一生敬仰大禹有关。相传大禹也曾经在龙门香山一带治过水，"禹穴之时，以铜为兵，以凿伊阙、通龙门、决江道河，东注于东海"①，"阙塞山，在府西南三十里。亦曰龙门山，亦曰伊阙山……山之东曰香山，西曰龙门。大禹疏以通水，两山对峙，石壁峭立，望之若阙，伊水历其门……又有八节滩，在龙门下"②。另外，白居易开得龙门八节滩的事情对后人的影响也颇大，明朝时期朝鲜李朝诗人高敬命（1533—1592）甚至将此事作为典故，写进《用漫韵示季明》一诗，诗云："半世交游伯仲间，盟随鸥鹭未应寒。同寻白社千竿竹，议凿龙门八节滩。自有诗书供讨论，更将觞咏寄追欢。期君岁暮输心地，宁待风斤斫垩漫。"③

四、白居易兴水治水在当时产生的影响及余论

北宋陶毂云："世称白傅文行，比造化之功，盖后之学者，若群鸟之宗凤凰，百川之朝沧海也。"④ 白居易的兴水治水行为的确可谓"造化之功"，在当时当地造成的影响以及对后人的影响都是很大的。关于对后世的影响，前文已一一论及，恕不赘述。这里重点探析他的兴水治水行为在朋友圈里产生的影响。

先来看对元稹的影响。白居易与元稹非同一般的友谊，成为千古佳话。唐代文学史上有"元白"诗派之称谓，这是众所周知的。在研究中，笔者还惊喜地发现元白二人在为政之理念和举措上也彼此有启发。长庆三年八月之前元稹在同州刺史任，遭遇旱灾（此情形与白居易在杭州的遭遇一样），但是未见其有治水举动，当时他主要是在争取朝廷的支持，减免租税赈灾，并有与白居易一样的祈雨行为。这些在元稹的《旱灾自咎贻七县宰》中皆有体现，

---

① 袁康、吴平辑录：《越绝书》，上海：上海古籍出版社1985年版，第81页。

② 顾祖禹：《读史方舆纪要（五）》卷四十八，北京：中华书局2005年版，第2227－2228页。

③ 转引自：石云涛：《朝鲜李朝诗人高敬命抒情诗用典艺术探析》，《解放军艺术学院学报》2010年第1期，第30页。

④ 曾枣庄、刘琳主编：《全宋文》第002册，上海：上海辞书出版社、合肥：安徽教育出版社2006年版，第19页。

全蜀江河诗钞（岷江卷）

"胡为旱一州，祸此千万人。一旱犹可忍，其旱亦已频。腊雪不满地，膏雨不降春。恻恻诏书下，半减麦与缗"，"欢言未盈口，旱气已再振。六月天不雨，秋孟亦既旬。区区昧陋积，祷祝非不勤。日驰衰白颜，再拜泥甲鳞"①。此外，他还写有《祈雨九龙神文》和《报雨九龙神文》。长庆三年八月元稹改任越州刺史、浙东观察使。十月半他过杭州，晤白居易，二人"并床三宿话平生"（《答微之咏怀见寄》）。此时的白居易早已有了治理西湖的方略，甚至极有可能已经正式开工了，因为从古到今冬春季节皆是我国治水修桥的黄金时段，他们"并床三宿"必定会谈及此事。长庆四年白居易完成西湖治理，三年任期已满，于五月除太子左庶子分司东都，离杭时百姓对他依依不舍。元稹熟知白居易在杭州的作为，他为老朋友感到自豪并为其喝彩，于是一发不可收拾，连续以杭州百姓的口吻写诗三首，盛赞白居易的善政，"路溢新城市，农开旧废田"②，"遗爱在人口"，"惠化境内春"③，甚至还称赞他堪比汉代龚遂、黄霸等循吏，"为问龚黄辈，兼能作诗否"④。《汉书》对龚遂、黄霸、王成、朱邑、郑弘、召信臣等良吏的评价甚高，"所居民富，所去见思，生有荣号，死见奉祀，此廪廪庶几德让君子之遗风矣"⑤。

次年（宝历元年）元稹即在浙东学习白居易大兴水利。当年即有朋友章孝标（元和十四年登进士科），在《上浙东元相》一诗中对元稹的治水举动大加称赞："黎庶已同猗顿富，烟花却为相公贫。何言禹迹无人继，万顷湖田又斩新。"⑥白居易对此也是相当赞赏的。大和五年七月二十二日元稹遇暴疾，卒于武昌节度使任上。次年，白居易作《唐故武昌军节度处置等使正议大夫检校户部尚书鄂州刺史兼御史大夫赐紫金鱼袋赠尚书右仆射河南元公墓志铭并序》，还专门提及元稹治水的事情："（公至越）明年，辨沃瘠，察贫富，均劳逸，以定税籍，越人便之，无流庸，无逋赋。又明年，命吏课七郡人冬

---

① 元稹：《元稹集》，北京：中华书局1982年版，第37页。
② 元稹：《元稹集》，北京：中华书局1982年版，第179页。
③ 元稹：《元稹集》，北京：中华书局1982年版，第89页。
④ 元稹：《元稹集》，北京：中华书局1982年版，第89页。
⑤ 班固：《汉书》第五十一册卷八十九，北京：中华书局1962版，第3624页。
⑥ 彭定求等编，陈尚君补辑，中华书局编辑部点校：《全唐诗（增订本）》第八册卷506，北京：中华书局1999年版，第5790页。

筑陂塘，春贮雨水，夏溉旱苗，农人赖之，无凶年，无饿殍。在越八载，政成课高。"① 当然，白居易也有受元稹启发的地方，比如他在忠州"龙昌寺底开山路"(《代州民问》)，即受到元稹元和十三年在通州开山筑路的影响。元稹《告畲竹山神文》有云："今天子斩三叛之明年，通民毕赋，用其闲余，夹津而南，开山三十里，为来年农种张本。"②

除元稹之外，崔玄亮和杨汉公的兴水治水事迹也该说一说。白居易《唐故虢州刺史赠礼部尚书崔公墓志铭并序》曾提及过崔玄亮的治水事迹："俄改湖州刺史，政如密、歙，加之以聚羡财而代逋租，则人不困；谨茶法以防黠吏，则人不苦；修堤塘以防旱岁，则人不饥。"③ 这里所谓"修堤塘以防旱岁"，《新唐书》有直接对应的文字："乌程，望。……东南二十五里有陵波塘，宝历中刺史崔玄亮开。"④ 崔玄亮与白居易于贞元十六年同登进士第，贞元十九年又同以书判拔萃科登第，他们的关系十分要好，而且都喜欢参玄趋道。白居易刺杭州、苏州期间，二人多有唱酬，白氏的诗篇有《得湖州崔十八书，喜与杭越邻郡，因成长句代贺，兼寄微之》《早饮湖州酒寄崔使君》《崔湖州赠红石琴，荐焕如锦文，无以答之，以诗酬谢》《自到郡斋，仅经旬日，方专公务，未及宴游，偷闲走笔题二十四韵兼寄常州贾舍人湖州崔侍郎，仍呈吴中诸客》《夜泛阳坞入明月湾即事寄崔湖州》《夜闻贾常州、崔湖州茶山境会想羡欢宴，因寄此诗》《仲夏斋居，偶题八韵寄微之及崔湖州》等。这些诗篇尽管都没有涉及水利信息，但是白氏治理西湖应该会给崔玄亮一些启发和影响。关于湖州乌程县的水利工程，还涉及杨汉公，《新唐书·地理志》云："(乌程)北二里有蒲帆塘，刺史杨汉公开，开而得蒲帆，因名。"⑤ 杨汉公与杨汝士、杨虞卿、杨殷士皆为杨宁之子，杨汉公排行老三。白居易之妻乃杨氏兄弟之从父妹，白居易与他们既是朋友又是亲戚关系。开成三年

---

① 朱金城笺校：《白居易集笺校》，上海：上海古籍出版社1988年版，第3737页。
② 元稹：《元稹集》，北京：中华书局1982年版，第621页。
③ 朱金城笺校：《白居易集笺校》，上海：上海古籍出版社1988年版，第3748-3749页。
④ 欧阳修、宋祁：《新唐书》，北京：中华书局1975年版，第1059页。
⑤ 欧阳修、宋祁：《新唐书》，北京：中华书局1975年版，第1059页。

全蜀江河诗钞（岷江卷）

（838）杨汉公刺湖州，第二年十月十五日白居易作《白蘋洲五亭记》讲述了汉公的治水事迹："弘农杨君为刺史，乃疏四渠，浚二池，树三园，构五亭。"① 杨汉公之所为更是让人有猜想，或许也受到了白居易和崔玄亮的启发。

另外，关于《新唐书·地理志》未载白居易治水功绩，在这里有必要做一简短辨析。《旧唐书·地理志》几乎不涉及唐代的水利工程信息，《新唐书·地理志》弥补了这一缺陷，共计著录唐代83州144县248处水利工程②。但是关于白居易的治水功绩却只字不提（上引"为杭州刺史。始筑堤捍钱塘湖，钟泄其水，溉田千顷。复浚李泌六井，民赖其汲"及"凿八节滩"等史料皆出自《新唐书》白居易本传），这到底是什么缘故呢？是因为本传做了交代，地理志便不必重复的原因吗？显然不是，比如姜师度本传已经提及他治水兴水了，到了"地理志"更是不厌其烦地将其事迹一一罗列出来。难道是因为白居易治水之作为不够突出，功劳不够大吗？这一点好像也说不过去。单以白氏杭州治理西湖的"溉田千顷"来讲，其功劳实在不小。且看《新唐书》（欧阳修、宋祁：《新唐书》，中华书局1975年版）"地理志"的有关内容：

"同州冯翊郡"条记载："（朝邑）北四里有通灵陂，开元七年刺史姜师度引洛、堰河以溉田百余顷。"（P965）

"夏州朔方郡"条记载："（朔方）贞元七年开延化渠，引乌水入库狄泽，溉田二百顷。"（P973）

"丰州九原郡"条记载："（九原）有咸应、永清二渠，贞元中刺史李景略开，溉田数百顷。"（P976）

"颍州汝阴郡"条记载："（汝阴）南三十五里有椒陂塘，引润水溉田二百顷，永徽中刺史柳宝积修。"（P987）

"汴州陈留郡"条记载："（陈留）有观省陂，贞观十年，令刘雅决水溉田百顷。"（P989）

---

① 朱金城笺校：《白居易集笺校》，上海：上海古籍出版社1988年版，第3799页。
② 张弓：《中国古代的治水与水利农业文明——评魏特夫的"治水专制主义"论》，《史学理论研究》1993年第4期，第29页。

"绛州绛郡"条记载："（曲沃）东北三十五里有新绛渠，永徽元年，令崔翳引古堆水溉田百余顷。"（P1001—1002）

"太原府太原郡"条记载："（文水）西北二十里有栅城渠，贞观三年，民相率引文谷水，溉田数百顷。"（P1004）

"扬州广陵"条记载："（江都）东十一里有雷塘，贞观十八年，长史李袭誉引渠，又筑勾城塘，以溉田八百顷。"（P1052）

"湖州吴兴郡"条记载："（安吉）北三十里有邸阁池，北十七里有石鼓堰，引天目山水溉田百顷，皆圣历初令钳耳知命置。"（P1059）

……

与以上所引史实相比较，白居易主持的"溉田千顷"的杭州水利就实现的灌面来讲并不是一个微不足道的工程。这一工程未入《新唐书·地理志》，说明《新唐书·地理志》记载水利工程信息的确很不完全。

结语

在中国古代搞水利建设，其难度非同一般。从运作方式来看，它需要广泛征发民夫有计划有目标有期限地进行群体协力劳动。从对治水者的要求来讲，有志治水、不避艰辛、躬身实践等是一方面，另外还得了解治理对象的历史与现状，熟谙水情特点、地质地貌，并有超强的统筹调度物料的能力等。这些都是治水事务的复杂性、艰巨性和技术性所决定的。白居易一生涉及三个水利工程，前两者是在苏杭刺史任上完成的，时间短，任务重，最后他都能交出满意的答卷，这是十分难能可贵的。尽管他离开杭州和苏州时都曾用"甘棠遗爱"典故，谦称自己政绩不怎么样，事实上苏杭的老百姓是特别感谢他的，老百姓心里都有一杆秤，他们掂量得出白居易在水利建设上所做的一切不是一件容易事。晚年白居易"开得龙门八节滩"，这个工程就更不一般，因为这已经是中国古代水利史上的另类事情了，在这一工程中我们司空见惯的官府主体没有了，白居易的行为纯粹类于今日所见的志愿者行动，是大善举大慈悲，是真正的大爱行为。白居易被后世誉为唐代伟大的现实主义诗人，他的伟岸人格及其现实主义精神不单单体现在诗歌文本上，还在于他的行动上。他诗名大于政声，以致后人忽略了他所参与和指挥完成的水利工程，忽略了他"唯人瘼是求"的可贵的内心世界与抱负。白居易一生忧念民生,"心中为念农桑苦,耳里如闻饥冻声"(《新制绫袄成,感而有咏》),为此他永远活在人们心中。

(2014年第6期《农业考古》)

白居易治水动因及机缘论考

谢祥林

[摘要] 文章续《论白居易与水利建设》一文，从天道无常、守土有责、得道多助及心怀仁爱等方面，考察分析了白居易治水的动因及机缘，发现乐天青年时期的灾荒遭际，使其对民生有了深切同情；中唐时期江淮水利的长足发展，让他在苏杭治水有势可借；当然，最可宝贵的是乐天有志治水，为此他的行动得到了各方帮助。这一切促成诗人在惨淡的中晚唐，居然倾其所能终将自己的禹功蓝图变成了现实。诗人的赤子之心、爱民情怀永远鲜活，他的水利事迹和诗文一样会永远不朽。

[关键词] 唐代文学；白居易研究；水利建设；动因机缘

白居易是我国古代大诗人中值得尊敬的水利专家，在风雨飘摇的中晚唐，他立志治水"为唐水官伯"[1]，成功做了三个水利工程，一是治理杭州西湖，二是疏通苏州山塘河，三是开得龙门八节滩。他的治水事迹及在当时的影响，笔者曾在《论白居易与水利建设》[2]一文中进行过详细论述。本文拟从天道无常、守土有责、得道多助及心怀仁爱等方面，进一步对白居易治水的动因及机缘作考察分析，以此窥探这位诗名大于政声的前贤"唯人瘼是求"[3]、忧念民生的心路历程与抱负。

天道无常，安民救灾需治水

有学者曾根据《新唐书》《旧唐书》《唐会要》等史籍，对唐代水旱灾情

---

[1] 朱金城笺校：《白居易集笺校》，上海：上海古籍出版社1988年版，第429页。
[2] 谢祥林：《论白居易与水利建设》，《农业考古》2014年第6期，第159页。
[3] 朱金城笺校：《白居易集笺校》，上海：上海古籍出版社1988年版，第3672页。

全蜀江河诗钞（岷江卷）

进行过统计，唐季289年，约有138年发生过程度不同的水灾，占总年份的48%，有114年发生过旱灾，占总年份的39%①。白居易所生活的年代又是怎样的情形呢？乐天10岁前一直生活在河南新郑。11岁（建中三年）之后开始颠沛流离，曾随父游宦徐州、衢州、襄阳；还因两河用兵，逃难越中；旅居到达苏州、杭州、浮梁、宣州；曾寄家符离，后移家洛阳；应试到长安，29岁（贞元十六年）考中进士。从建中三年到贞元十五年，共计18年时间，乐天当时年轻，功名未就，活在民间，未染庙堂气息，对民间疾苦体会深。比照各类史料可发现，在他青年时期的这十八年间，除建中四年、贞元五年、贞元九年无事外，其他15个年份非涝即旱。

当然，这期间除旱涝无常外，还时遇蝗灾，且兵祸不断，闹饥荒就不可免。乐天当时生活不安宁，南来北往，东奔西走，颠沛流离，从某种程度上可以说都是饥荒惹的祸。

先看白居易兴元贞元之遭际。陈寅恪曾讲道："考贞元元年乐天年十四，时在江南，求其所以骨肉离散之故，殆由于朱泚之乱。而兴元贞元之饥馑，则又家园残废之因。"②先生这里推测说"朱泚之乱"已点到位，但用"两河兵乱"更可展现广阔惨烈之背景，因为从大历十年（775）起作乱的有田承嗣、李灵耀、田悦、朱滔、王武俊、李怀光等人若干，朱泚是泾原兵变（783）之乱兵拥为帅的。乐天建中三年（782）离开新郑到其父白季庚徐州官舍，就是为避两河兵乱，因为白季庚劝李洧归顺朝廷坚拒叛军，家属在战区内必有被抓为人质的危险。建中四年十月，泾原兵变，德宗出奔奉天，更是天下大乱。人祸纷纷，天灾继起，兴元元年（784），秋蝗冬旱，这有详实史料可证，"兴元元年秋，关辅大蝗，田稼食尽，百姓饥，捕蝗为食，蒸曝，飏去足翅而食之"③"兴元元年冬，大旱"④。至于灾情波及范围，也有史料称

---

① 刘俊文：《唐代水灾史论》，《北京大学学报（哲学社会科学版）》1988年第2期，第48页。
② 陈寅恪：《元白诗笺证稿》，北京：生活·读书·新知三联书店2001年版，第187页。
③ 刘昫等：《旧唐书》，北京：中华书局1975年版，第1365页。
④ 欧阳修、宋祁：《新唐书》，北京：中华书局1975年版，第917页。

"（闰十月乙亥德宗）诏宋亳、淄青、泽潞、河东、恒冀、幽、易定、魏博等八节度，螟蝗为害，蒸民饥馑，每节度赐米五万石，河阳、东畿各赐三万石"①，徐州紧邻宋亳，自然在劫难逃。贞元元年（785），灾情依旧严重，"夏，蝗尤甚，自东海西尽河、陇，群飞蔽天，旬日不息。经行之处，草木牛畜毛，靡有孑遗。关辅已东，谷大贵，饿馑枕道。京师大乱之后，李怀光据河中，诸军进讨，国用罄竭。衣冠之家，多有殍殕者。旱甚，灞水将竭，井皆无水。有司奏国用裁可支七旬。德宗减膳，不御正殿。百司不急之费，皆减之"②。加上白季庚此年有秩满移官之虞，白居易逃难到南方，是求活命的不二选择，况此时于潜、乌江有亲族在焉。乐天《朱陈村》云："江南与江北，各有平生亲。"③"兴元贞元之饥馑"一直持续三年时间，到贞元二年五月才让天下人看到了活命的希望。眼看有新麦可食，谁知道又现波折，"（五月）丙申，自癸巳大雨至于兹日，饥民俟夏麦将登，又此霖澍，人心甚恐，米斗复千钱"④。新麦到底收割了，却又发生另一出悲剧，"（己亥）是时民久饥困，食新麦过多，死者甚众"⑤。

因天灾人祸带给白居易人生苦痛的经历还不仅是"兴元贞元之饥馑"。下面再看贞元六年的又一场灾难。贞元四年（788）白季庚从徐州别驾迁官大理少卿兼衢州别驾，乐天避难江南有了坚实依靠。但是好景不长，贞元六年（790），一是白季庚此年又面临秩满离职，二是此年春夏遇旱，南方尤甚，有史料为证："六年春，关辅大旱，无麦苗。"⑥"是夏，淮南、浙东西、福建等道旱，井泉多涸，人渴乏，疫死者众。"⑦南方旱情严重，井无水泉干涸，又发瘟疫，两害相加，故死者甚众。衢州处浙东道，恰在重灾区，生死事大，万般无奈，乐天被迫逃回徐州符离。七年前自北而南奔命，七年后从南到北奔命，其内心苦楚可想而知。

---

① 刘昫等：《旧唐书》，北京：中华书局1975年版，第347页。
② 刘昫等：《旧唐书》，北京：中华书局1975年版，第1365页。
③ 朱金城笺校：《白居易集笺校》，上海：上海古籍出版社1988年版，第512页。
④ 刘昫等：《旧唐书》，北京：中华书局1975年版，第353页。
⑤ 刘昫等：《旧唐书》，北京：中华书局1975年版，第353页。
⑥ 欧阳修、宋祁：《新唐书》，北京：中华书局1975年版，第917页。
⑦ 刘昫等：《旧唐书》，北京：中华书局1975年版，第369页。

接下来说贞元十三年至十五年的遭际。贞元七年（791）白季庚除襄州别驾。八年秋，江淮、荆、襄、徐、郑等四十余州发大水，九月乐天小弟金刚奴去世，安葬小弟后，他伴母亲从符离到襄阳，灾区惨状乐天或有耳闻目睹①。十年五月，白季庚卒襄阳官舍，乐天无力将父亲灵柩运走，当然也不知道运往何处，只得就地暂时安葬，随后护送家人启程回符离，途中有诗云"家贫忧后事，日短念前程"②，白家家境困窘由此可见一斑。白氏兄弟贫苦丁忧三年。贞元十三年（797）又遇旱情，"夏四月壬戌，上（指德宗）幸兴庆宫龙堂祈雨"③。十四年旱情加重，朝廷接连开仓放粮，以救饥荒，"（六月）乙巳以旱俭，出太仓粟赈贷"④，"冬十月癸酉，以岁凶谷贵，出太仓粟三十万石，开场粜以惠民"⑤，"（十二月）癸酉，出东都含嘉仓粟七万石，开场粜以惠河南饥民"⑥。十五年春再旱，饥荒依旧，朝廷无奈，"二月罢中和节宴会，年凶故也……癸卯，罢三月群臣宴赏，岁饥也。出太仓粟十八万石，粜于京畿诸县"⑦。

为渡这场大饥荒，乐天长兄白幼文约于十四年春赴任饶州浮梁县主簿，挑起养家糊口的重担；乐天也得出门找出路和活计，他带家人包括母亲离开符离，到洛阳寄居亲族家；夏天他独自到浮梁，投奔兄长，随后到宣州参加秋试。十五年春因旱情饥荒未了，他千里迢迢从浮梁负米返洛阳。这期间的

---

① 《旧唐书》卷三十七《志第十七·五行》第1359页记载："八年秋，大雨，河南、河北、山南、江淮凡四十余州大水，漂溺死者二万余人。时幽州七月大雨，平地水深二丈；郑、涿、蓟、檀、平五州，平地水深一丈五尺。又徐州奏：自五月二十五日雨，至七月八日方止，平地水深一丈二尺，郭邑庐里屋宇田稼皆尽，百姓皆登丘塚山原以避之。"《新唐书》卷三十六《志第二十六·五行三》第932页记载："八年秋，自江淮及荆、襄、陈、宋至于河朔州四十余，大水，害稼，溺死二万余人，漂没城郭庐舍，幽州平地水深二丈，徐、郑、涿、蓟、檀、平等州，皆深丈余。八年六月，淮水溢，平地七尺，没泗州城。"

② 朱金城笺校：《白居易集笺校》，上海：上海古籍出版社1988年版，第723页。
③ 刘昫等：《旧唐书》，北京：中华书局1975年版，第385页。
④ 刘昫等：《旧唐书》，北京：中华书局1975年版，第388页。
⑤ 刘昫等：《旧唐书》，北京：中华书局1975年版，第389页。
⑥ 刘昫等：《旧唐书》，北京：中华书局1975年版，第389页。
⑦ 刘昫等：《旧唐书》，北京：中华书局1975年版，第389-390页。

苦痛与辛酸,有乐天的诗文可证,如散文《伤远行赋》即云"吾兄吏于浮梁,分微禄以归养,命予负米而还乡"①,诗作一《将之饶州江浦夜泊》又云"苦乏衣食资,远为江海游"②,诗作二《自河南经乱,关内阻饥,兄弟离散,各在一处。因望月有感,聊书所怀,寄上浮梁大兄、於潜七兄、乌江十五兄,兼示符离及下邽弟妹》又云"时难年荒世业空,弟兄羁旅各西东。田园寥落干戈后,骨肉流离道路中"③。到元和年初,乐天对早年的苦难依旧记忆犹新,其《朱陈村》有云:"忆昨旅游初,迨今十五春。孤舟三适楚,羸马四经秦。昼行有饥色,夜寝无安魂。东西不暂住,来往若浮云。离乱失故乡,骨肉多散分。"④

　　以上所叙三次跨年大旱饥荒,皆使白居易心有余悸。这从心理学来看,无疑会让他对民生产生深切的同情。白居易长庆二年(822)七月除杭州刺史,十月到任,闰十月甲寅穆宗有诏书云"江淮诸州旱损颇多"⑤;三年、四年江淮相继再旱,《新唐书》云"(三年三月)癸亥,淮南、浙东西、江西、宣歙旱"⑥,乐天自云"去秋愆阳,今夏少雨,实忧灾沴,重困杭人"⑦,"余在郡三年,仍岁逢旱"⑧。两唐书对长庆二年杭州所在区域的饥荒也有记载,《新唐书》云:"长庆二年,江淮饥。"⑨《旧唐书》说:"(十二月癸巳)淮南奏和州饥,乌江百姓杀县令以取官米。"⑩ 说明当时江淮旱情非同一般。白居易可谓临危受命,身负重托,为缓解旱情,他到任后曾为求雨"历祷四方"⑪。宝历元年(825)三月白居易除苏州刺史,五月到任,秋遇旱灾,史

---

① 朱金城笺校:《白居易集笺校》,上海:上海古籍出版社1988年版,第2594页。
② 朱金城笺校:《白居易集笺校》,上海:上海古籍出版社1988年版,第495页。
③ 朱金城笺校:《白居易集笺校》,上海:上海古籍出版社1988年版,第781页。
④ 朱金城笺校:《白居易集笺校》,上海:上海古籍出版社1988年版,第512页。
⑤ 刘昫等:《旧唐书》,北京:中华书局1975年版,第500页。
⑥ 欧阳修、宋祁:《新唐书》,北京:中华书局1975年版,第226页。
⑦ 朱金城笺校:《白居易集笺校》,上海:上海古籍出版社1988年版,第2671页。
⑧ 朱金城笺校:《白居易集笺校》,上海:上海古籍出版社1988年版,第3669页。
⑨ 欧阳修、宋祁:《新唐书》,北京:中华书局1975年版,第899页。
⑩ 刘昫等:《旧唐书》,北京:中华书局1975年版,第501页。
⑪ 朱金城笺校:《白居易集笺校》,上海:上海古籍出版社1988年版,第2673页。

料纪实为:"秋,荆南、淮南、浙西、江西、湖南及宣、襄、鄂等州旱。"①苏州恰在浙西,乐天诗文云"为郡已周岁,半岁罹旱饥"②。诗史互证,灾情确实不假。他眼见百姓深陷苦难,自己早年的遭际又在民间重演,岂能坐视不理。由此可见,白居易苏杭兴水治水,其动机即在抗旱救灾安民上。他离任杭州刺史时,曾写诗《别州民》,道出治理西湖的动机,诗句云:"税重多贫户,农饥足旱田。唯留一湖水,与汝救凶年。"诗后自注云:"今春增筑钱塘湖堤,贮水以防天旱。"③

守土江淮,兴水乃大势所趋

在中国古代水利史上,唐代继秦汉之后再掀水利热潮。唐代水利建设情况及工程数目,已有不少学者进行过系统研究。屈弓先生在冀朝鼎、邹逸麟、韩国磐、宋锡民等学者的研究基础之上,得出的统计结果为407项④。这是前所未有的,也是此前任何时期都不能相提并论的。单以长江下游地区为例,根据冀朝鼎所制《中国治水活动的历史发展与地理分布的统计表》⑤计算,春秋至隋该地区共建水利工程64项,其中六朝时期32项。另外,学者陈勇统计出,唐代该地区共建水利工程104项,是六朝时期的3.4倍⑥。

白居易处中晚唐时期,长庆二年(822)除杭州刺史,宝历元年(825)除苏州刺史,这个时期唐代南方水利发展较为迅速。唐代水利发展情况,一般认为以天宝十四载(755年)安史之乱爆发为界,前期业已形成一个前所未有的高潮,发展重点主要在关中,其次是河南、河北和河东道及西北边区;天宝之后,北方藩镇割据,战乱频发,又气候变迁等,迫使唐王朝经济依托

---

① 欧阳修、宋祁:《新唐书》,北京:中华书局1975年版,第917页。
② 朱金城笺校:《白居易集笺校》,上海:上海古籍出版社1988年版,第1433页。
③ 朱金城笺校:《白居易集笺校》,上海:上海古籍出版社1988年版,第1564页。
④ 屈弓:《关于唐代水利工程的统计》,《西南师范大学学报(哲学社会科学版)》1994年第1期,第103页。
⑤ 冀朝鼎:《中国历史上的基本经济区与水利事业的发展》,北京:中国社会科学出版社1981年版,第36页。
⑥ 陈勇:《论唐代长江下游农田水利的修治及其特点》,《上海大学学报(社会科学版)》2006年第2期,第112页。

南移，水利关乎国运，加快发展成为必须。先来看淮南道，按《新唐书》地理志记载，该道共有十二州五十三县，经逐项统计，唐代共建水利工程15项，中唐之前4项，中唐之后11项。需要注意的是，这里把和州历阳郡乌江县的韦游沟分作两个工程，这是学界认可的算法。《新唐书》说得非常清楚，"（乌江）东南二里有韦游沟，引江至郭十五里，溉田五百顷，开元中，丞韦尹开；贞元十六年，令游重彦又治之，民享其利，以姓名沟"①。同一工程，在不同时期重建或重浚，需要分别作计。还有，淮南道中唐之后兴建的11项工程，属于长庆年间的有5项，主要集中在楚州淮阴郡境内，《新唐书》云："（宝应）西南四十里有徐州泾、青州泾，西南五十里有大府泾，长庆中兴白水塘屯田，发青、徐、扬州之民以凿之，大府即扬州；北四里有竹子泾，亦长庆中开。""（淮阴）南九十五里有棠梨泾，长庆二年开。"② 江南道的情况也值得一说，按《新唐书》地理志记载，该道共有五十一州二百四十七县，经逐项统计，唐代共建水利工程76项，中唐之前27项，中唐之后49项。其中，杭州12项（前6后6）、越州11项（前4后7）、泉州10项（前7后3）、湖州6项（前2后4）；此外，中唐之前无中唐之后有积极作为的分别是江州（4项）、饶州（4项）、歙州（3项）、洪州（3项）、宣州（3项）、福州（3项）、常州（2项）和苏州（2项）等。综合淮南道和江南道的情况看，唐代在江淮大地共建水利工程91项。其中，中唐之前31项，中唐之后60项，差一点翻倍。我们还可以把关注范围缩小，把焦点定位在浙西地区。浙江西道乾元元年初置，领升、润、宣、歙、饶、江、苏、常、杭、湖10州，此后宣、歙、饶、升、江，时而罢领，时而复领，这里为方便统计，以初置范围为准。整个唐代该地区共建水利工程42项。其中，中唐之前13项，中唐之后29项，是前期的2.23倍。由此可见，中唐以后南方，尤其是江淮，水利发展势头强劲，速度大超前期。

白居易任官的苏杭两地皆在浙西境内，又处运河沿线，是江淮的核心区域，其战略意义非同一般。"天宝已后，戎事方殷，两河宿兵，户赋不入，军

---

① 欧阳修、宋祁：《新唐书》，北京：中华书局1975年版，第1053页。
② 欧阳修、宋祁：《新唐书》，北京：中华书局1975年版，第1052页。

国费用,取资江淮。"①"当今赋出于天下,江南居十九。"②"江淮田一善熟,则旁资数道,故天下大计,仰于东南。"③"浙右之疆,包流山川,控带六州,天下之盛府也。国之虚盈,于是乎在。"④白居易任官两地时,非常清楚肩挑重任,"江南列郡,余杭为大"⑤,"当今国用,多出江南。江南诸州,苏最为大"⑥,他必须考虑水利,他深知水乃农业命脉,水资源的多寡、利用的好坏,不仅直接影响到地方经济社会发展,而且还会影响到整个朝廷的用度。

由此可见,白居易苏杭治水,乃随势而为,借势发力,大的形势需要他有所担当,不能含糊。

得道多助,禹功蓝图成现实

唐代距今一千多年,限于生产条件,兴水困难尤多。就人力组织而言,需大规模征发民夫群体劳作,动辄成千上万人。以大和七年(833)一工程为例:"(六月己卯)河阳修防口堰,役工四万,溉济源、河内、温县、武德、武陟五县田五千余顷。"⑦水利建设对治水者的要求也甚高,其一要有志治水,不避艰辛,躬身实践;其二得熟谙水情,知晓地质特征;其三尚需有超强的统筹与调度能力,等等。当然,最关键的要得到朝廷支持。唐代水利建设,不论水部官员还是地方官员,都不能想当然就可大兴土木。其管理机制概括来讲为"中央总举,地方自营"⑧,一般须先奏请朝廷知悉,再由朝廷派人检覆,确认无误以后,才会诏许动工。作为文官的白居易,在当时生产力低下、科技不发达、任期工期皆有限的情况下,勇于担当,敢作敢为,带领苏杭百姓,治理西湖,疏通山塘河,的确难能可贵。

---

① 董诰:《全唐文》,北京:中华书局1983年版,第677页。
② 董诰:《全唐文》,北京:中华书局1983年版,第5612页。
③ 欧阳修、宋祁:《新唐书》,北京:中华书局1975年版,第5076页。
④ 董诰:《全唐文》,北京:中华书局1983年版,第5422页。
⑤ 朱金城笺校:《白居易集笺校》,上海:上海古籍出版社1988年版,第3194页。
⑥ 朱金城笺校:《白居易集笺校》,上海:上海古籍出版社1988年版,第3672页。
⑦ 刘昫等:《旧唐书》,北京:中华书局1975年版,第550页。
⑧ 张弓:《中国古代的治水与水利农业文明——评魏特夫的"治水专制主义"论》,《史学理论研究》1993年第4期,第21页。

这里，先来探讨白居易的兴水事宜到底如何赢得了朝廷支持。乐天任杭州刺史前，除贬官江州司马、量移忠州刺史外，曾入翰林为学士，授左拾遗、尚书主客郎中、中书舍人等职。翰林学士"参谋议、纳谏诤"，"专掌内命"，"又以为天子私人"①，左拾遗"掌供奉讽谏，大事廷议，小则上封事"②，中书舍人"掌侍进奏，参议表章。凡诏旨制敕、玺书册命，皆起草进画"，"百司奏议考课，皆预裁焉"，"以六员分押尚书六曹，佐宰相判案"③。此外，乐天也深知"天下州府之上隶尚书省……上下左右之公事文移毕会于尚书省而沟决发遣或奏上之"④。由于对朝廷及地方政事相当熟悉，自然有助于他懂得如何有效快速争取到支持。

当然，懂得也仅是便利而已，主要的应该在于他有志治水，利为民谋，得道多助。下面探讨乐天在朝中的人际关系。封建王朝铁打的衙门，流水的官，乐天交游广泛，朋友遍布朝中，许多人曾担任过宰相，如李夷简、崔群、裴度、元稹、令狐楚、崔植、杜元颖、李宗闵、李程、裴垍、李绛、牛僧孺等。"宰相之职，佐天子总百官、治万事。"⑤ 乐天本人也有为相的能力和才华，元和二年（807）十一月他自盩厔尉充翰林院学士，当时在院学士有李程、王涯、裴垍、李绛、崔群。会昌元年乐天赋诗云："同时六学士，五相一渔翁。"⑥ 意即最初同在翰林院的六人，有五人做过宰相，独我闲散一渔翁。诗句有自我解嘲味，言外之意自己本也有为相的能力。由此推知，长庆二年白居易出守杭州，能够在任上一年多即完成西湖治理工程，定与此时为相的杜元颖、牛僧孺有关。杜元颖长庆元年（821）二月拜相，三年十月罢相；牛僧孺三年三月拜相，宝历元年一月罢相。杜元颖与白居易、崔玄亮、吴丹等十九人贞元十六年（800）同登进士。大和七年（833）乐天有诗自注云：

---

① 欧阳修、宋祁：《新唐书》，北京：中华书局1975年版，第1183-1184页。
② 欧阳修、宋祁：《新唐书》，北京：中华书局1975年版，第1207页。
③ 欧阳修、宋祁：《新唐书》，北京：中华书局1975年版，第1211页。
④ 严耕望：《唐仆尚丞郎表》卷1，北京：中华书局1986年版，第3页。
⑤ 欧阳修、宋祁：《新唐书》，北京：中华书局1975年版，第1182页。
⑥ 朱金城笺校：《白居易集笺校》，上海：上海古籍出版社1988年版，第2505-2506页。

"余与吏部崔相公甲子同岁，与循州杜相公及第同年。"① 循州杜相公即杜元颖，既然是同年及第，皆出主考官高郢门下，关系自然非同一般。牛僧孺与白居易也相好。元和三年四月，天子策试贤良方正直言极谏科，牛僧孺、李宗闵、皇甫湜指陈时政，毫无顾忌，仍被录取，激怒了宦官阶层和李吉甫。李吉甫向皇上泣诉，诬言考官舞弊，主张将牛僧孺等出为幕职。乐天上疏力谏，鸣不平，希望"僧孺等准往例与官"②。还有，乐天本人也参与本次制科考覆工作，他与牛僧孺即有师生情谊。大和六年（832），牛僧孺任淮南节度使，赴扬州路经洛阳，受到白居易接待，乐天赋诗云："何须身自得，将相是门生。"并加自注云："元和初牛相公应制策登第三第，予为翰林考覆官。"③ 牛僧孺嗜石，乐天晚年专门为其写过《太湖石记》。长庆四年乐天罢杭州，诗寄宰相牛僧孺求分司，得遂所请。连私事都能相助，况白氏西湖工程乃德政也。

再来看白居易与尚书省水部的关系。元和十五年（820）夏天，白居易自忠州召还，先后除尚书司门员外郎，历主客郎中知制诰，迁中书舍人，对尚书省各部职能肯定熟悉，水部郎中、员外郎"掌天下川渎陂池之政令，以导达沟洫，堰决河渠。凡舟楫溉灌之利，咸总而举之"④，"掌津济、船舻、渠梁、堤堰、沟洫、渔捕、运漕、碾硙之事"⑤。说到水部，自然会联想到张籍。张籍贞元十五年（799）登第，乐天十六年登第，知贡举者皆为高郢。张籍曾有诗云"登第早年同座主，题诗今日异州人"⑥，即表明二人师属同门。张籍长庆二年春除水部员外郎，由时任中书舍人白居易撰写制书，乐天为此还曾赋诗一首，题为《喜张十八博士除水部员外郎》。当年七月十四乐天除杭州刺史，翻秦岭走蓝田武关驿道赴任，八月初过河南内乡县，与出外巡视回长安

---

① 朱金城笺校：《白居易集笺校》，上海：上海古籍出版社1988年版，第2100页。
② 朱金城笺校：《白居易集笺校》，上海：上海古籍出版社1988年版，第3328页。
③ 朱金城笺校：《白居易集笺校》，上海：上海古籍出版社1988年版，第2104页。
④ 刘昫等：《旧唐书》，北京：中华书局1975年版，第1841页。
⑤ 欧阳修、宋祁：《新唐书》，北京：中华书局1975年版，第1202页。
⑥ 张籍：《张籍诗集》，北京：中华书局1959年版，第56页。

的张籍相遇，"长庆二年，江淮饥"①，"籍出使殆奉命巡视水利、漕运等事"②。乐天为此赋诗云："旅思正茫茫，相逢此道傍……客亭同宿处，忽似夜归乡。"③ 这同宿客栈的经历，实在大有文章，一个是水部官员，一个是赴任旱荒之地的刺史，水利与旱荒必是当晚的重要话题。两人分手后，白居易继续南下，对兴水治水可谓踌躇满志，这与他初罢官及刚出长安部分诗篇所载的心态迥异，《初罢中书舍人》云"命薄元知济事难"④，《初出城留别》云"我生本无乡"⑤，《商山路有感》云"此生都是梦"⑥。作别张籍，离开内乡，他登舟改走水路时，当即赋诗《初下汉江舟中作寄两省给舍》云："尚想到郡日，且称守土臣。犹须副忧寄，恤隐安疲民。"⑦ 两省即门下省和中书省，此时寄诗两省朋友，已不单是抒发闲情，而是提前告白，希望守土杭州有需支持的，大家务必要给力。

白居易下汉江后，并没有顺江直达鄂州，而是过郢州改走漕运道，至江陵进入长江水路。在洞庭湖口，他写下极重要的诗作《自蜀江至洞庭湖口有感而作》，表明其立志治水的决心，此诗也是他到杭州治水的宣言，诗云："水流天地内，如身有血脉。滞则为疽疣，治之在针石。安得禹复生，为唐水官伯？手提倚天剑，重来亲指画。疏河似剪纸，决壅同裂帛。渗作膏腴田，踏平鱼鳖宅。龙宫变闾里，水府生禾麦。坐添百万户，书我司徒籍。"⑧ 王拾遗1983年5月版《白居易传》认为此诗系元和十五年（820）乐天从忠州返长安途中所作⑨；其1957年3月版《白居易》则认为此诗系长庆二年（822）乐天赴任杭州途中作⑩。先生之说早年的倒是对的，晚年之修正却忽略唐时荆

---

① 欧阳修、宋祁：《新唐书》，北京：中华书局1975年版，第899页。
② 罗联添：《唐代诗文六家年谱》之《张籍年谱》，台北：台湾学海出版社，1986年版，第213页。
③ 朱金城笺校：《白居易集笺校》，上海：上海古籍出版社1988年版，第1317页。
④ 朱金城笺校：《白居易集笺校》，上海：上海古籍出版社1988年版，第1313页。
⑤ 朱金城笺校：《白居易集笺校》，上海：上海古籍出版社1988年版，第414页。
⑥ 朱金城笺校：《白居易集笺校》，上海：上海古籍出版社1988年版，第1315页。
⑦ 朱金城笺校：《白居易集笺校》，上海：上海古籍出版社1988年版，第428页。
⑧ 朱金城笺校：《白居易集笺校》，上海：上海古籍出版社1988年版，第429页。
⑨ 王拾遗：《白居易传》，西安：陕西人民出版社1983年版，第179-180页。
⑩ 王拾遗：《白居易》，上海：上海人民出版社1957年版，第107页。

襄水运线路，而且也不合理。乐天歌诗合为事而作，元和十五年从忠州返长安，他断不会无端说水利。

再顺江东下到达江州，白居易故地重游，受到好友李渤刺史热情接待。二位于水利建设有共识，到底是谁启发谁，的确不可考，但李渤行动之快却可证，史料云："（浔阳）南有甘棠湖，长庆二年刺史李渤筑，立斗门以蓄泄水势。"① 李翱《江州南湖堤铭（并序）》记录此事更细，"长庆二年十二月，江州刺史李君浚之截南陂，筑堤三千五百尺，高若干尺，广若干尺，以通四乡之路，蓄水为湖，人得其赢。正月既毕事"②。该工程当年十二月开工，白居易十月一日到达杭州。二人相见时，李渤若运筹成熟，则李渤鼓舞了乐天；李渤若还未运筹，则英雄所见略同，一拍即合。

长庆三年（823）秋，白居易收到张籍寄到杭州的诗歌，当即赋诗《张十八员外以新诗二十五首见寄郡楼月下吟玩通夕因题卷后封寄微之》，此后再赋《江楼晚眺景物鲜奇吟玩成篇寄水部张员外》。张籍长庆四年夏罢水部员外郎，乐天五月除太子左庶子分司东都。可以推知：白氏西湖水利，张籍自始至终给予了关照和支持。当然，或许李渤也曾给力相助。长庆三年正月后李渤回京，任理匦使谏议大夫；长庆四年七月依旧在任③，理匦使专门负责处理各种请事投状文书，匦置庙堂，"告朕（指皇上）以养人及劝农之事者，可投书于青匦"④。

还有一个问题需辨析，即白居易与李德裕的关系。二人因为牛李党争，少有往来，这是事实，但也绝非针锋相对的仇敌。他与牛僧孺、李宗闵关系甚洽，而他的挚友刘禹锡、元稹皆与李德裕相交颇深。白居易任职苏杭时，李德裕均在浙西观察使任上。"观察使以丰稔为上考，省刑为中考，办税为下考。"⑤ 乐天兴水安民救饥荒与李德裕的政绩密切相关，按常理李德裕不会阻碍他开展工作。乐天在杭州、苏州两地，与李德裕各唱和一次。杭州诗为

---

① 欧阳修、宋祁：《新唐书》，北京：中华书局1975年版，第1068页。
② 董诰：《全唐文》，北京：中华书局1983年版，第6427页。
③ 王溥：《唐会要》，北京：中华书局1955年版，第957页。
④ 王溥：《唐会要》，北京：中华书局1955年版，第956页。
⑤ 欧阳修、宋祁：《新唐书》，北京：中华书局1975年版，第1310页。

《奉和李大夫题新诗二首各六韵》，苏州诗为《小童薛阳陶吹觱篥歌—和浙西李大夫作》，这是白居易一生对李德裕唱和的两首诗。从这一点看，乐天刺史对上司德裕已这厢有礼了。至于有争论的《李德裕相公贬崖州三首》，宋代苏辙、近代岑仲勉等皆已指出此为小人托名乐天所作的伪诗。岑仲勉引苏辙语："至其闻文饶谪朱崖三绝句，刻覈尤甚，乐天虽陋，盖不至此也。且乐天死于会昌之初，而文饶之窜在会昌末年，此决非乐天之诗，岂乐天之徒浅陋不学者附益之耶？乐天之贤，当为辩之。"① 苏辙的辨析有瑕疵，乐天离世在会昌六年八月，德裕此时在荆南节度使任上，并于九月"为东都留守"②，此后还任"太子少保"③ 分司东都，贬崖州司户在"大中二年九月"④。按照老算法，大中二年离会昌六年已有三年。由此可见《李德裕相公贬崖州三首》，确为居心叵测之小人托名乐天所作的伪诗。

心怀仁爱，晚年犹开八节滩

白居易思想研究，向为白学重镇。一般认为，就其思想接受来源讲无非受儒道释三家之影响。但是，具体情况如何呢？不同研究视角自有不同的结论。王拾遗云："（白居易）壮年是儒家思想为主，佛、道思想次之；中年是儒、佛思想为主，道家思想次之；晚年是儒、道思想为主，佛家思想次之。"⑤ 意即白氏思想有阶段性，各阶段的主次有别，但是儒家是贯穿始终的。贺秀明则认为："（白氏思想）以儒为本，佛为用；以儒奉佛，以儒释佛；儒释互补……始终以儒家思想为主。"⑥ 肖伟韬则认为："儒家思想才是其生命的底

---

① 国立中央研究院历史语言研究所集刊编辑委员会：《国立中央研究院历史语言研究所集刊第九本》，商务印书馆民国三十六年版，第483页。
② 司马光编纂，胡三省音注：《资治通鉴》，郑州：中州古籍出版社1991年版，第1710页。
③ 司马光编纂，胡三省音注：《资治通鉴》，郑州：中州古籍出版社1991年版，第1711页。
④ 宋敏求编：《唐大诏令集》，上海：学林出版社1992年版，第281页。
⑤ 王拾遗：《白居易研究》，上海：上海文艺联合出版社1954年版，第96页。
⑥ 贺秀明：《刘禹锡白居易晚年老病、奉佛诗之同异》，《福建论坛（人文社会科学版）》2006年第6期，第95页。

色和根本，中晚年投入释、道信仰的境域，只不过是进一步丰富和完善了白居易的生存哲学而已。"① 马现诚则认为："对白居易而言，儒道统一的实质在于对现实世界的有所作为与为而有度的态度和适意度上；儒释统一的实质在于实践过程中所采取的智慧方式以及在其过程中获得智慧后的自适感与人生体验上；而释道统一的意义便在于他对人生实践的对象——现实生活所采取的恬淡知足、超然通达的态度。这三层内容虽各有所重，但它们有一个交叉点，就是'有所为'。"② 上述评价仁者见仁智者见智，其共同点在于，肯定儒家思想才是乐天思想的根本与底色，释道融入也不改其"有所为"的人生态度。

白居易生于唐纪，走科举之路步入仕途，精熟儒家经典，受其影响是必然。当然，以儒为本的家世，也有潜移默化之功。乐天祖父白锽"幼好学，善属文，尤工五言诗，有集十卷。年十七，明经及第"③，其父白季庚"天宝末明经出身"④。这说明儒家思想对他的影响是强势的、先入为主的、根深蒂固的，不可动摇。至于佛道思想，在乐天那里与儒家思想是融合的，并不冲突。先看儒道之融合，马现诚先生的观点颇有见地："儒道产生于中国历史上思想异常活跃而社会纷乱不堪的春秋战国时代，各家尽管从不同的立场阐述自己对现实的人生态度以及治世的方略，为此争鸣不休，各执一端。但从社会观及社会理想角度看，其所追求达到的最高理想社会状态在本质上具有相互交会的契合点，如使乱世达于治，国富民殷，世俗清和，社会群体与个体之间处于和谐共生的状态。"⑤ 再来看儒释之融合，马现诚引两段白居易自己

---

① 肖伟韬：《白居易〈论语〉〈孟子〉思想论析》，《宁夏大学学报（人文社会科学版）》2012年第3期，第109页。
② 马现诚：《论白居易的人生态度及与儒道佛的交融》，《学术论坛》2005年第1期，第118页。
③ 朱金城笺校：《白居易集笺校》，上海：上海古籍出版社1988年版，第2832页。
④ 朱金城笺校：《白居易集笺校》，上海：上海古籍出版社1988年版，第2836页。
⑤ 马现诚：《论白居易的人生态度及与儒道佛的交融》，《学术论坛》2005年第1期，第116页。

的言论,指出他"将王道与佛道相提并论"①,意即不矛盾不冲突。白氏的精彩言论,一是大和元年(827)所作《三教论衡》云:"夫儒门释教,虽名数则有异同;约义立宗,彼此亦无差别。所谓同出而异名,殊途而同归者也。"②二是元和元年(806)所作《策林四·议释教》云:"(释教)大抵以禅定为根,以慈忍为本,以报应为枝,以斋戒为叶。夫然亦可以诱掖人心,辅助王化。"③

思想决定行动,行动实践思想。从白居易年轻时志在兼济、拯时安民的情怀,以及除忠州刺史开始所独立施行的善政善举来看,儒家思想对他的影响确是贯通始终的,佛道也支持他"有所为"。苏轼曾著文《醉白堂记》,盛赞乐天云:"忠言嘉谋,效于当时,而文采表于后世。死生穷达,不易其操,而道德高于古人。"④此段妙语涉及乐天的思想、情怀、文采和美德,可惜不是专论乐天之作,自然未涉及其善政善举。单从水利建设上讲,白居易治理杭州西湖,疏通苏州山塘河,是在躬身践行儒家民本、德政、仁政思想,是在身体力行"养民也惠"(《论语·公冶长》)、"忧民之忧"(《孟子·梁惠王下》)、"施仁政于民"(《孟子·梁惠王上》),他明知水利建设复杂艰辛、劳心劳神,时间短任务重,但是他义无反顾去做了,不自觉地表现出了"知其不可为而为"(《论语·宪问》)、"舍我其谁"(《孟子·公孙丑章句下》)的责任感和使命感。你能说这里面没有"以慈忍为本"的佛家思想和主张使民众"甘其食,美其服,安其居,乐其俗"⑤的道家思想成分吗?同样,也正因为有儒道释的融合,白居易到了晚年,尚书致仕,不管政事,皈依佛门,与僧人往来、研读佛典、持斋坐禅等成为其生活的重要部分,他还坚持在现实中行菩萨善举,除了捐钱重修香山寺,还施财"开得龙门八节滩"。就会昌四年(844)成功开凿八节滩一事,乐天自云:"兹吾所用适愿快心,拔苦施

---

① 马现诚:《论白居易的人生态度及与儒道佛的交融》,《学术论坛》2005年第1期,第116页。
② 朱金城笺校:《白居易集笺校》,上海:上海古籍出版社1988年版,第3676页。
③ 朱金城笺校:《白居易集笺校》,上海:上海古籍出版社1988年版,第3545页。
④ 孔凡礼点校:《苏轼文集》,北京:中华书局1986年版,第345页。
⑤ 冯达甫译注:《老子译注》,上海:上海古籍出版社1991年版,第174-175页。

乐者耳！岂独以功德福报为意哉？"① 这里所谓"适"有道家的"安适""顺适"意味，而"功德福报"是佛家的，除了这些难道就没有其他的吗？好一个"岂独以功德福报为意哉"，这话问得真是意味深长。

对于白居易晚年"开得龙门八节滩"还有必要多说几句。笔者在《论白居易与水利建设》中已指出这个工程不一般，"在这一工程中我们司空见惯的官府主体没有了，白居易的行为纯粹类于今日所见的志愿者行动，是大善举大慈悲，是真正的大爱行为"②。正因为它不一般，所以影响大，此善举作为典故多次在高丽、朝鲜时代士人诗中出现，这里承接拙作附记两则资料，一是李仁老（1152—1220）赋诗《崔太尉双明亭》云："醉吟先生醉龙门，八节滩流手自凿。"③ 二是李退溪（1501—1570）赋诗《郡斋移竹》云："樱桃杨柳揔莫污，晚岁飘然八滩曲。"④

综上所述，白居易一生忧念民生，主要有天道无常需人力拯危，国用依托需随势而为，其行本善得道多助等方面的原因，成全了他化禹功梦想为现实。其中，最可珍贵的即是他抱持终身的爱民情怀。杜甫有《茅屋为秋风所破歌》云"安得广厦千万间，大庇天下寒士俱欢颜"⑤，诗人自身尚且生活困窘，竟然能够在绝境中推己及人心念苍生，其胸襟与气魄无疑是伟大的。白居易于此也毫不逊色，类似诗作多达三首，一是元和年间所作《新制布裘》云："中夕忽有念，抚裘起逡巡。丈夫贵兼济，岂独善一身。安得万里裘，盖裹周四垠？稳暖皆如我，天下无寒人。"⑥ 二是长庆二年（822）所作《醉后狂言酬赠萧殷二协律》云："我有大裘君未见，宽广和暖如阳春。此裘非缯亦非纩，裁以法度絮以仁。刀尺钝拙制未毕，出亦不独裹一身。若令在郡得五

---

① 朱金城笺校：《白居易集笺校》，上海：上海古籍出版社1988年版，第2550页。
② 谢祥林：《论白居易与水利建设》，《农业考古》2014年第6期，第165页。
③ 转引自：（韩国）金卿东：《高丽、朝鲜时代士人对白居易的"受容"及其意义》，《文学遗产》1995年第6期，第44页。
④ 转引自：（韩国）金卿东：《高丽、朝鲜时代士人对白居易的"受容"及其意义》，《文学遗产》1995年第6期，第49页。
⑤ 傅东译注：《杜甫诗》，商务印书馆民国二十三年版，第127页。
⑥ 朱金城笺校：《白居易集笺校》，上海：上海古籍出版社1988年版，第65页。

考，与君展覆杭州人。"① 三是大和五年（831）所作《新制绫袄成感而有咏》云："心中为念农桑苦，耳里如闻饥冻声。争得大裘长万丈，与君都盖洛阳城。"② 笔者在此无意将两位伟大诗人作比较，因为就高尚的品德而言他们是一致的。但是他们所处的时代有先后，人生际遇不一，各自伸展的抱负也就自然不同。让我们感到欣慰的是，白居易反复用象征物"大裘"取代杜甫之"广厦"，这是在做诗艺创新，此外乐天还将自己的忧念民生付诸行动，传承和发扬杜甫仁爱精神，实现前贤未竟之抱负，最终通过水利建设将抽象"大裘"变现成真正的贴身之物，并实实在在造福了民众。

〔2016年3月《重庆邮电大学学报（社会科学版）》〕

---

① 朱金城笺校：《白居易集笺校》，上海：上海古籍出版社1988年版，第700页。
② 朱金城笺校：《白居易集笺校》，上海：上海古籍出版社1988年版，第1986页。

后 记

完成这本书初稿的时间是在癸卯年四月间。二十八日我将初稿发给巴蜀书社张照华先生看，他第一时间予以肯定。根据我的介绍，他为本书取名为《全蜀江河诗钞（岷江卷）》。这个取名出乎我的预料，让我一下子想到了杨慎的《全蜀艺文志》，想到了孙桐生的《国朝全蜀诗钞》。我是从来没有想到这种高度的，也不敢自比前贤。但是，事实上我当前所做的事，就是先贤们曾经做过的。只不过这次我捧出的书稿，更聚焦在"水"上，所选诗篇全是涉水的，而且是按照江河流域来分卷的。还有，就是我认真就所选的诗一一进行了注解和分析。

做蜀地江河诗篇的搜集与整理，这个想法萌生于七八年前。那个时候，我正在研读白居易上瘾，已经有学术论文《论白居易与水利建设》《白居易治水动机及机缘论考》诞生。我做学术研究，用前贤张中行的话来说，属于修"野狐禅"的那种。一切都是随遇而安，仅仅喜欢读而已。之所以选择读白居易，还是中行翁在引导，他在《诗词读写丛话》一书里金针度人，说读古典诗词，可以读三百首，各个朝代的都来，不限于唐朝。如果胃口好，那就选一位你喜欢的诗人全集来读。我就是冲着清爽的文风找到白香山的。一读，果然是自己喜欢的。读了两三遍，问题就冒出来了一大堆，他的交游，他的思想，他的俸禄，他的身世，他的贬谪等等，我就认为可以做学术文章了。这个时候到中国知网上查相关关键词，发现我要去解答的问题，各种答案都有了。最后，只发现在他的子嗣上还有一个问题大家没有搞清楚，那就是白居易一生到底有几个子女，学界说四个的有，说五个的也有。问题实质在于：白香山贬谪时有首诗《自到浔阳生三女子因诠真理以遣妄怀》，这里的"三女子"到底是单指还是复指？我花大力气揭开了这个谜。但是，文章写完，一

全蜀江河诗钞（岷江卷）

下子又陷入茫然：学术之路何去何从呢。人生的诸多重大际遇，现在想来真是一场偶然。这个时候，我遇到了两位在水利系统很有影响力的研究水文化的老先生：刘冠美和陈渭忠。当时，刘陈二老都已退休，他们在四川省水利厅机关党委王晓沛先生的组织下，准备着手编著《蜀水文化概览》。我在单位的支持下，在老领导王建华的激励下，有幸参与到这个团队中来。因为相对年轻，被老先生们给予信任，鼓励我大胆对汇总的初稿进行整理，目标是将58万字的文稿删减到28万字左右。我做到了，并前后校对文稿七遍。此举从此为我打开新的世界。我将水文化与白居易诗文阅读两相结合，立即催生了两篇论文，发前人所未发。由此看来，多学科交叉进行研究，因为视角的独特性，确实是能够带来新发现的。

随着自己对地域文化、行业文化认知的不断加深，加上各种机缘巧合，让我经历了一些水文化传承与传播的实践，让我越发感受到确有必要进行四川各大江河涉水诗歌的搜集与整理。温柔敦厚，诗教也。在中华优秀传统文化中，古典诗歌的地位是不可撼动的。李书磊先生在早年的论文中讲到，中国古典诗词是中国文化最合法的传承者与保守者，中国古典诗词是中国文化最高形式的传承者与保守者。在这些认知的指引下，我开始在校内搭建团队，按照四川省河长制的分工情况搭建流域框架，一日一功开展搜集整理工作。前后花费两年多时间，我们收集整理出涉水诗篇1000多首。如何处理呢？就像历代前贤编辑类诗一样简单归拢成书吗？我个人觉得还不到位，就这样出版诗歌汇集，估计只能满足一部分学者的兴趣罢了。我开始尝试进行注解，想着让更多读者看得懂，真正达到诗教的目的。结果，这一步迈出去，我发现问题太大了，这个工作堪称巨大工程。与我同行的伙伴全部掉队，我只有一个人硬着头皮继续前行。苦，真是太苦了。但是苦中也有乐啊，而且是永远难忘的乐。我在解读杜诗时，从水的视角看到了前所未有的光景，看到了杜甫在成都浣花溪构筑了一个独特的"水上王国"精神世界，他在用这个王国的草木鸟兽鱼虫关照大唐王朝的风云变幻。我在解读花蕊宫词时，看到了古往今来最为天真烂漫的女诗人，我为之写诗云："天香轻嗅有无中，作比黄花色又浓。清水无痕曾照影，千秋光耀蜀王宫。"我在解读《成都文类》编写者袁说友的诗作时，看到了他的诗句"自怜忧国愿，窘似生体疥"，顿时心生狂喜，他写一个人的忧国忧民之念时时浮上心头，正好比身患干疮子一般越撩越痒，越撩越上瘾。我在解读顾复初的诗歌时，看到了他的才华横溢，看到了他的自负和对"诗圣"杜甫的不服气，看懂了他撰写的名联"异代不同时间如此江山龙蜷虎卧几诗客，先生亦流寓有长留天地月白风清一草堂"。我分享给朋友们说到："自古诗人例到蜀，现在想来，他们主要是来成都找杜甫比武的。"

现在，摆在大家面前的这本书，就是我在苦中有乐的文化旅程中慢慢积累形成的。就我个人的古典诗歌阅读经历而言，我产生了一种比较深刻的认识：散看中国古典诗歌，是浮光掠影的看；专注白居易研究的看，是聚焦点上的看；现在的为全蜀江河诗钞作注，是带状面状的看。第三种看，既是深耕又是拓展，能看出文化的脉络，能看出文化的自觉，能看出文化的波涛翻涌之势。中国古典诗歌，是文化的沃野和乐土，特别养人。还有，古往今来的诗坛先贤，灿若银河的万千星辰。王勃的成都诗篇《重别薛升华》有云："明月沉珠浦，秋风濯锦川。"这里写水天相接的情形，广阔、恢弘。锦江如银河，银河即锦江。中国古典诗歌的流变盛况，正好比长江之水天上来，奔流到海不复回。沉醉其中，是莫大的福分。

当然，我也知道，目前这本书只是《全蜀江河诗钞》的第一卷，她的完成还只是一个开头而已。相对于我原来的计划，这本书选注的一百多首涉水诗篇，其诗歌现场还仅限于岷江流域。未来的呈现，必须还有沱江卷、涪江卷、嘉陵江卷、渠江卷等等。面对如此浩大的工程，我深知自己任重道远。一个人的时间与精力到底是有限的，未来，我想找合作对象，我相信一定能够找到，也相信能够早日完成这一工程。

写到这里，我觉得该写点感谢的话了。除了上述的几位老先生以及从未谋面的中行翁外，我真心致谢的人还有许多，包括爱人与女儿。限于篇幅，这里只择师辈、友朋中对我影响最大的说说。一是四位恩师：张璐、何光福、童明伦、谭徐明。张璐先生是我的高中班主任，我爱上文科，并走上文科之路，他是引路人。何光福先生与童明伦先生，是我的大学老师。何老师教《古代汉语》，童老师教《古代文学》唐宋部分及古典诗歌写作选修课，这两位大学老师教给我的东西最多，也记忆最为深刻，并受益至今。谭徐明先生是水利史与水文化研究方面的大学者、大专家,我在整个水文化理论的建构和提升方面受惠于她最多,她也待我若嫡传弟子,推荐书目,评价论文,指点迷津……还专门布置选题,引导我解决了大郎堰的学术问题,等等。二是两位热爱古典诗歌的朋友,张起君和杜均小友,在学问上我们真是可以相互切磋,共同成长的。三是大学时结拜的兄弟,吴向阳、曾奇、帅红、白勇、刘清泉、李海洲,我们当时是因为热爱新诗走到一起的。三十年时间过去了,向阳、清泉、海洲至今活跃在新诗界。我放下新诗,独自钻故纸堆去了,他们喜新不厌旧,待我依旧情谊如初。我始终认为古典诗与现代诗,只是表现形式不同而已,骨子里的东西还是一致的。兄弟们的看法,估计也是这样吧。

最后,谨向读者致敬。灾梨祸枣,要求得完美,是一厢情愿的事儿。不当之处还请方家指正批评。

是为后记。

谢祥林

2023 年 6 月 15 日于崇州